547 JOURS

Hervé Ghesquière est grand reporter de guerre. Pour la radio puis la télévision, il enquête au Rwanda, en Amérique du Sud et centrale, en Indonésie, au Vietnam. Il couvre de nombreux conflits : ex-Yougoslavie, Irlande du Nord, Cambodge... En reportage pour France 3, il est enlevé en décembre 2009 par les talibans afghans, en compagnie du journaliste cameraman Stéphane Taponier et de leurs accompagnateurs. Il est libéré en juin 2011.

HERVÉ GHESQUIÈRE

547 jours

ALBIN MICHEL

ISBN : 978-2-253-17566-7 – 1re publication LGF

À ma maman, à mon père.
À Stéphane et Reza.
À tous ceux qui nous ont aidés à sortir de l'enfer.

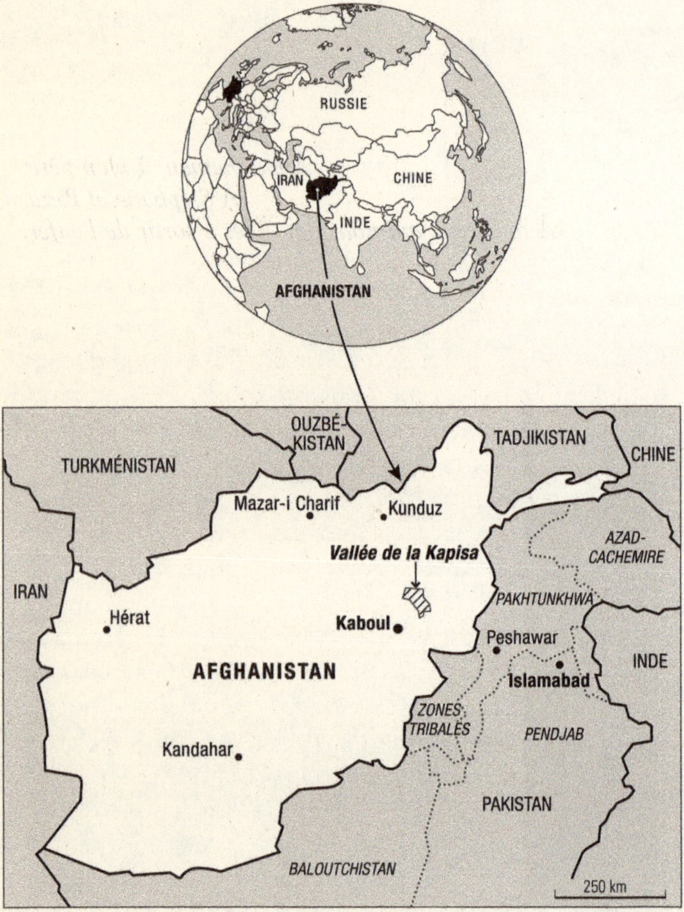
RUSSIE
IRAN
CHINE
INDE
AFGHANISTAN
OUZBÉ-
KISTAN
TADJIKISTAN
TURKMÉNISTAN
CHINE
Mazar-i Charif
Kunduz
AZAD-
CACHEMIRE
Vallée de la Kapisa
IRAN
PAKHTUNKHWA
Hérat
Kaboul
Peshawar
INDE
AFGHANISTAN
Islamabad
ZONES
TRIBALES
PENDJAB
Kandahar
PAKISTAN
BALOUTCHISTAN
250 km

Prologue

La question de publier ce livre ne s'est pas posée, la réponse était évidente. J'ai d'abord écrit pendant toute ma captivité, plus de 500 feuillets. Mais, rédigé au fil du temps, je n'ai pas pu sortir ce journal d'Afghanistan, mes ravisseurs me l'ont confisqué. Peu importe, restent la mémoire et la volonté farouche de raconter cette histoire extraordinaire.

Ce récit implique beaucoup de monde, moi bien sûr, Stéphane Taponier, mon confrère et compagnon d'infortune, Reza, notre interprète, mais aussi France Télévisions, Nicolas Sarkozy, le gouvernement, les armées française et américaine, les autorités afghanes et évidemment les talibans.

Au moment où le nouveau président, François Hollande, veut retirer les troupes d'Afghanistan, il me paraît capital de mettre en lumière la situation d'un pays qu'on croit connaître et qui pourtant reste mystérieux. Je le fais sous un angle particulier, certes avec les yeux d'un otage mais aussi avec la conscience d'être un reporter qui a vécu une expérience unique pendant dix-huit mois.

Ce livre est aussi une réflexion sur le métier de journaliste. Faut-il rester dans les zones dites sécurisées et se contenter de la bonne parole officielle ou franchir la ligne et tenter d'embrasser une réalité beaucoup plus vaste et complexe avec le risque de tomber dans un piège ?

Cette longue prise d'otages a également suscité une vive polémique au plus haut niveau de l'État et dans les médias. J'ai donc voulu savoir pourquoi notre enlèvement avait provoqué une telle passion. J'ai rencontré toutes les personnalités concernées par cette affaire, de Nicolas Sarkozy à Alain Juppé, de Bernard Kouchner au général Georgelin, ancien chef d'état-major des armées, en passant par Claude Guéant et Patrick de Carolis, ex-patron de la télévision publique. Tous ont accepté sans hésitation de me recevoir sauf un certain lieutenant-colonel Jackie Fouquereau. Il a pourtant un rôle clé dans cette affaire en tant que responsable du bureau de presse de l'armée française à Kaboul. Il était mon unique interlocuteur pour le reportage que je tournais en décembre 2009 dans le cadre de l'émission *Pièces à conviction* diffusée sur France 3.

J'ai réalisé que tous les responsables politiques et militaires ont été informés par la même source et que cet officier était le seul à pouvoir abreuver sa hiérarchie de fausses informations qui seront ensuite relayées jusqu'à l'Élysée.

Au moment où se posent de nombreuses questions sur notre engagement dans ce pays, j'ai voulu comprendre et témoigner de ce que j'ai pu voir là où jamais personne ne va, dans les vallées interdites aux mains des talibans.

1

La mission du jour

La lueur de l'aube, là-bas au loin, vers l'est.

Nous roulons sur la fameuse route n° 7 qui mène de Kaboul à la passe de Khyber, la frontière mythique entre Afghanistan et Pakistan. Nous traversons des gorges profondes et inquiétantes. Mais je suis confiant, la journée a commencé tôt, il doit être à peine 6 heures et demie. Nous avons démarré à 4 h 30 pétantes du Monde Guest House, un petit hôtel pour journalistes et expatriés de tout poil situé en plein centre de la capitale. Nos trois accompagnateurs afghans étaient à l'heure. Tant mieux, il n'est pas question d'improviser une journée pareille et respecter le timing est une priorité.

Dans la voiture, un break Toyota blanc comme il y en a des milliers dans ce pays, personne ne parle vraiment. Stéphane Taponier, assis sur le siège avant, filme le jour qui se lève, le ruban noir d'asphalte et les hautes montagnes fantomatiques qui nous entourent et défilent derrière la vitre. La lumière change vite, la blancheur du jour chasse les ténèbres et tout à coup les sommets révèlent toute leur beauté dans un halo légèrement rosé. L'environnement me paraît moins hostile maintenant que les premiers rayons du soleil caressent le pare-brise.

« Dieu que c'est beau, l'Afghanistan », me dis-je, émerveillé comme un gosse par des paysages qui ont bercé ma jeunesse. Cette fois, ce n'est plus une image sur un écran ou dans un livre, mais la vraie vie. L'Afghanistan, je peux le humer, le palper, l'admirer. Ce pays, j'en rêve depuis vingt-cinq ans.

Je suis d'autant plus heureux qu'aujourd'hui je vais pouvoir faire mon métier normalement, sans contrainte, sans l'œil inquisiteur d'un officier de presse à l'affût de mes moindres gestes, sûr de son fait dans une contrée dont il ne connaît à peu près rien. Il est vrai qu'il sort rarement du camp militaire et ne voit le pays qu'à travers le hublot de son véhicule blindé.

Avec Stéphane, nous venons de passer trois semaines au sein de l'armée française, d'abord dans la grande base américaine de Bagram et surtout dans les camps de Nijrab et de Tagab, en vallée de Kapisa, à 60 kilomètres de Kaboul. Ce matin, nous retrouver sans garde-chiourme est une vraie liberté. Paradoxalement, nous savons aussi que, faute de protection militaire, nous prenons quelques risques.

Évidemment, nous n'avons pas faussé compagnie à l'armée sur un coup de tête. En ce 30 décembre 2009, à quelques jours de la fin de notre reportage pour France 3, nous voulons voir de nos propres yeux, sans le filtre militaire, quelle est la situation au cœur de cette vallée stratégique pour la coalition gouvernementale. Nous projetons de prendre la route principale de cette province en vue de filmer et d'interviewer ceux qui vivent dans la région. Nous entendons être seuls car aborder la population locale accompagnés de soldats occidentaux est la meilleure façon de rendre nos interlocuteurs muets ou d'entendre une sinistre langue de bois. Un Afghan ne se livre pas face à une caméra flanquée d'un uniforme !

Ce matin, il n'est pas non plus question d'aller au hasard à la rencontre de quelque taliban[1]. Nous savons par expérience que ce genre d'entreprise sans préparation ni contacts fiables est bien trop dangereux. Nous avons seulement l'intention de filmer les gens du coin, paysans, artisans, commerçants mais aussi ouvriers, techniciens et ingénieurs travaillant à la construction d'un axe bitumé qui doit remplacer l'antique piste défoncée traversant la Kapisa.

Il est à peine 7 heures et demie lorsque nous quittons la route n° 7 pour nous engager vers le nord sur ce que les Américains ont baptisé « l'axe Vermont ». Une obsession chez eux : ils se sentent toujours obligés de rebaptiser les noms locaux à leur sauce.

Dès les premiers mètres, des nids-de-poule, un peu de bitume, de la terre, beaucoup de trous : nous sentons que nous nous enfonçons au cœur du pays. Nous parcourons deux kilomètres à peine quand, sur la droite en contrebas, apparaît un pont en construction. Je demande à notre chauffeur de s'arrêter.

1. La règle voudrait qu'on écrive un *taleb*, des *taliban*, mais pour simplifier on écrira un taliban, des talibans.

Stéphane, Reza et moi descendons de voiture. Il n'y a pas âme qui vive sur le chantier. « Il est trop tôt », me dit Reza. Nous apercevons un gardien et allons à sa rencontre. Il nous explique que les premiers ouvriers arriveront vers 8 heures, les ingénieurs, un peu plus tard. « OK, c'est possible de prendre un petit déjeuner quelque part ? »

Reza acquiesce mais il faut retourner sur la grand-route, celle de la passe de Khyber. « Allons-y, ce n'est pas la peine de nous faire repérer, nous reviendrons tout à l'heure. »

Nous faisons demi-tour et quelques minutes plus tard tombons sur un petit restaurant, une sorte de routier local. Nous nous installons dehors sur une petite terrasse avec vue sur les camions qui vont au Pakistan ou en reviennent. La circulation n'est pas très dense, il est encore tôt, le soleil d'hiver nous réchauffe un peu. Depuis le début de notre reportage, nous avons de la chance. Il fait presque toujours beau. La lumière est splendide, elle magnifie l'Afghanistan.

Nos trois accompagnateurs commandent du poisson, quelle drôle d'idée au petit matin ! Ne pas manger pareil, ne pas agir pareil, ne pas penser pareil, voilà qui est intrigant et rassurant à la fois : la mondialisation n'a pas encore gagné, tant mieux ! Stéphane et moi nous contentons d'un thé vert et de quelques biscuits.

En fait, nous ne connaissons pas les Afghans avec qui nous allons travailler aujourd'hui mais ils nous ont été recommandés pour leur expérience professionnelle.

Il y a Ghulam, 33 ans, le chauffeur, et Satar, un gars du coin, âgé de 36 ans, chargé de veiller sur nous. Il connaît bien la région et pourra, j'espère, nous être utile. Par expérience, il faut toujours s'adjoindre les services d'un homme chargé de la surveillance du tournage, prêt à nous alerter en cas de problème, pour la sécurité c'est mieux. Car lorsqu'on filme, on est parfois tellement concentré qu'on ne voit pas toujours le danger.

Quant à Reza, notre interprète, il a une trentaine d'années, un visage rond, souriant et sympathique. Il a longtemps travaillé avec des organisations humanitaires, une télévision danoise et de nombreux journalistes free lance français. J'ai déjà compris qu'il a roulé sa bosse et qu'il connaît pas mal de coins dangereux en Afghanistan. Avec cette petite équipe locale, tout devrait bien se passer.

Il y a un mois, au début du reportage, je n'avais jamais travaillé avec Stéphane. C'était notre première mission ensemble. Je savais évidemment qu'il n'était pas novice ; il s'agissait même de son cinquième séjour en Afghanistan et il avait couvert d'autres guerres, en Irak et en Côte d'Ivoire. À la rédaction, on m'avait dit le plus grand bien de celui qu'on appelle affectueusement « Tapo » : « Tu verras, il n'est pas bavard mais efficace ; en plus, il fait de très belles images et physiquement il a une sacrée forme. »

J'ai pu le vérifier. Les premiers jours, nous avons eu quelques discussions sur les méthodes de travail, j'ai parfois tendance à ne pas faire suffisamment confiance au caméraman. Nous nous sommes adaptés et pourtant les conditions de tournage au sein de l'armée n'étaient pas simples. J'ai apprécié le sang-froid de Tapo sur le terrain avec des militaires français quand on s'est fait allumer à plusieurs reprises par les talibans, à coups de roquettes et de kalachnikovs. À ce moment-là, j'ai su que je n'étais pas parti avec le premier venu.

La pause est terminée, nous reprenons notre périple. Dans la voiture, Stéphane me filme. Je fais un « plateau » en roulant et j'explique face à la caméra pourquoi l'« axe Vermont » que nous allons emprunter est très important pour l'OTAN. Cette route, lorsqu'elle sera asphaltée, va permettre aux Américains de faire passer toute la logistique en provenance du grand port pakistanais de Karachi vers le nord de l'Afghanistan, en particulier vers la grande base de Bagram (25 000 hommes). Jusqu'à présent, les convois militaires traversent Kaboul, créant des embouteillages monstres. Il s'agit tout simplement de contourner la capitale, une sorte de Francilienne locale. Coût de l'opération : 50 millions de dollars, payés par Washington.

Les Américains parient qu'une belle route permettra l'accroissement de la circulation locale et donc le développement d'une activité. Ils ont toujours pour modèle la conquête de l'Ouest, tracer un axe puis occuper le territoire économiquement et militairement. Ils l'ont fait chez eux au XIXe siècle, marginalisant les Indiens au fil du temps. Ici, les Indiens, ce sont les talibans.

Le rôle de l'armée française dans cette affaire, tel qu'il a été fixé par l'OTAN, est simple et compliqué à la fois. Elle doit sécuriser cette région et donc la protéger contre les attaques des rebelles islamistes avec l'aide des troupes et de la police afghanes. Bref, elle doit pacifier une zone de guérilla. Nous voulons vérifier qu'au moins la route principale de Kapisa est sous contrôle.

Lorsqu'on fait de la télévision, les grandes explications ne suffisent pas. Il faut montrer les choses en allant sur le terrain. C'est la mission du jour.

2

L'enlèvement

Nous retournons sur le chantier du pont où nous étions tout à l'heure. Cette fois, tout le monde est là – ouvriers, techniciens, ingénieurs. Stéphane, notre interprète Reza et moi commençons à interviewer plusieurs personnes pendant que nos deux accompagnateurs surveillent les alentours.

Nous sommes dans une zone calme où il n'y a pas de talibans et nous nous posons beaucoup de questions : pourquoi construire ce pont et cette route ? Quelle sera leur utilité ? Est-ce important de développer la région ? Peuvent-ils travailler en toute sécurité ? Y a-t-il une menace et une peur des talibans ? Que pensent-ils de la guerre et de la coalition occidentale ?

Les Afghans interrogés répondent assez facilement. Je ne comprends pas tout mais, comme d'habitude, je ferai une traduction détaillée après le tournage. Au moment de filmer, je préfère la spontanéité d'une discussion à bâtons rompus plutôt qu'un entretien trop protocolaire entrecoupé de fastidieuses traductions. Rien ne semble chagriner ou choquer nos interlocuteurs. Stéphane prend le temps de faire de beaux plans, les paysages sont fantastiques. Nous sommes dans le district de Surobi à l'extrémité orientale de la province de Kaboul, juste au sud de la Kapisa. Après une bonne heure, nous prenons congé. J'ai le sentiment d'avoir engrangé une belle séquence avec des interlocuteurs parlant librement et sans contrainte. Cela me change de la lourdeur des tournages au sein de l'armée française.

Il est 9 h 30. Il faut poursuivre notre chemin. Avant de reprendre la voiture, nous posons tous un pashmina – une grande couverture en laine – sur nos épaules et mettons le pacoll, le béret afghan, celui que le célèbre commandant Massoud arbore sur toutes les photos. Notre but : passer le plus discrètement possible et ne pas éveiller l'attention. Stéphane cache même la grosse caméra professionnelle dans le coffre et va désormais travailler avec une petite. Il se place à l'avant de la voiture et continue à filmer.

Un kilomètre plus loin, nous sommes arrêtés à un poste de contrôle. Il y a une dizaine d'hommes, des policiers et des militaires afghans. Ils n'ont pas l'air commodes. À leur demande, nous sortons nos passeports et nos cartes de presse. Ils nous font descendre de la Toyota et inspectent le coffre. Ils voient la grosse caméra et des micros. Ils savent bien que nous sommes journalistes mais pour l'instant ils refusent de nous laisser passer. Je demande à Stéphane de tourner et décide d'engager une discussion avec celui qui semble être le chef.

— Nous voulons aller à Nijrab en passant par Tagab. C'est dangereux là-bas, il y a des combats ?

— On ne sait pas, répond l'officier, mais il peut toujours y avoir des accrochages, ajoute-t-il.

— Ça tire de temps en temps ?

— Toujours contre les talibans, ça arrive régulièrement.

— Mais aujourd'hui, quelle est la situation, concrètement ?

— Ça a l'air calme, mais je ne sais pas vraiment.

Pendant une guerre, les gens vivent en vase clos. Ils ne savent jamais précisément ce qui se passe à côté de chez eux, en tout cas pas en temps réel. Quand on est reporter, il faut donc progresser doucement, s'informer dès qu'on voit quelqu'un sur le bord de la route, avancer certes, mais à pas de loup.

Le moment me semble venu d'insister « en douceur ». L'officier accepte finalement de nous laisser passer.

— De toute façon, plus loin, il y a un autre checkpoint, là-bas ils en sauront plus, précise-t-il.

Toute la scène a été filmée par Stéphane. On pourra montrer dans notre émission combien il est difficile, que ce soit pour les Afghans ou les forces de l'OTAN, de contrôler les routes de ce pays. On pressent que les rebelles islamistes peuvent frapper où ils veulent, quand ils veulent.

Toutefois, dans cette conversation, il n'a jamais été question d'une quelconque mise en garde à propos d'un éventuel enlèvement.

Nous repartons donc. Je sens la tension monter d'un cran dans la voiture. Stéphane me l'a déjà fait promettre et me le répète une nouvelle fois :

— Désormais, plus question de descendre et de filmer dehors. Tu feras des « plateaux » dans la voiture et je tournerai en roulant.

— OK, pas de problème, c'est ce qui était prévu.

Nous savons évidemment que la zone n'est pas sûre. L'essentiel est de montrer la route qui n'en est pas encore vraiment une et je compléterai par quelques explications.

La prochaine séquence de la journée avec des Afghans, nous la réaliserons dans la zone de Nijrab, bien plus au nord, quand nous aurons dépassé la région critique de Tagab, où il peut y avoir des talibans.

Tout à coup, la mauvaise piste laisse place à un beau ruban noir. Nous avons enfin sous nos yeux la preuve que les travaux promis et financés par les Américains avancent. Vérifier des informations militaires sur le terrain, c'est ce qui m'importe. Je ne me contenterai jamais de la bonne parole officielle. Chacun ses défauts.

Nous arrivons enfin à une bifurcation. Le dilemme, tourner à droite ou à gauche ? Je vois alors un blindé français garé juste au carrefour. Je descends rapidement et m'adresse au seul soldat visible sur le toit du véhicule.

— Je suis journaliste français. Vous connaissez la direction de Tagab ?

— Cela ne peut être qu'à gauche, car de l'autre côté c'est la base de Tora et j'en viens, me répond le type, un colosse au crâne rasé. Il a un fort accent slave, je remarque qu'il appartient à la Légion étrangère. Pas étonnant, elle est présente à Tora où nous sommes allés au début du mois de décembre.

— Vous connaissez la situation sur la route de Tagab ?

— Non, répond sans hésiter le soldat, je n'ai jamais dépassé ce point.

Aucune information et toujours pas d'avertissement à propos de risques éventuels.

Nous continuons donc comme prévu.

L'asphalte est encore presque chaud, il vient d'être posé et c'est rassurant. Si des travaux ont eu lieu très récemment, cela signifie qu'a priori il n'y a pas trop de danger. En haut d'une butte, nous apercevons une guérite militaire vide mais aucun check-point comme nous l'avait pourtant annoncé l'Afghan. La route est désormais déserte.

On se regarde un court instant et sans prononcer un mot nous décidons de continuer notre périple. Soudain, notre chauffeur, Satar, pourtant vieux routier de l'Afghanistan, ralentit sérieusement. La petite caméra de Stéphane ballotte dans tous les sens au gré des trous et des ravines mais mon camarade tient bon. Ce que nous voulons montrer est désormais dans l'objectif. La route carrossable s'arrête ici. Retour à la piste poussiéreuse et défoncée. Il n'est donc pas encore possible pour de gros camions d'emprunter le fameux « axe Vermont » des Américains. Ce chaînon manquant rend pour l'instant inutilisable la route de contournement de Kaboul. Mais bien au-delà du problème logistique, il montre les limites de la stratégie occidentale de contrôle et de pacification de l'Afghanistan. À la prochaine interview, je vais m'enquérir du rôle des talibans car il me semble déjà avoir deviné qu'une belle route traversant la Kapisa ne devrait pas réjouir les rebelles islamistes.

Le chemin est vraiment redoutable. Notre break tressaute dans tous les sens. J'ai un peu la sensation de faire le Paris-Dakar. Pourtant notre chauffeur reste impassible comme si tout cela était la routine. Nous croisons quelques maisons en pierres sèches, des fantômes bleus, en fait des femmes sous leur burqa, et quelques rares paysans noyés dans des volutes de poussière. La lumière, parfois blanche, parfois irisée, est toujours aveuglante. J'ai la sensation que la fin du monde pourrait ressembler à ça.

Nous abordons un village dont je saurai plus tard qu'il se nomme Omar Khel. Stéphane planque la caméra pour qu'on ne soit pas repérés. Devant la voiture, un homme emmitouflé sous un grand pashmina et un foulard traditionnel sur la tête traverse lentement en boitillant. Puis, tout à coup, il fait volte-face et se retourne vers nous, pointant le pare-brise avec sa kalachnikov. Ghulam stoppe net. Deux autres hommes arrivent sur les côtés de la voiture et ouvrent les portières. Ils vocifèrent dans leur langue. Reza, notre interprète, se retourne vers moi et murmure : « Big big problem. »

Tout le monde est tendu à l'extrême, nous dans la Toyota et les hommes qui viennent de nous arrêter. Je veux tenter une diversion. Je demande à Reza d'expliquer que nous nous sommes perdus et que nous allons immédiatement faire demi-tour. Après une courte négociation, je sors de la voiture et demande au chauffeur d'effectuer la manœuvre mais il est déjà trop tard. J'entends le claquement d'une arme et celui qui semble être le chef du groupe nous ordonne de ne plus bouger sinon… il tire.

Nous venons d'être pris en otages.

3

Derniers espoirs

Très vite, une dizaine d'hommes nous encerclent. Ils sont surexcités. Ils hurlent. Les ordres et les contrordres se succèdent. Il ne semble finalement pas y avoir de chef. Une voiture arrive. Nos trois accompagnateurs afghans sont forcés de quitter notre Toyota. Je reste avec Stéphane. Reza a juste le temps de me glisser que ce sont des talibans. Je l'avais deviné.

Trois jeunes combattants montent dans notre voiture, deux devant et un dans le coffre. Celui qui est derrière moi a la bonne idée de me mettre le canon de sa kalachnikov dans le cou pour me dissuader de fuir. Je n'avais pourtant pas vraiment l'intention de lui fausser compagnie. Je sens que ces hommes sont prêts à tout.

Nos affaires sont fouillées. La grosse caméra et le tripode semblent beaucoup intriguer un jeune type de 20 ans à peine qui n'a certainement jamais quitté ses montagnes afghanes. Mais après l'effet de surprise, il va à l'essentiel : des lunettes de soleil et un appareil photo tout neuf. Il les glisse discrètement dans sa poche, je ne les reverrai jamais.

Stéphane semble furieux d'être tombé dans un traquenard. Il se retourne vers moi et me lance : « Joyeux Noël. » Je ne saisis pas bien cette étrange réflexion. Je la prends au premier degré et me dis : « Pourquoi me parle-t-il de Noël alors que le Nouvel An arrive ? » Cette petite phrase me préoccupe au plus haut point alors qu'elle n'a au fond aucune importance. Parfois, on se raccroche à des détails pour ne pas voir l'énormité de ce qu'on est en train de vivre. Lâcheté, ou peut-être aveuglement.

J'ai le sentiment que nos ravisseurs ne s'attendaient pas à faire une si belle prise ce matin. Ils sont heureux et paradoxalement désemparés par la situation.

Je réclame à plusieurs reprises le retour de Reza dans notre voiture, car sans lui il n'y a aucun moyen de communiquer avec les talibans. Celui-ci fait plusieurs aller-retour entre notre véhicule et la seconde voiture où se trouvent les autres accompagnateurs. Nos ravisseurs semblent hésiter sur la marche à suivre. Pourtant ils n'ont guère le choix. Sans Reza, il leur est impossible de nous interroger. Je ne comprends pas cette valse-hésitation, mais j'apprendrai rapidement que la logique des Afghans m'échappe souvent.

Quelques minutes seulement après notre kidnapping, nous franchissons la rivière afin de nous éloigner de la route principale. J'ai déjà le sentiment de me retrouver piégé dans un cauchemar.

Alors commence un étrange ballet. Nous sommes « promenés » en voiture, exhibés comme des bêtes de foire aux abords d'un premier village. Les habitants, des hommes, des femmes et des gamins, nous regardent interloqués. Certains sortent des téléphones portables et commencent à nous photographier, au début timidement. Puis ils s'enhardissent et sont de plus en plus nombreux à immortaliser nos visages. Je suis sûr que certains nous filment. La situation est anachronique dans un pays où tout rappelle le Moyen Âge. Je veux faire bonne figure et esquisse un sourire un peu forcé. J'ai une obsession, surtout ne pas montrer ma peur, être « cool », comme si paraître détendu allait arranger les choses ! À côté, Stéphane fait la gueule : j'ai le sentiment coupable qu'il m'en veut. Son visage en lame de couteau est dur, ses yeux noirs. Il ne parle pas, muré dans son silence.

Nous quittons cette première bourgade. Le taliban conduit comme un dingue alors qu'il n'y a ni route ni piste. Il fonce à travers champs. Je me dis qu'il va casser la voiture, mais apparemment notre break est d'une solidité à toute épreuve. De surcroît, il ne cesse de hurler dans son talkie-walkie.

Nous abordons un autre hameau. Même scénario : des villageois, des regards étonnés, des téléphones, des photos et parfois quelques sourires. Cela rassure un peu… un peu seulement. Des jeunes sont même en train de crier « Zidane ! Zidane ! ». Je ne rêve pas, ils connaissent le nom de notre champion du monde. Cela signifie aussi qu'ils savent déjà que nous sommes français. Les nouvelles vont vite…

C'est reparti pour un autre gymkhana et un troisième village. Mais que fait-on ? La stratégie de nos ravisseurs n'est vraiment pas claire.

Cette fois, tout le monde descend. Le sort de Reza ne semble pas encore scellé. Reste-t-il avec Satar et Ghulam ou vient-il avec nous ? Ça tergiverse.

Enfin, les choses semblent bouger. Les talibans nous amènent dans une mosquée. Je suis soulagé. Après plus d'une heure interminable de flottement, nous sommes enfin présentés à un chef, un mollah, un imam en Afghanistan, homme respecté dans ces contrées très religieuses. Stéphane et moi, nous nous asseyons sur un tapis, Reza nous rejoint pour la traduction. Quant à nos deux autres accompagnateurs, je les aperçois, puis ils disparaissent dans une autre pièce. Nous ne les reverrons jamais.

Ils resteront otages pendant plus de sept mois avant de réussir à s'évader. Le cadenas de la porte de leur cachot était mal fermé. Ils marcheront des heures dans la montagne sans être repris par les talibans.

Le mollah réclame les cartes de presse et les passeports. Il les observe attentivement, se fait traduire nos papiers et recopie consciencieusement en belles lettres arabes sur un petit cahier d'écolier. Puis tout à coup sa mine se renfrogne. Notre homme passe brusquement du calme à la colère :

« Vous êtes des espions français ! hurle-t-il, vous êtes des militaires venus nous espionner.

— Non, nous sommes journalistes et rien d'autre. » Cette phrase a jailli spontanément et en chœur de ma bouche et de celle de Stéphane.

Nous sortons nos cartes professionnelles de France Télévisions pour prouver notre bonne foi. Peu importe, le religieux enturbanné se bute et ne veut plus rien entendre. Pour lui, nous sommes des espions, un point c'est tout.

« La preuve, ajoute-t-il, vous n'avez demandé aucune autorisation de reportage au conseil suprême des talibans.

— Mais nous ne voulions pas vous rencontrer. Nous désirions seulement traverser la Kapisa par la route principale, passer par Tagab puis Nijrab avant de piquer au nord vers Bagram pour retourner à Kaboul le soir venu. Honnêtement, nous savons pertinemment que pour rencontrer les talibans les tractations sont longues, mais ce n'était pas le but de notre reportage. »

L'imam fait la moue et marmonne : « Pour moi, vous êtes des espions militaires français. »

Dans ce genre de situation, l'accusation est classique, mais je sens que nous sommes dans de sales draps.

L'interrogatoire est terminé. Nous repartons, escortés d'une dizaine d'hommes, pour nous enfoncer dans le village. Nous sommes suivis par une horde d'enfants bourdonnant, yeux écarquillés de voir des Occidentaux pour la première fois de leur vie.

Le taliban à côté de moi a une tête de tueur. Yeux noir profond, longue barbe et mine renfrognée, il ne semble pas être ici pour plaisanter. Il a un drôle de fusil hors d'âge sur l'épaule, le canon évasé me fait penser à un saxophone. Soudain, énervé par le piaillement des gosses, il saisit son arme et tire dans leur direction. Je sursaute. Ils ont l'air un peu dingues dans le coin…

Désormais, on marche vite, en file indienne, sur d'étroits sentiers en terre qui serpentent entre petits canaux d'irrigation et murets de pierre et de boue séchée. Je ne vois plus ni Stéphane ni Reza. Tout à coup, je suis poussé dans un jardin clos. Stéphane est debout contre un mur et on me demande de me placer à côté de lui. Face à nous, une poignée de barbus, kalachnikovs en main.

Pendant quelques secondes, la peur me broie les tripes, je pense à un peloton d'exécution sommaire. J'imagine le pire, nous allons être tués là comme des chiens… fin du voyage.

Le visage rond et rassurant de Reza apparaît alors comme un rayon de lumière. Il vient me libérer de mon cauchemar. Je lui demande : « Que se passe-t-il ? », il me répond : « Rien, on continue, mais je ne sais pas où on nous emmène », et nous repartons. Quel soulagement ! Un instant, je me suis vu mort, le corps de Stéphane et le mien inertes, criblés de balles, exécutés de sang-froid, sans raison sauf celle d'avoir voulu faire notre métier.

Encore quelques centaines de mètres et nous arrivons enfin dans une maison.

Il faut se déchausser selon la coutume musulmane. Stéphane, Reza et moi nous asseyons par terre sur un mince tapis, alignés en rang d'oignons. Les talibans s'installent face à nous et sur les côtés. La plupart ont le visage caché par un grand foulard, ce qui leur donne un air de bandits de grand chemin. Les téléphones ne cessent de sonner. Je crois comprendre que nos « amis » sont en train de prévenir tous les islamistes de la région. Certains vocifèrent, ils semblent survoltés. La pêche a été bonne…

Un barbu me tend son portable, un type beugle dans l'appareil. Je devine qu'il parle anglais mais je ne comprends pas un traître mot de ce qu'il me dit. Je lui fais répéter, ce qui a pour seul résultat de le faire hurler un peu plus fort encore. Je redis que je suis journaliste français, puis je rends le téléphone à celui qui me l'a donné. Décidément, on est chez les fous.

Enfin l'atmosphère se calme. On nous apporte de l'eau et un peu à manger. Voilà le premier repas partagé avec les talibans. Je n'imagine pas encore que des centaines suivront. Les combattants se réunissent ensuite dans un coin de la pièce pour prier, Reza se joint à eux. Stéphane et moi observons la scène en silence. Elle recommencera cinq fois par jour pendant dix-huit mois.

Dans l'après-midi, à plusieurs reprises, je demande à sortir pour aller aux toilettes. Je suis accompagné par plusieurs gardiens en armes. Je prends le temps de me soulager et inspecte les alentours. Je n'ai qu'une seule envie, sauter le petit mur qui me sépare de la ruelle et fuir à toutes jambes. Je crois connaître la bonne direction pour me rendre à un poste de l'armée afghane où nous avions filmé, il y a quelques semaines, plus haut dans la vallée en direction de Tagab. Malgré un bon sens de l'orientation, un doute me saisit. Je peux me perdre dans le labyrinthe du village, mes ravisseurs n'hésiteront pas à m'abattre et les conséquences pour Stéphane et les autres pourraient être terribles. Je me ravise la mort dans l'âme et reviens dans la maison. Notre première prison.

En fin de journée, un homme entre dans la pièce. Il semble plus important que les autres. Chacun lui fait l'accolade – un signe de respect mais aussi d'amitié dans ce pays. Stéphane et moi avons le droit à une poignée de main. Celui que je prends de toute évidence pour un chef s'installe comme nous à même le sol. En Afghanistan, dans les masures paysannes, c'est simple, il n'y a aucun meuble. Le maître de maison va chercher le thé, le sempiternel thé vert, boisson quotidienne, et on peut dire unique. Le chef taliban cache également son visage derrière un grand foulard. Ça a le don de m'agacer. Quand on me parle, j'aime qu'on me regarde d'homme à homme, sans masque, les yeux dans les yeux. Mais ce n'est manifestement pas une spécialité locale ! Tant pis, je ne suis pas en mesure d'exiger quoi que ce soit.

Ce chef n'est pas venu pour une simple visite de courtoisie. Il explique à Reza qu'il va nous interroger. L'homme ne semble pas stupide et pose des questions précises. Lui aussi nous considère comme des espions. Il va falloir être prudent et subtil.

Pendant le repas, nous avons convenu avec Stéphane de ne pas dire aux talibans que nous avions passé tout notre temps au sein de l'armée française pour ne pas les conforter dans leur paranoïa.

Il va donc falloir inventer quelques situations que nous n'avons pas vécues, par exemple des interviews avec des organisations humanitaires ou des entretiens à l'ambassade de France. Le problème avec les mensonges est de ne pas se contredire et de ne pas oublier.

Le chef taliban ne comprend pas pourquoi nous sommes venus nous « aventurer » sur la route principale de Kapisa.

« Tout simplement pour montrer que “l’axe Vermont” n’est pas totalement bitumé et donc impraticable pour de gros poids lourds censés approvisionner la base américaine de Bagram. »

Notre homme demeure dubitatif.

« Et pourquoi n’avez-vous pas demandé d’autorisation de tournage à notre conseil suprême ? insiste-t-il en me fixant.

— Nous ne voulions pas rencontrer de talibans. Nous savions que les démarches étaient longues et complexes. Nous désirions juste discuter avec la population locale. Je l’ai déjà expliqué tout à l’heure au mollah du village. »

Le chef islamiste ne semble pas franchement convaincu ; il reprend, excédé :

« Vous les journalistes, quand vous venez dans notre pays, c’est toujours pour dire du mal des talibans. Vous ne racontez pas la vérité. Vous êtes des agents de votre gouvernement. Votre télévision est à la solde du pouvoir. Vous êtes bien une télévision d’État, pas une télévision privée, n’est-ce pas ? »

Dans les pays en guerre, j’ai eu ce genre de discussion mille fois – en Bosnie, au Kosovo, au Rwanda ou en Irak. Télé d’État ou télé publique, pas de différence. Pour les belligérants, nous sommes la voix de la France.

Mais de cet échange apparemment stérile jaillit une idée, une espèce de quitte ou double.

« Maintenant que nous sommes ici, je vous propose qu'on vous filme, qu'on passe plusieurs heures, plusieurs jours avec vous pour comprendre ce que font et ce que pensent les talibans. Nous sommes à votre disposition pour réaliser un reportage sur votre cause. »

J'essaye de tout mettre dans la balance pour tenter de convaincre le chef islamiste de mes bonnes intentions. Désormais, il n'est plus question de déontologie ou de grands idéaux journalistiques, nous devons sauver notre peau.

Je sens mon interlocuteur hésiter puis réfléchir. J'attends une réponse, elle ne viendra pas. Ni oui ni non comme souvent en Orient. Ce qui finalement signifie non. Je l'apprendrai bien vite à mes dépens.

J'ai la sensation d'avoir joué mon va-tout et... perdu la partie. Alors je décompresse pour la première fois depuis ce matin et m'assoupis. J'entends vaguement les deux dernières prières de la journée. Je suis persuadé qu'on va dormir ici, demain sera un autre jour, inch' Allah.

Mais vers 20 heures, je suis réveillé. Nous devons partir. Dehors, il fait froid. Nous retraversons le village et, après avoir parcouru quelques centaines de mètres, nous pénétrons dans une mosquée assez grande et surtout glaciale où les talibans nous ordonnent de nous allonger dans un coin. Après une dizaine de minutes, je grelotte et je remarque que Stéphane et Reza sont gelés comme moi. Nous décidons de prendre un tapis et de nous rouler dedans.

Dans la poche de mon blouson, j'ai toujours mon téléphone, il n'a pas été repéré par nos ravisseurs. Je vais essayer de l'allumer mais cela risque de faire du bruit car il n'est pas sur la position « silencieux ». J'explique discrètement la situation à Stéphane, je ne veux pas que Reza le sache. Bien qu'il soit notre interprète, je ne le connais que depuis deux jours, je n'ai donc pas encore une totale confiance en lui. Pas question de prendre un quelconque risque, je crains qu'il ne vende la mèche aux talibans. Ce foutu portable est le dernier lien avec l'extérieur, il ne faut pas gâcher l'ultime cartouche.

Je monte un stratagème avec Stéphane. Au moment où je remettrai le téléphone sous tension, mon camarade va tousser très fort pour couvrir le bruit. J'appuie sur le bouton, l'appareil s'allume, petite sonnerie et grosse quinte, le tour est joué. Personne ne s'est rendu compte de notre manège. Désormais, le plus difficile commence. Je vais appeler ma compagne Béatrice et mon rédacteur en chef. Je connais leurs numéros par cœur. Je tente plusieurs fois, mais hélas il n'y a pas de réseau. Je n'insiste pas, je ne veux pas épuiser la batterie pour rien. J'essaierai plus tard.

Je ne pensais plus au froid, mais cet échec me rappelle qu'on est dans un vrai frigo. À nouveau, je claque des dents. Je suis persuadé qu'on va passer le reste de la nuit dans cette glacière, mais les talibans sont les rois de la surprise. On bouge !

Toutefois, avant de partir, nos ravisseurs entreprennent une fouille en règle, à vrai dire la première. Il va falloir à tout prix planquer le téléphone et l'argent qu'il nous reste, 500 ou 600 dollars en tout.

J'ai de la chance, nos geôliers commencent par Reza puis c'est au tour de Stéphane. Cela me laisse le temps de mettre le portable dans mon slip sous mon entrejambe, je le coince entre mes cuisses. Pourvu que je ne doive pas marcher comme ça sinon je vais vraiment ressembler à un canard. Les billets sont pour leur part roulés dans une petite poche discrète de mon jean. Un gardien s'approche de moi et me palpe. Je sens qu'il hésite au niveau du bas-ventre et des fesses. Les Afghans sont pudiques, tant mieux.

Mon cœur bat très fort, mais finalement il ne trouve rien, ni argent ni téléphone. Je suis soulagé.

Nous sortons enfin de cette maudite mosquée et marchons quelques minutes à travers champs. Deux voitures nous attendent. Nous remontons dans notre break Toyota transformé en minibus pour l'occasion. Nous sommes neuf à l'intérieur, trois devant dont Reza. Stéphane, moi et un combattant prenons place à l'arrière et trois talibans s'installent dans le coffre. Nous démarrons tous feux éteints, le chauffeur ne compte que sur la lumière de la pleine lune. J'apprendrai plus tard que les rebelles craignent comme la peste les drones américains, petits avions sans pilote, véritables espions qui filment, photographient et parfois même bombardent. Le jour, ce sont des points minuscules dans le ciel, la nuit, ils sont invisibles, on perçoit juste un bruit de moteur comme une tondeuse à gazon.

La piste est salement défoncée, tortueuse, mais, miraculeusement, nous avançons. Nous traversons même des oueds. J'avoue que je suis bluffé par la virtuosité de notre pilote. J'ai parcouru des centaines de kilomètres dans la Bosnie à feu et à sang par tous les temps sur des chemins de terre, mais nous n'étions que deux ou trois dans ma voiture. Ici, nous sommes neuf et ça passe quand même. Je suis franchement admiratif. Je réalise à ce moment précis que la guerre n'est pas gagnée pour les Français et les Occidentaux en général. Je comprends aussi pourquoi les Soviétiques ont vécu en Afghanistan leur propre Berezina.

Mais à un moment, le conducteur ne peut plus faire de miracle. Il faut continuer à pied. La piste s'arrête, il n'y a plus désormais qu'un chemin de berger. La pente devient forte. Nous quittons la vallée et nous nous enfonçons dans la montagne. Il est clair que nos ravisseurs veulent nous extraire au plus vite d'une zone dangereuse car trop proche des troupes françaises et afghanes. La nasse se referme sur nous.

Au bout d'une heure, le pas se fait plus lourd, je sens les pierres se dérober sous mes pieds. Heureusement, j'ai des restes de mes années de rugby que j'entretiens encore avec quelques footings. J'ai l'impression toutefois que mes kilos superflus vont vite disparaître. Stéphane qui est un montagnard semble connaître aussi quelques difficultés. Pourtant, entre le ski hors-piste et le VTT, il est plutôt affûté et bien mieux entraîné que moi, mais il doit hisser sa grande carcasse d'un mètre quatre-vingt-dix. Nous avons de bonnes chaussures, toutefois la fatigue et la tension nerveuse commencent à se faire salement ressentir. Reza se débrouille plutôt bien avec ses mocassins – on dirait qu'il sort d'un mariage –, il a un bon rythme.

Pour les talibans, il s'agit juste d'une petite promenade de santé. Ils gambadent comme des chamois, en souplesse, pas un caillou ne bouge. Ils sont très minces, presque maigres, leurs muscles fins sont des ressorts. Ils progressent dans un silence total. Ils s'adaptent à notre allure, mais je sens bien qu'ils pourraient avancer deux fois plus vite sans effort. Là encore, ils m'épatent. Décidément, cette guerre va être compliquée pour l'OTAN. Nul besoin de grands stratèges militaires pour comprendre que la situation est compromise. Il suffit de marcher comme des chèvres avec nos « nouveaux amis ».

Nous sommes au milieu de nulle part quand tout à coup apparaît une maison blanche soulignée par des traits noirs dessinant de fausses pierres. Même très fatigué, j'essaie de tout mémoriser. Je veux absolument me souvenir d'un maximum de détails. Me repérer précisément est essentiel, on ne sait jamais, ça pourra peut-être servir un jour… J'ai de plus horreur d'être perdu dans l'espace et ne plus savoir où je me trouve. Je n'ai pas fait des études de géographie pour rien.

Il est 2 heures du matin, nous avons marché quatre bonnes heures. Nous nous effondrons sur des matelas jetés par terre. Hébété de fatigue, je bois un thé chaud, je n'ai plus la force de parler ni de faire le bilan de cette longue et terrible journée. Je m'endors profondément.

Le lendemain matin, je pressens que nous n'allons pas rester ici. Je comprends aussi que les talibans sont plutôt bien organisés. En quelques heures, ils ont déjà trouvé un endroit où nous cacher pour cette première nuit, loin de la vallée où nous avons été enlevés.

On mange, on dort encore un peu et on repart en milieu d'après-midi. Cette petite étape nous a quand même revigorés. Le paysage ressemble un peu aux Alpes du Sud avec beaucoup de pierres et une végétation toujours verte, même en hiver. Nous marchons à travers la montagne, il n'y a plus de chemin. La progression est rude, mes muscles douloureux. Les talibans m'énervent passablement à être toujours aussi en forme. Ils sont six, armés de kalachnikovs. Régulièrement, l'envie de leur fausser compagnie me revient. Je rêve d'en pousser un ou deux dans le ravin mais il en resterait quatre vaillants, prêts à vider leurs chargeurs sans état d'âme. Impossible donc de s'évader sans risquer ma vie et celle de mes compagnons. Je me ravise.

À la tombée du jour, nous nous arrêtons un long moment. C'est l'heure de la prière. Le soleil plonge derrière les montagnes enneigées. Elles prennent une couleur légèrement rosée. La lumière est fantastique. Les talibans alignés s'agenouillent, ils prient Allah. L'un d'eux chante une sourate du Coran. Instant unique, je m'en souviendrai toute ma vie, extraordinaire au sens plein du terme malgré les circonstances dramatiques.

Si je fais ce métier de reporter, c'est aussi pour vivre cette émotion forte et rare au bout du monde avec des gens totalement improbables. Nous sommes le 31 décembre 2009, les ultimes lueurs de la décennie s'estompent pour laisser place à la nuit. Je devine qu'elle va être longue.

4

Crucifié à Paris

À quelques kilomètres, Hervé Morin est fou furieux. D'habitude très détendu, trop disent parfois ses détracteurs, le ministre de la Défense est en colère. Il vient d'être informé de notre enlèvement et se trouve en première ligne. Morin vient en effet d'arriver en Afghanistan, accompagné de Patrick Poivre d'Arvor et de l'actrice Charlotte de Turckheim, pour fêter le réveillon de la nouvelle année 2010 avec les soldats français, justement dans la vallée de Kapisa, à la base de Nijrab. Le ministre est suivi, dans la base, par un aréopage de reporters accrédités Défense venus couvrir la petite « sauterie » avec les militaires.

De toute évidence les festivités sont gâchées. Hervé Morin prend à part un journaliste de France Télévisions. Énervé, il lui sort tout net :

« Vos petits camarades ont voulu approcher les talibans, eh bien maintenant ils vont les voir de près pendant un bon bout de temps. »

Propos prémonitoire certes mais faux. Nous n'avons jamais eu l'intention de rencontrer des talibans mais seulement des civils afghans.

Le ministre de la Défense a été très rapidement informé, quelques heures seulement après notre kidnapping, car un drone américain a filmé notre enlèvement. Il y a également eu du renseignement humain : des villageois ont alerté les autorités locales.

Hervé Morin est abreuvé d'informations par le chef d'état-major des armées, le général Georgelin, et la DGSE, les services de la sécurité extérieure. Que lui affirme tout ce beau monde ? Stéphane et moi serions des journalistes « indisciplinés » ; nous refusions « l'encadrement des officiers » et voulions toujours nous dégager de l'emprise militaire. Il a aussi été dit au ministre que nous demandions à quitter le giron de l'armée sous prétexte de nous reposer à Kaboul alors que nous avions en réalité l'intention d'aller à la rencontre des talibans.

Quelques aimables confrères accompagnant le ministre en rajoutent. Ils estiment que des journalistes venant de travailler au sein de l'armée française n'ont pas vocation à voir des insurgés islamistes. Les grands déontologues sont de sortie avec une seule priorité : toujours suivre la ligne officielle et être aux ordres.

Un autre homme ne décolère pas, le général Jean-Louis Georgelin, le plus haut gradé de l'armée française. Il a reçu des informations émanant paraît-il du terrain. Selon lui, Hervé Ghesquière et Stéphane Taponier seraient des reporters insupportables voulant absolument interviewer des talibans.

Plus de deux ans après les faits, le général me le confirme : « Pour moi, vous avez commis une imprudence, vous avez délibérément pris un risque. En allant dans cette zone de Kapisa, je vous reproche de ne pas avoir expliqué clairement vos intentions[1]. »

Même son de cloche chez Claude Guéant, à l'époque secrétaire général de l'Élysée : « Nous vivions avec cette impression. Les militaires, très clairement, nous disaient que vous aviez été imprudents. On croit les militaires et puis voilà[2]. »

Bernard Kouchner, ministre des Affaires étrangères au moment des faits, ne dit pas autre chose : « Pendant longtemps, j'ai cru que vous aviez fait les cons et les malins. Je pensais que l'armée s'était indignée à juste titre car vous n'aviez pas écouté leurs conseils[3]. » Même lui qui d'habitude ne déteste pas les journalistes semble nous donner tort.

Le coup de grâce vient du président de la République en personne. Europe 1 rapporte la fureur de Nicolas Sarkozy lors du conseil des ministres du 6 janvier 2010. Le président aurait déclaré, une semaine après notre enlèvement : « C'est insupportable de voir qu'on fait courir des risques à des militaires pour aller les chercher dans une zone dangereuse où ils avaient l'interdiction de se rendre. Il faut que les Français sachent le coût de cette histoire. » Sarkozy se lâche certes dans le huis clos de l'Élysée, mais la polémique transpire à travers les murs du palais.

Le signal est donné, les aboyeurs peuvent se déchaîner. Il y a, comme souvent, en première ligne

1. Entretien du 19 mars 2012.
2. Entretien du 13 mars 2012.
3. Entretien du 20 mars 2012.

les cogneurs habituels, ceux qui n'existent que par les polémiques stériles, Frédéric Lefebvre et Éric Raoult en tête. Mais, plus étonnant, deux personnages appartenant au sommet de l'État vont monter au créneau dans les médias, toujours sur Europe 1.

D'abord Claude Guéant, l'homme du président, attaque frontalement le 17 janvier : « C'est vrai que Nicolas Sarkozy à plusieurs reprises a dit que cette imprudence était vraiment coupable parce qu'ils avaient été très clairement mis en garde, il leur avait été très clairement demandé de ne pas s'aventurer ainsi parce qu'il y avait risque. » Non content d'être le porte-voix de son maître, Guéant en remet une louche : « Ils font courir des risques aussi à beaucoup de nos forces armées qui du reste sont détournées de leur mission principale. » Avant de conclure magistralement : « Je crois que quand même le scoop ne doit pas être recherché à tout prix. »

Il y a aussi le général Georgelin, chef militaire, cinq étoiles sur la poitrine et apparemment comptable sourcilleux des deniers de l'État. Avec une conviction toute martiale, il scande publiquement un chiffre : « Nous savons qu'à l'heure actuelle nous avons déjà dépensé plus de dix millions d'euros pour s'occuper de cette affaire. » Nous sommes le 21 février 2010. Après cette phrase historique, une semaine plus tard, le chef d'état-major part à la retraite. Il est désormais grand chancelier de la Légion d'honneur, un poste honorifique, attribué certainement pour services rendus à la nation.

Entre ces deux interventions, Nicolas Sarkozy ne se privera pas d'ajouter une goutte de fiel dans une sauce déjà bien pimentée. Reçu au 20 heures de Laurence Ferrari sur TF1, le 25 janvier, le président, très tendu, déclare à la France entière : « Il sera temps, une fois qu'on les aura fait revenir dans leur famille, de voir ce qui s'est passé et pourquoi ils se sont conduits comme cela. » Mais le président de la République n'a pas attendu cette interview sur la plus grande chaîne de télévision française pour faire part de sa mauvaise humeur à notre encontre.

Trois jours auparavant, le 22 janvier, lorsqu'il reçoit pour la première fois nos familles, Sarkozy a la tête des mauvais jours. Face aux parents de Stéphane et à ma compagne Béatrice, il se montre agressif. Il commence fort : il y a eu « cinq manquements à la sécurité », dit-il. Tout le monde est intimidé, mal à l'aise et un peu abasourdi par l'accueil glacial. Mais hélas personne n'a la présence d'esprit de poser la question basique : « Quels manquements à la sécurité ? » Toutefois, le président n'en a pas fini. Pour faire bonne mesure, il ajoute à la fin de l'entretien : « Nous réglerons nos comptes avec eux quand ils sortiront. »

Historique ! De mémoire d'homme, aucun chef d'État en France ne s'est jamais comporté de cette manière devant des familles d'otages. Nos proches ont eu le sentiment de se faire réprimander comme des gamins au moment où chacun attendait vraiment un peu de réconfort et de sollicitude. Même intoxiqué par l'armée et gavé de fausses informations, il est surprenant – doux euphémisme – qu'un président se comporte ainsi avec des gens plongés dans une terrible angoisse depuis plus de trois semaines.

L'affaire commence mal. En toute logique, les ravisseurs sont d'habitude sur le banc des accusés. Cette fois, c'est l'inverse : les otages sont montrés du doigt et stigmatisés au plus haut niveau de l'État.

J'ai le sentiment que jamais un enlèvement, fût-il de journalistes, n'a créé une telle polémique. Alors, pourquoi un tel déchaînement ?

5
En enfer

Bonne année ! Nous sommes le 1er janvier 2010, bien loin d'imaginer cette polémique. Nous venons de marcher toute la nuit en pleine montagne à plus de 2 000 mètres d'altitude. Les pierres, les rochers, la neige verglacée, les ravins, nous avons crapahuté huit heures à marche forcée et arrivons épuisés chez un taliban nommé Drana, un type qui ne nous lâchera pas, jusqu'au bout, jusqu'à la dernière minute. Le village est perdu tout au fond d'une vallée, au bout du monde. Nous sommes apparemment dans un fief de combattants islamistes. Ici, une certitude : personne ne viendra nous chercher.

Nous entrons dans une grande maison située au cœur de la bourgade. Il y a d'abord une longue cour crasseuse, un molosse pas franchement sympathique qui grogne, et une échelle pour nous rendre dans une pièce sur un toit terrasse. Nous avons, si j'ose dire, de la chance : c'est le « salon » des invités, pas trop inconfortable. Après le thé vert rituel, nous nous endormons comme des souches.

Quatre heures plus tard, réveil en sursaut. Ne me

dites pas qu'il faut encore bouger ! Pourtant, nous devons obtempérer une fois de plus. Nous descendons au rez-de-chaussée, passons une porte basse et découvrons un véritable cachot. Une très faible ampoule éclaire la pièce sordide. Une minuscule fenêtre dont le volet sera toujours clos, de la terre battue, un très vieux lit défoncé et deux paillasses posées à même le sol avec trois pauvres couvertures poussiéreuses. Putain, nous y voilà ! C'est comme dans les films ou les livres, un endroit typique où laisser pourrir des otages. J'ai franchement envie de pleurer. Combien de temps va-t-il falloir vivre ou plutôt survivre dans ce gourbi ?

Passé le moment de surprise, je râle et demande à notre « hôte » des couvertures supplémentaires. Cet abruti nous répond qu'il ne fait pas froid, mais je ne lâche rien. Je sais qu'en moins d'une heure sans bouger nous allons grelotter. Le type cède à contrecœur et nous apporte quelques pièces de tissu. C'est toujours mieux que rien. Puis notre geôlier tourne les talons. Il ferme la lourde porte en bois et fixe une grosse chaîne. Nous sommes plongés dans l'obscurité totale. Dehors, il fait encore nuit. Le mieux est de dormir pour tenter d'oublier… l'enfer.

J'entends un bruit de cadenas. Le battant s'ouvre, un peu de lumière entre dans la pièce. Drana nous sert un plat de riz et du pain. Je crève de faim. On n'a pas mangé depuis près de vingt-quatre heures, mais nous n'aurons rien de plus malgré mes réclamations. Le régime sec commence et ce n'est que le début. Pendant notre maigre repas, notre gardien s'accroupit et nous regarde en silence. De profil, avec sa barbe grise et son nez aquilin, il ressemble à un vieux hibou observant sa proie. Il ne prononce pas un mot. Ce type est étrange et ne m'inspire pas confiance.

Après son départ, nous parlons peu. Reza est prostré sur le lit, il ne dit rien. Parfois, il se tourne vers le mur et je l'entends sangloter. Je suis mal à l'aise mais, paradoxalement, ça me rend plus fort. Je ne dois pas craquer. Il faut aussi montrer à nos ravisseurs que nous sommes des hommes dignes.

Je sens que Stéphane est tendu comme un arc. Je tente d'engager la conversation. Il bougonne. Je désire tout de suite mettre les choses au clair :

« J'estime être responsable de cette situation. Au fond, en tant que rédacteur, je suis un peu le chef d'équipe. C'est moi qui ai décidé cette expédition en Kapisa même si j'avais votre aval, j'ai donc des comptes à vous rendre.

— Ce n'est pas de ta faute, rétorque aussitôt Stéphane, nous n'avons pas eu de chance. »

Sa réponse témoigne d'une rare élégance. C'est dans ces moments de vérité que les personnalités apparaissent en pleine lumière. Pourtant, cela ne me rassure pas, loin de là. J'ai mauvaise conscience et me demande si j'ai bien mesuré les dangers de ce reportage.

« Nous avions prévu de ne pas nous arrêter dans la zone risquée de Tagab, mais nous sommes tombés dans une embuscade. Voilà, tu n'es pas plus responsable que nous », précise encore Stéphane. Ses paroles me réchauffent le cœur. De toute façon, je voulais crever l'abcès, il n'y a rien de pire que les non-dits car, un jour ou l'autre, ils vous explosent à la gueule. Pourtant, j'ai le sentiment que, malgré mon expérience des terrains difficiles, je n'ai pas réussi à tout prévoir et je suis en colère contre moi. C'est la première fois que je viens en Afghanistan, je me dis que j'ai peut-être commis une erreur par manque de connaissance de ce pays et de sa culture. J'aurais dû être encore plus prudent.

Mais je sais aussi que jusqu'à maintenant j'ai eu de la chance, beaucoup de chance et un peu de nez…

En septembre 1991, je me trouvais dans la ville martyre assiégée de Vukovar mais j'ai refusé de suivre le photographe Laurent Van der Stockt dans les faubourgs ravagés de Borovo. Il a été grièvement blessé, je l'ai échappé belle. Quelques mois plus tard, à Sarajevo, je pulvérise ma voiture dans un accident causé par un bombardement, je n'ai pas une égratignure. Fin 1993, je suis retenu en otage quelques heures par des Khmers rouges puis ils me relâchent. Bien plus tard en Irak, un inconnu dans une foule poignarde un homme que je viens d'interviewer ; l'interprète m'a affirmé ensuite que j'étais en fait la cible.

Le seul moyen de ne pas faillir est de ne rien tenter. Stéphane comme moi, nous ne pouvions pas nous contenter de la bonne parole de l'armée.

On critique souvent la presse, notamment en France, pour sa timidité, son respect des autorités et du pouvoir. Faire de la communication ou du journalisme institutionnel n'est pas et ne sera jamais ma vocation. Nous en payons aujourd'hui le prix fort mais celui qui n'essaye pas ne se trompe qu'une seule fois.

L'après-midi s'écoule lentement. On ne peut même pas compter les heures, personne n'a de montre. Je propose à mes compagnons d'infortune de faire une demi-heure d'exercices quotidiens à partir d'aujourd'hui, d'abord pour garder la forme, mais aussi pour nous réchauffer et passer le temps. Stéphane acquiesce, Reza ne répond pas, il est décidément très déprimé.

Je commence car il n'y a pas assez d'espace pour deux. Assouplissements, pompes, étirements, flexions, je m'efforce de me remémorer tout ce que j'ai appris dans ma jeunesse pendant les échauffements avant les matchs de rugby et la culture physique que m'a enseignée mon père. Finalement, je ne m'en sors pas si mal pour un premier essai. À la fin de la séance j'ai chaud, et pour la première fois depuis deux jours mon esprit et mon corps son détendus. J'ai presque une sensation de bien-être. La boule de stress qui me tenaille le ventre depuis quarante-huit heures, bien que toujours présente, se fait plus discrète. Je me couche sur ma paillasse : cet instant de répit ne va pas durer mais je le savoure le plus longtemps possible. Je me promets de recommencer chaque jour.

Stéphane prend ma place et débute à son tour une série d'exercices. Il est grand, fin et extrêmement musclé. Cela me rassure : sur le plan physique, je suis certain qu'il va tenir. Et dans la tête, est-il costaud ? Je sais qu'il a un sang-froid hors du commun mais être otage, c'est un marathon. Je ne le connais pas bien mais j'ai déjà compris que c'est un taiseux. Il se réfugie dans sa carapace, parle peu, encaisse beaucoup. Il faudra un jour qu'il évacue toute cette pression accumulée ou il va exploser en plein vol.

Ce soir, après un maigre repas – il y a à peine à manger pour une personne alors que nous sommes trois –, nous nous endormons rapidement. J'ai l'impression d'entrer en hibernation pour échapper à la langueur qui déjà nous menace. Soudain, en pleine nuit, nous sommes réveillés. Drana nous ordonne de prendre une douche. Quelle idée ! Il doit être 4 ou 5 heures du matin et dehors il gèle à pierre fendre. Mais nous n'avons pas le choix. Je m'y risque le premier. Le taliban me fait traverser la cour sinistre et j'entre dans une pièce d'un mètre carré, j'ai à peine la place de me déshabiller. Il y a là un seau d'eau glacée, un peu de savon et un minuscule morceau de tissu : le « drap de bain ». Je fais le vide et je mouille mes cheveux. J'ai la sensation de ne plus sentir ma tête. Je frictionne, je rince puis je me lave entièrement. J'ai le souffle coupé, je ne grelotte même pas, j'ai juste la sensation d'être statufié. Dans ce cloaque, je n'ai pas le droit au faux pas. Je réalise que, sous moi, il y a un trou, un trou à merde ! Malheur à celui qui mettra le pied dedans même si, paraît-il, ça porte bonheur. Je ne m'éternise pas dans cette salle de bains de rêve. Drana me pousse dans le cachot.

Au suivant, c'est le tour de Stéphane. Cinq minutes plus tard, je l'entends déjà revenir et jurer… Sa chaussette est tombée dans le fameux trou, pas de chance ! Reza ne s'aventure pas, il décline l'invitation et attendra la prochaine douche. Ici, nous apprendrons que cela peut prendre du temps.

Nous passons en tout six jours chez notre « charmant » geôlier. J'ai le pressentiment que ce type est fourbe, menteur et paranoïaque, en un mot toxique. Il n'a qu'une seule peur, qu'on soit repéré par un voisin qui pourrait dénoncer une présence suspecte auprès de la police ou de l'armée afghanes, même si celles-ci se trouvent à plusieurs dizaines de kilomètres du village. Il craint aussi un éventuel drone américain. Nous sommes donc contraints d'aller aux toilettes dans la cour et de nous soulager le plus rapidement possible car, pour lui, il y a danger dès que nous nous trouvons hors du cachot.

À notre plus grande joie, ce 6 janvier 2010, nous déménageons dans une autre maison située à quelques centaines de mètres seulement. Nous sommes accueillis par un certain Legol, un homme jeune aux yeux vides, un peu rêveur mais qui se révélera plutôt un bon bougre. Parmi nos geôliers, je fais une classification : les talibans purs et durs comme Drana, les combattants à mi-temps, volontaires lorsqu'il faut donner un coup de main aux rebelles, et les « malgré eux », redevables d'une manière ou d'une autre envers les islamistes. Legol appartient plutôt à cette dernière catégorie.

La mauvaise nouvelle est qu'il fait encore plus froid que dans le cachot précédent et surtout plus humide. Heureusement, il y a une sorte de salle d'eau, certes glauque et très sombre, mais bien pratique pour pisser. On évitera de se retenir pendant des heures comme les jours précédents. Je réalise très vite que lorsqu'on est otage, assouvir ses besoins naturels devient une obsession, simplement parce que toute liberté nous est ôtée, même la plus élémentaire.

Chez Legol, c'est aussi un peu une ménagerie. Nous découvrons quelques souris et mulots. Ces fichues bestioles prennent un malin plaisir à gratter, surtout la nuit. Elles font un bruit infernal sur une bâche plastique fixée au plafond. Ça a le don d'exaspérer Stéphane. Notre geôlier, brave garçon, envoie parfois son chat qui nous fait le grand jeu. Il guette de longues minutes les rongeurs avant de sauter partout mais sans jamais attraper quoi que ce soit. Je n'ai jamais vu un chat aussi incapable ! Et cela au moment où nous en avons le plus besoin. Il y a enfin dans cette maison un chien, aussi fou que méchant. On a toujours l'impression qu'il n'a pas mangé depuis quinze jours. Une fois, il a réussi à s'introduire dans le cachot au moment où son maître ouvrait la porte. J'ai bien cru qu'il allait nous dévorer. Legol a dû le chasser à grands coups de pied. Ce pays est vraiment dangereux, même quand on s'y attend le moins. Chaque nuit, le molosse gueule à se briser les cordes vocales, je passe des heures à l'entendre sans pouvoir dormir. Je ne comprends pas comment cette famille supporte un pareil fauve.

La famille justement… Depuis le début de notre séquestration, nous avons toujours été hébergés dans des maisons privées, que ce soit pendant quelques heures, le premier jour, la première nuit, puis chez Drana et désormais chez Legol. Nous sommes certes isolés dans une pièce parfaitement hermétique, sans contact possible avec les femmes et les enfants ; pourtant nous vivons chez des Afghans, à côté d'eux mais sans eux. Le seul lien est le père qui nous apporte à manger, nous sort pour aller aux toilettes et discute un peu pour s'enquérir de nos besoins élémentaires. J'ai l'étrange sensation de vivre en marge, à côté de la vraie vie.

Depuis que nous sommes chez lui, Legol me donne l'impression d'être un brave type un peu dépassé par les événements, à devoir gérer trois otages. Avec Stéphane et Reza, nous faisons le point. Nous avons en tout 600 dollars en poche, une petite fortune qui a pour l'instant échappé aux fouilles des talibans. Nous décidons de convaincre notre geôlier de faire quelques achats pour améliorer l'ordinaire au marché local, situé un peu plus bas dans la vallée. Dès qu'il revient dans notre cachot, nous lui faisons une proposition. Reza est à la manœuvre, il s'adresse à Legol sur un ton presque amical :

« Nous avons besoin d'un peu de nourriture, des pâtes par exemple, des fruits, et aussi des brosses à dents, du dentifrice et du savon. On voudrait également un petit chauffage avec une bouteille de gaz car on a froid toute la journée. Si on te donne de l'argent, peux-tu nous acheter tout ça au bazar ? »

Suspendus à sa réponse, nous redoutons un refus. Ce serait tellement simple pour lui de nous fouiller et de mettre la main sur notre petit pécule ! Mais non, il accepte de jouer le jeu. Je ne m'étais pas trompé, nous avons affaire à un gars compréhensif, c'est bien la première fois depuis le début de notre mésaventure. « En contrepartie, on te donne un peu plus d'argent pour t'offrir ce qui te fait plaisir à toi et à ta famille. » Legol sourit. Marché conclu, tout le monde est finalement gagnant.

Je viens de comprendre que Reza est un bon négociateur. J'ai l'impression qu'après le choc de l'enlèvement il refait doucement surface. Je pense que finalement il va tenir le coup. Notre interprète saura s'adapter. Comme beaucoup d'Afghans, malgré ses 30 ans, il a déjà eu une vie très difficile et des expériences douloureuses. Au gré des régimes politiques et des guerres, sa famille et lui n'ont cessé de faire des allers et retours entre Afghanistan et Pakistan. Enfant, il a connu les combats dans Kaboul dévasté puis a fui le régime islamiste de Mollah Omar. C'est un Tadjik du Panshir, la vallée du Commandant Massoud, autant dire un ennemi mortel des talibans pachtouns, ce qui d'ailleurs m'inquiétera souvent pour sa sécurité. Avec son sens du compromis à l'orientale, Reza nous sera très précieux car je sais pertinemment que je n'aurai pas la patience de palabrer des heures pour obtenir quelques bricoles.

Lorsque notre hôte revient avec nos « petits achats », c'est presque la fête, le premier rayon de soleil depuis dix jours. Un peu plus à manger, un chauffage d'appoint et des produits hygiéniques, l'évidence dans la vie normale mais un vrai luxe ici. Legol s'est pour sa part offert le barbier, le coiffeur et un blouson... aux frais de la princesse. Mais bon, c'était le « deal », rien à redire. Nous tenterons de refaire la même opération dans quelques jours car il nous reste encore des dollars.

J'ai toujours aussi en ma possession un téléphone. Les talibans ne l'ont pas repéré. Avec la complicité de Stéphane mais en cachette de Reza, car je n'ai pas encore totalement confiance en lui, je tente régulièrement d'appeler ou d'envoyer des textos à ma compagne Béatrice et à mon rédacteur en chef, Lionel De Coninck, pour l'instant sans succès. Je profite d'une sieste de notre interprète pour me remettre à l'ouvrage, discrètement sous ma couverture. Soudain, miracle, je n'en reviens pas ! Pour la première fois, je vois apparaître une barrette au niveau du réseau. Je tente le tout pour le tout car je sais que je n'ai plus beaucoup de batterie. Appels, textos, appels de nouveau. « Mon Dieu, faites que ça passe », me dis-je. Mais rien, absolument rien. Le téléphone reste désespérément muet. Et la barrette de l'espoir disparaît définitivement. L'objet est désormais dangereux. Je ne pense pas que les talibans apprécieraient la plaisanterie. Je dois me débarrasser de ce portable au plus vite.

Nous sommes le 10 janvier et nos ravisseurs vont me donner l'occasion de jeter ce téléphone maintenant encombrant et bien inutile. La batterie est vide et je n'ai aucun moyen de la recharger. En Afghanistan, pour les otages, tout se passe la nuit. J'entends frapper à la porte de la maison puis je perçois quelques murmures. Enfin, il y a le bruit du cadenas et trois talibans enturbannés entrent dans notre pièce. Je reconnais Drana. « On bouge mais on ne va pas loin », explique-t-il. Nous mettons nos chaussures et je m'interroge. Où se rend-on cette fois ?

Pour un prisonnier, c'est toujours pareil. Des jours

et des semaines au même endroit, puis soudain il faut déguerpir en quelques secondes, sans savoir si on va revenir et si on doit prendre ses affaires. Je prends discrètement le téléphone et m'arrangerai pour le jeter. Dehors, la nuit est d'encre, sans lune. L'appareil est dans ma poche, je le démonte d'une main en trois pièces, la batterie, la puce et la coque en plastique. Je profite de l'obscurité quasi absolue pour virer d'abord la puce puis la batterie. Il me reste le plus volumineux, le corps du téléphone. Je prétexte alors de refaire mon lacet et je réussis à glisser le portable sous une grosse pierre. Le tour est joué. Personne n'a rien vu. Je peux continuer mon chemin tranquillement. Mais désormais, nous n'avons plus de moyen de communication.

Nous marchons quelques minutes dans le village, presque à tâtons tellement il fait noir. Finalement, nous retournons chez Drana. Dès notre arrivée dans la maison, je suis séparé des autres. Stéphane et Reza montent à l'étage, dans le « salon » des invités, et je suis enfermé dans le cachot où nous avons déjà passé six jours. La porte se referme ; une sourde angoisse m'envahit soudain. Je m'assois sur le lit défoncé et les questions se bousculent dans ma tête. Pourquoi me laissent-ils seul ? Que se passe-t-il là-haut ? J'entends le bruit d'une conversation mais ne saisis rien de ce qui se dit. L'inquiétude monte d'un cran. Vais-je être séparé des autres ? Pourquoi moi ? Pourquoi Stéphane et Reza resteraient-ils ensemble ? Est-ce une mesure de rétorsion, une punition parce que nos ravisseurs pensent que je suis la forte tête du groupe ? Je ne sais pas, je ne comprends plus, toutes ces interrogations m'oppressent et m'enserrent le crâne comme un carcan. J'ai le souffle court, je respire mal ; en vérité j'ai peur !

Je sens soudain la mort rôder. Je dois me raisonner, revenir sur terre. Il faut respirer par le ventre comme je l'ai appris il y a bien longtemps pendant des séances de yoga lorsque j'étais adolescent. Je remplis mes poumons puis les vide à fond pour mieux refaire le plein. Après quelques minutes de cet exercice, je me calme enfin. Mais que m'arrive-t-il, pourquoi une telle panique ? Je réalise qu'un otage est déstabilisé par le moindre changement, la plus petite contrariété venant perturber son morne quotidien.

J'attends pendant de longues minutes qu'on vienne régler mon sort. Au bout d'une demi-heure, je perçois enfin du mouvement. Le cachot s'ouvre. On vient me chercher et c'est Stéphane qui prend ma place. Lorsque je pénètre dans le « salon » de Drana, tout s'éclaire. Il y a trois ou quatre combattants, une vieille mitrailleuse datant de l'occupation soviétique et un type assis, le visage dissimulé par un grand foulard afghan, ce doit être un petit chef taliban. Reza m'explique en quelques mots qu'il s'agit d'un interrogatoire un peu plus serré que les deux précédents réalisés juste après notre enlèvement.

Les questions se succèdent sur mon identité, mon métier, pourquoi nous étions en Kapisa et le but du reportage. Puis mon interlocuteur se fait plus précis :

« À part filmer l'armée française, qu'avez-vous fait pendant presque un mois en Afghanistan ? »

Il faut réfléchir rapidement car je sens le piège. En réalité, nous n'avons fait que suivre les militaires français mais, le premier jour, nous avons menti à nos ravisseurs qui nous accusaient d'espionnage. Nous affirmions alors avoir rencontré des civils et des organisations humanitaires. Il faut désormais que je réponde comme Stéphane. Je comprends pourquoi nous sommes interrogés séparément, pour vérifier la cohérence de nos récits.

« J'ai visité l'université de Kaboul, rencontré des Afghans francophones, des ONG, un ancien ministre et je suis allé à l'ambassade de France. » Je donne quelques détails tout en restant relativement flou. J'espère ne pas éveiller les soupçons du taliban. Celui-ci me regarde soudain fixement et me rétorque : « Votre collègue affirme ne jamais avoir été à l'ambassade de France. »

Je reste calme : « C'est vrai, mais Stéphane est caméraman. Lorsque j'étais à l'ambassade pour des discussions informelles et non filmées, il est resté à l'hôtel pour préparer le matériel car nous avions une interview enregistrée juste après. » Je sors cet énorme mensonge avec un tel aplomb que mon interlocuteur ne bronche pas. Comme en politique : plus c'est gros, mieux ça passe.

Je sens que le type en face de moi commence à fatiguer. Encore quelques questions assez banales puis c'est fini… ou presque. Le taliban me dévisage et m'envoie à la figure :

« De toute manière, vous êtes des espions militaires français et pas des journalistes !

— Je vous ai tout dit, rien que la vérité, je ne peux pas en faire plus. Vérifiez avec les autorités françaises, l'ambassade à Kaboul, le gouvernement à

Paris et mon employeur, France Télévisions, et vous verrez que je ne mens pas. »

J'en ai marre de ses accusations débiles.

L'interrogatoire est terminé. Me voilà soulagé, je ne pense pas avoir commis d'impairs. Je vois que Reza est détendu. On s'en sort pas trop mal me semble-t-il.

Mais les talibans sont les rois de la surprise. Après une nouvelle journée mortelle chez Legol où nous sommes revenus, nos « hôtes » nous convoquent pour une deuxième séance : il faut refaire la même chose que la veille mais face à une petite caméra. Les talibans veulent filmer notre témoignage, certainement pour le montrer à leur hiérarchie. Je me demande bien pourquoi l'enregistrement n'a pas été réalisé dès hier soir. Mais inutile de chercher à comprendre, les logiques occidentale et afghane sont souvent diamétralement opposées. Rebelote, mêmes questions et mêmes réponses, toutefois dans une atmosphère plus conviviale si j'ose dire.

Une deuxième surprise nous attend. Nous pensons aller dormir paisiblement quand Drana nous informe que nous allons faire une longue marche cette nuit dans la montagne. Il insiste, « une très grande marche ». Je crains le pire et pense qu'on va souffrir.

Mais avant de démarrer, une dernière fouille est organisée. Drana subodore notre petite magouille des « courses » avec Legol. Je l'ai vu tiquer lorsqu'il a remarqué le chauffage d'appoint au gaz. Ils sont quatre talibans à inspecter nos affaires, nos habits et nos poches : le vieux Drana, un jeune garçon d'à peu près 20 ans que je soupçonne être son fils, un certain Kaka, une grande tige de plus d'un mètre quatre-vingt-dix et un petit nerveux répondant au nom de Shaker. Rien n'est laissé au hasard, c'est vraiment la première fois. Bien sûr, ils tombent fatalement sur notre argent disséminé un peu partout. Il nous reste encore 500 dollars. Drana et Shaker sont très en colère. Les talibans ont le sentiment d'avoir été bernés pendant plus de dix jours. J'ai été bien inspiré d'avoir jeté le portable la veille. Parce que l'argent, passe encore, mais un téléphone… on a frôlé le drame. Finalement, on en est quitte pour une remontrance, quant au fric il passe directement dans leurs poches. Je suis furieux mais que faire ?

Nous partons enfin. La nuit est sans lune comme hier ; on n'y voit pas à trois mètres. Il est difficile d'imaginer l'obscurité presque absolue lorsqu'on a toujours vécu dans un pays développé. Car chez nous un halo permanent de lumière éclaire au loin pour rappeler la présence d'une ville ou d'une bourgade, même en rase campagne.

En Afghanistan, il n'y a que la montagne et des villages moyenâgeux. Quand parfois l'électricité existe, elle n'alimente que de faibles ampoules à peine suffisantes pour éclairer une petite pièce. Dehors, il fait noir, très noir, et les talibans n'ont pas l'intention d'allumer leurs lampes de poche de peur d'être repérés par des drones américains qui filment et photographient tout ce qui bouge.

Nous marchons en file indienne, très près les uns des autres pour s'orienter et ne pas se perdre. Nous sommes accompagnés par quatre hommes armés de kalachnikovs. De toute façon, vu le contexte et le relief, je n'imagine pas un instant une tentative d'évasion. Nous sommes prisonniers des ténèbres et de la géographie.

Rapidement, nous attaquons une pente très forte, sans chemin. Il s'agit d'une paroi presque verticale se dressant juste derrière le village. Malgré des chaussures de randonnée performantes, je glisse pratiquement à chaque pas, j'ai beaucoup de mal à accrocher la roche. Je dois m'aider des mains pour me hisser vers le haut. J'ai eu la bonne idée de prendre des gants en cuir sinon mes doigts seraient déjà en sang. Toutes les cinq minutes, je m'arrête à bout de souffle et regarde désespérément vers la crête que je n'arrive pas à entrevoir. Mes deux compagnons d'infortune, Stéphane et Reza, semblent dans le même état que moi, déjà épuisés alors que nous n'avons pas marché une heure. Les talibans avancent sans bruit, sans un souffle et apparemment sans effort. Je n'ai jamais vu des montagnards pareils. Je pense que même sans armes ils pourraient gagner la guerre. Je crève de chaud alors qu'il gèle, mais j'avance parce que de toute manière je n'ai pas le choix.

En montagne, c'est toujours la même histoire, plus on progresse et moins on voit le sommet. On a souvent la sensation que le point culminant est proche, mais il ne cesse de se dérober. Je n'en peux plus et sais pertinemment que là-haut on sera encore bien loin de l'arrivée. Désormais, ce n'est plus de la marche mais véritablement de l'escalade. La fatigue me tétanise les muscles des cuisses et des mollets. Je commence à trembler. Je fais un énorme effort pour rester concentré car le moindre faux pas pourrait être fatal. Tomber signifie glisser de plusieurs dizaines de mètres en contrebas.

Je hais ces connards de talibans. Dans ma tête, je les insulte de tous les noms. Mais pourquoi nous font-ils passer par ici ? Si on crève, on ne vaudra plus rien. Ces imbéciles seront bien avancés mais au moins s'en rendent-ils compte ?

Enfin la crête est en vue et je vois une vive lumière blanche au loin. Est-ce une ville ? Est-ce Kaboul ? Non, nous sommes trop loin. J'interroge discrètement Stéphane pour ne pas éveiller l'attention de nos gardiens :

« C'est quoi au fond, à ton avis ?

— C'est là où on a atterri début décembre », me répond-il brièvement.

J'ai compris : nous apercevons la base américaine de Bagram. On ne veut pas prononcer ce nom devant les talibans, histoire de ne pas leur montrer qu'on arrive encore à se repérer malgré les tours et les détours effectués depuis le début. Je suis un peu rassuré car cela signifie qu'on ne s'est pas trop éloigné de la vallée principale de Kapisa et surtout qu'on ne nous emmène pas au Pakistan, le pays d'Al-Qaïda où notre avenir serait plus incertain encore.

Je pensais que le plus dur était fait, mais la descente se révèle tout aussi périlleuse. Cette fois, je suis Reza à la trace car il porte un pantalon blanc qui me sert de phare. Nous progressons toujours dans la plus grande obscurité, ce qui rend notre périple absolument épuisant. Mes jambes ne me portent plus, je titube à chaque pas et mes chevilles se dérobent sous moi. Extrêmement tendu, j'ai une seule trouille : me faire une entorse. Je sais que c'est mon point faible, et si je me blesse, personne ne pourra me porter pendant des kilomètres. Je suis physiquement à bout, il faut que mes ligaments tiennent sinon ce sera la catastrophe, au milieu de nulle part. Le sang bat à mes tempes, j'ai un mal de crâne fou mais je ne dois pas y penser. Il faut avancer, juste avancer sans réfléchir et sans me déchirer une cheville. Stéphane et Reza souffrent aussi. Je sens bien qu'ils n'ont plus de réserve, toutefois personne ne se plaint. À quoi bon d'ailleurs…

Nous marchons au moins quatre heures comme des robots. Mettre un pied devant l'autre et répéter le geste indéfiniment… Enfin j'entrevois quelques lumières. Il y a un village pas très loin, mais hélas ce n'est pas encore le bon. Nous le dépassons et il faut encore descendre. Chaque pierre, chaque trou est un piège. Je tente d'anticiper les obstacles en suivant obstinément le pantalon blanc de notre interprète. Pourvu que mes chevilles tiennent !

Nous traversons désormais des champs, nous escaladons des murets en pierre et enfin, au moment où je ne m'y attends plus, j'aperçois une maison isolée. Je ne rêve pas, nous avons atteint notre but. Il doit être 3 ou 4 heures du matin, je suis littéralement épuisé mais vivant, et même pas blessé. Incroyable !

6

Le poison de la suspicion

Pourquoi les plus hauts responsables de l'État – président de la République, secrétaire général de l'Élysée, ministres et généraux – s'abattent-ils sur deux reporters anonymes comme un nuage de criquets sur un champ africain ? Pourquoi attirons-nous les foudres du pouvoir ? Avons-nous commis un crime de lèse-majesté, sommes-nous les parias de la nation, les vilains petits canards du journalisme ?

Nous avons certes tenté de faire notre métier de la manière la plus sérieuse et la plus indépendante possible dans un pays en guerre. Si nous étions revenus discrètement sains et saufs, personne n'aurait parlé de nous ni en bien ni en mal. Nous aurions réalisé notre mission dans une totale indifférence. Le reportage aurait été regardé vers 23 heures par quelques rares téléspectateurs encore intéressés par un conflit oublié où meurent pourtant chaque jour des soldats américains, allemands ou britanniques. Et français : quatre-vingt-huit depuis le début de la guerre. Mais notre erreur a été de nous faire enlever par des talibans sur une route importante entre deux bases tricolores, Tagab et Tora. La France, justement, qui avait pour mission de sécuriser cet axe essentiel baptisé « Vermont », reliant l'est de l'Afghanistan au Pakistan.

Désormais, personne n'a d'illusion sur l'avenir de la guerre. Il ne s'agit pas de savoir si on va gagner ou perdre mais tout simplement de connaître la date du départ définitif. À en croire tous les responsables politiques français, au plus vite au mieux. Mais au moment de notre enlèvement, en décembre 2009, le dogme officiel était « la conquête des cœurs et des esprits » parmi la population locale. Paris, Washington et Londres espéraient encore se sortir du bourbier afghan avec les honneurs.

Pas de chance, à notre toute petite échelle, après notre kidnapping, nous devenions la preuve par neuf que les troupes françaises en Kapisa ne contrôlaient rien. Une évidence aujourd'hui mais un sacré constat d'échec à l'époque. Le baratin officiel de l'armée, du ministère de la Défense et du président de la République volait en éclats. Il fallait donc allumer un contre-feu et ouvrir un très grand parapluie.

Les trois semaines que nous avions passées avec l'armée française allaient offrir un prétexte idéal pour nous dénigrer, Stéphane et moi. Mon seul interlocuteur en Afghanistan est un lieutenant-colonel, un certain Jackie Fouquereau, officier supérieur responsable des relations entre la presse et l'armée. Il est basé au camp de Warehouse, à la périphérie de Kaboul. À la première entrevue, début décembre, le contact est « viril » mais plutôt sympathique. Cet ancien parachutiste semble connaître la presse. Son épouse est journaliste, il habite Lille, ma ville natale et familiale ; nous avons quelques connaissances en commun, le contact passe bien et je me dis que c'est plutôt bon signe. Pourtant, au fil du temps, les relations vont se tendre car sur le terrain, dans les camps de Nijrab et de Tagab, nous travaillons au quotidien avec une lieutenante aux ordres de Fouquereau ; tatillonne, la jeune femme se révèle être plus un garde-chiourme qu'une attachée de presse qui connaît son métier. Filmer la vie quotidienne des soldats est une négociation permanente, suivre des missions de combat exige des heures de justifications ; toute improvisation, qui est pourtant la base du métier, semble poser des problèmes insurmontables. Difficulté supplémentaire, je ne travaille pas pour le journal télévisé mais pour une émission d'investigation – *Pièces à conviction* : c'est une tâche différente et plus exigeante encore. Les tensions s'accroissent donc au fil du temps mais je sais que je n'ai pas le choix, je dois me conformer aux règles militaires. Même si je ne suis pas un grand habitué de l'armée, j'ai déjà eu l'expérience de ce type de reportage en Macédoine et en Bosnie dans les années 90.

Pourtant, après bien des efforts, une discussion orageuse éclate avec la lieutenante de presse. Le dimanche 27 décembre 2009, alors que nous sommes presque à la fin du tournage, j'explose : j'estime que les conditions de travail deviennent inacceptables. J'ai le sentiment que la jeune femme fait désormais tout ce qui est en son pouvoir pour nous empêcher d'œuvrer correctement. Elle installe une tension constante entre nous et les hommes que nous filmons. Nos interlocuteurs ressentent évidemment cette atmosphère lourde et ne sont bien entendu pas en condition pour nous parler en toute sérénité. Je pense honnêtement que cette manière d'agir ne doit rien au hasard mais est le fruit d'une politique délibérée de communication ou plutôt de non-communication. La « grande muette » n'arrive pas à se défaire de ses vieilles habitudes…

Le lendemain, comme prévu, Stéphane et moi repartons à Kaboul en hélicoptère avec l'accord des militaires. Nous devons en effet préparer le tournage dans la fameuse vallée de la Kapisa, sans l'armée française, qui aura lieu dans quarante-huit heures. Il s'agit de vérifier tous les détails du reportage avec l'interprète et nos accompagnateurs.

Dans l'après-midi du mardi 29 décembre, mon rédacteur en chef, Lionel De Coninck, m'appelle. Il vient de recevoir un mail du responsable de presse de l'armée à Kaboul. Le lieutenant-colonel Fouquereau, alerté par sa subordonnée sur le terrain, se plaint – à partir de cette unique source d'information ! – de mon comportement pendant les semaines précédentes. Dans cette missive, l'officier transforme une dispute, certes vive mais purement professionnelle, en une série de griefs. Nous sommes accusés de braver des interdictions, d'être agressifs et d'avoir un sentiment permanent de suspicion envers les militaires. Nous aurions même été grossiers avec des membres du service de presse et entretenu de mauvaises relations avec l'armée américaine. J'explique à mon rédacteur en chef que ces alllégations sont soit largement exagérées soit totalement fausses. En revanche, je note qu'il n'y a pas un mot sur notre projet de travailler seuls le lendemain. Par ailleurs, Jackie Fouquereau n'évoque à aucun moment les talibans et pour cause car il savait que nous n'avions pas l'intention de les rencontrer. Quelques heures plus tard, nous sommes enlevés par des rebelles islamistes au nez et à la barbe de l'armée française. Très vite, la polémique surgit et enfle jour après jour. Les arguments avancés par le président de la République, certains ministres et quelques militaires de haut rang ressemblent fort au contenu du mail envoyé par l'officier de presse Fouquereau à mon rédacteur en chef. S'y ajoutent quelques gros mensonges comme par exemple notre volonté de vouloir à tout prix rencontrer des talibans et les mises en garde répétées des militaires nous déconseillant absolument de partir sans escorte sur le terrain. Le scénario de l'histoire est écrit. Et prêt à être diffusé.

À partir de ce moment-là, le piège se referme sur nous. L'ancien ministre de la Défense Hervé Morin le reconnaît désormais : « Nous n'avions pas d'autres informations que celles de la DGSE, de l'armée et du corps diplomatique. Quelle autre source d'information pouvait-on avoir[1] ? »

Bernard Kouchner, qui était le chef de la diplomatie française, a aussi le sentiment de s'être fait abuser : « Quand même, on s'est un peu auto-intoxiqués.

1. Entretien du 20 mars 2012.

J'ai été intoxiqué par ces gens[1] » (sous-entendu par l'armée).

Jean-David Levitte, l'ex-conseiller diplomatique du président de la République, se fait plus précis : « On avait tous le même rapport et on était tous en pétard. » La suite est incroyable : « Moi, je ne l'ai jamais vu ce rapport, mais je l'ai pris comme parole d'évangile. On n'a pas de raison de le mettre en doute et pas les moyens de le mettre en doute[2]. » Voilà une information : le conseiller du chef de l'État n'a « pas les moyens » de vérifier.

Claude Guéant, alors secrétaire général de l'Élysée et véritable bras droit du président, confirme : « J'ai parlé en toute bonne foi, sur le fondement de propos catégoriques de militaires. » Mais étrangement, personne n'a vu un rapport écrit émanant de l'armée ou des services secrets. Aucun papier, aucun mail, aucune trace, et Claude Guéant précise même : « Je n'ai pas le souvenir de rapports. On en voit assez peu à l'Élysée. » Lorsque j'entends ce propos de l'ancien ministre de l'Intérieur, je manque tomber à la renverse.

Des hommes au plus haut niveau de l'État auraient donc sali mon honneur et celui de Stéphane en se fondant sur de simples accusations verbales invérifiables provenant d'un militaire intoxiqué par sa collaboratrice ? Si cela est vrai, il y a de quoi douter de la bonne marche de la République. Si cela est faux, il doit bien exister un document, mais alors pourquoi

1. Entretien du 20 mars 2012.
2. Entretien du 10 mars 2012.

le cacher ? Dans notre pays, on écrit des rapports sur tout et n'importe quoi, or étrangement celui nous concernant et qui a perturbé la plus haute hiérarchie de la nation n'existe pas ou est introuvable. Bizarre… Comme c'est bizarre, j'ai dit bizarre…

Une certitude, l'unique officier avec qui je suis en relation constante pendant tout le mois de décembre 2009 en Afghanistan est ce lieutenant-colonel Jackie Fouquereau. Il est le seul à pouvoir fournir à sa hiérarchie des informations nous concernant, Stéphane et moi. Fouquereau est donc en vérité la source unique qui alimente les plus hauts dignitaires de l'État.

Fait troublant, depuis ma libération, fin juin 2011, j'ai eu des entretiens avec tous les grands acteurs de cette affaire. En premier lieu, Nicolas Sarkozy m'a reçu, ainsi que Stéphane, pendant une heure dans son bureau à l'Élysée. Une exception : le lieutenant-colonel Fouquereau n'a jamais répondu à mes multiples appels et je n'ai donc pas pu le rencontrer, à mon plus grand regret. Mon but n'était évidemment pas de rallumer une polémique mais de mieux comprendre l'histoire. Cet officier, désormais à la retraite, se mure dans le silence, sa tour d'ivoire et ses mensonges.

Aujourd'hui, la plupart des protagonistes de cette affaire semblent gênés par la polémique des débuts. D'abord le président de la République en personne. Pendant notre entrevue, fin juillet 2011, il dit comprendre ma douleur mais ne s'attarde pas sur le sujet. Je sens un certain trouble dans son regard. Claude Guéant a également mis de l'eau dans son vin : « Je ne peux pas conclure. J'ai désormais deux avis catégoriques. Je ne sais pas ce qui s'est passé. Si j'ai été à côté de la vérité, je le regrette. Sur le coup, je n'avais qu'une seule information. » Hervé Morin affirme ne jamais avoir approuvé la controverse : « Guéant et le général Georgelin parlent parce que Sarkozy enlève les verrous. Tous ces mecs ne rêvent que d'une chose, faire les beaux. Ils parlent, Georgelin en tête. Il veut faire plaisir à Sarkozy, c'est l'effet de cour. »

Pour sa part, Bernard Kouchner va encore plus loin : « La façon dont Georgelin s'est exprimé m'a révulsé. Un chef d'état-major ne parle pas comme cela. » À propos du président, l'ancien ministre prend encore moins de gants : « Quand Sarko s'est exprimé au Conseil de défense, je me suis dit qu'il était beaucoup plus immature que je croyais. C'était une réaction affective. Il surréagissait. Je me suis dit qu'il n'était pas assez solide. » Kouchner avoue aussi sa faiblesse de l'époque : « Je m'opposais mais je ne voulais pas avoir une position de non-retour. »

Jean-David Levitte fait lui aussi marche arrière : « Claude Guéant n'aurait pas dû dire ce qu'il a dit. » Et il ajoute, dans un élan de contrition : « Aujourd'hui, c'est important pour le président, pour Morin et pour Guéant que l'origine de la polémique soit clarifiée. »

Mais, au-delà de la controverse, les responsables politiques et militaires français reconnaissent désormais qu'ils n'ont jamais contrôlé la province de

Kapisa. Toutefois, c'est beaucoup plus facile à admettre aujourd'hui que fin 2009, au moment de notre kidnapping, lorsque la France se berçait encore d'illusions sur l'Afghanistan. Maintenant, chacun avoue que cette guerre est perdue.

L'ancien ministre de la Défense Hervé Morin, retiré des affaires depuis fin 2010, est lucide : « L'intervention en Afghanistan, je pense qu'il fallait la tenter mais maintenant il est temps de partir. » Le général Georgelin, l'ex-patron de l'armée française, se fait brusquement très précis : « Nous ne sommes pas une armée d'occupation. Notre rôle n'est pas de contrôler en permanence cette route (l'"axe Vermont" où nous avons été enlevés). C'est évidemment l'ambiguïté de ce type d'opération. Nous sommes là pour que les forces afghanes émergent et assurent la sécurité du pays. Mais les Afghans font comme ils peuvent et ils assurent mal. Nous ne sommes pas dans une mission de quadrillage et nous n'avons pas les moyens d'avoir dans cette zone une sécurité absolue. »

Jean-David Levitte conclut par un aveu d'impuissance terrible. À la question « on ne contrôle rien en Kapisa ? », il lâche dans un souffle : « Non, rien. »

7
L'éclaircie

Deux semaines. Deux semaines que nous avons changé de vie. Nous ne prononçons jamais le mot entre nous mais nous savons que nous sommes devenus des otages. Une autre face de l'Afghanistan surgit – violente, impitoyable, surprenante et fascinante aussi.

Depuis le 13 janvier, nous sommes détenus chez un certain Shahin, un chef local taliban plutôt affable mais qu'on voit peu. Nous sommes installés dans la grande pièce réservée aux invités. Nous avons vue sur toute la vallée par trois grandes fenêtres, cela nous change des sombres cachots précédents. Les conditions de vie sont donc meilleures même si la nourriture est toujours aussi mauvaise. Nous avons en permanence trois gardiens, les deux fils de ce Shahin et l'inévitable Drana qui nous suit malheureusement partout.

Six jours après notre arrivée dans cette maison, nous recevons la visite d'un autre groupe de combattants, le petit Shaker et le grand Kaka, toujours inséparables, avec qui nous avons marché la semaine précédente pendant de longues heures dans la montagne. Ils sont accompagnés d'un type minuscule avec un énorme turban sur la tête. Stéphane le surnomme tout de suite « Banania », car il nous fait penser au bonhomme sur les boîtes de chocolat de notre enfance. « Banania » est le caméraman de la bande, il nous a déjà filmés une première fois chez Drana. Mais les talibans me semblent tout penauds et nous racontent un peu gênés que la première vidéo a été égarée. Le document se trouvait sur un combattant tué en opération et la cassette a été perdue. Nous n'y croyons pas une seconde.

« Il y a eu un problème d'enregistrement ou ils ont effacé la bande par erreur, m'explique Stéphane.

— Alors, pourquoi inventer un tel mensonge ?

— Pour ne pas passer pour des abrutis », réplique mon camarade.

Pas faux. Il va donc falloir recommencer le même cirque et on a déjà perdu huit jours. Pas question d'improviser. Nous écrivons d'abord un texte que nous mémorisons. Nous nous adressons directement au président de la République : « Nous demandons à Nicolas Sarkozy de faire tout ce qui est en son pouvoir pour nous libérer au plus vite et d'accepter les conditions exigées par nos ravisseurs. Nous sommes à peu près en bonne forme mais le temps est long. Nous espérons de toutes nos forces une négociation efficace et rapide. »

Cette fois, l'enregistrement s'effectue avec un téléphone portable, technologie plus simple, plus efficace et qui me rassure. La caméra me paraît trop sophistiquée pour un taliban de base. « Ça tourne », me prévient « Banania ». Je fais un geste vers l'appareil car le « rouge » n'est pas allumé. Je ne voudrais pas encore tourner pour rien. Lorsque les Français recevront cette vidéo, ils analyseront tout de suite mon signe comme une preuve de vivacité et de bonne santé mentale. Surinterprétation : il s'agissait juste d'éviter une nouvelle erreur technique, une seconde déconvenue et une perte de temps supplémentaire. Car lorsqu'on est otage, une journée de captivité est une journée de trop. Ce film me rassure, il signifie que les talibans désirent prouver que nous sommes en vie. Il démontre aussi une volonté réelle de débuter des négociations au plus vite. J'en conclus hâtivement que les islamistes veulent clore rapidement cette histoire. L'espoir fait vivre, dit-on, et je n'ai pas d'autre choix que d'être optimiste.

Dix longues journées vont s'écouler, rythmées par une séance quotidienne d'exercices physiques, de maigres repas, des heures à ne rien faire, les yeux rivés au plafond, et de longues nuits pour tuer le temps. Petit réconfort : nous réussissons parfois à convaincre le vieux Drana de nous prêter sa radio. Selon son humeur, très variable, nous avons parfois droit à une heure de programme et tentons de nous brancher sur Radio France Internationale. Par chance, nous captons assez bien car nous sommes situés en haut du village et Dieu sait si les ondes sont capricieuses. Nous apprenons d'ailleurs l'abominable tremblement de terre en Haïti.

Ce 29 janvier, je ne suis pas près de l'oublier. En fin d'après-midi, le maître de maison, Shahin, nous prévient que nous allons téléphoner ce soir à un Français, sans autre précision. Nous allons devoir marcher parce qu'il n'y a pas de réseau téléphonique au village. Pour l'expédition, ce sera Stéphane ou moi car l'un d'entre nous devra rester ici par mesure de précaution. Je remarque à ce moment que les talibans, sous leur aspect un peu amateur, sont en fait de vrais pros, même s'ils ont souvent une logique différente de la nôtre. Nous discutons quelques minutes. Finalement, j'irai téléphoner. « Tu feras le prisonnier si ça se passe mal », dis-je en rigolant à Stéphane.

Nous attendons désormais avec impatience le top départ. À 21 heures, on démarre. J'espère juste qu'il ne va pas falloir encore crapahuter pendant des heures dans la montagne. Reza vient avec moi, indispensable pour faire le lien avec nos geôliers. Nous sommes accompagnés du chef, de ses deux fils, et, comme d'habitude, de Drana. Nous traversons d'abord quelques champs puis nous attaquons rapidement une forte pente car hélas rien n'est plat dans ce foutu pays. Heureusement, l'espoir de parler à quelqu'un de l'extérieur, un négociateur j'espère, me donne des ailes. Je ne ressens aucune fatigue. Nous grimpons pendant une bonne demi-heure quand Shahin décide de faire une première tentative pour vérifier si le réseau passe. Plusieurs essais mais aucune tonalité, il faut encore monter. En fait, nous grimpons jusqu'à la crête pour avoir une réception correcte.

En haut, nous nous planquons sous un arbre. Je sens les talibans un peu tendus, aux aguets, ils doivent peut-être craindre un piège. Ils ont peur des drones, comme toujours. Pour ma part, je ne comprends pas bien pourquoi nos ravisseurs acceptent une conversation téléphonique directe. Ils prennent le risque de se faire repérer par l'émetteur GSM, mais bon, c'est leur problème pas le mien ! Nouvel essai, ça ne passe toujours pas. Cette fois le stress change de camp.

« Pourvu que ça marche, dis-je en m'adressant à Reza.

— Oui, j'espère vraiment », me répond-il, nerveux.

Shahin est patient, il refait inlassablement le numéro quand soudain je vois son visage s'éclairer. Ça fonctionne ! Le taliban me passe le portable, je le lui arrache presque des mains. Il faut faire vite, nos geôliers m'ont donné deux minutes :

« Bonjour, je suis Hervé Ghesquière, journaliste à France 3, je suis accompagné de Reza notre traducteur et Stéphane attend à un autre endroit. » J'ai failli dire « à la maison », mais les talibans m'ont spécifié à plusieurs reprises de ne donner aucun détail susceptible de nous localiser.

« Je suis très content de vous entendre, je suis un ami de Lionel », me répond une voix sympathique et enjouée. Lionel, c'est mon rédacteur en chef, et le gars qui me parle, certainement pas un de ses potes. Lorsqu'il me dit « ami de Lionel », je comprends tout de suite agent de la DGSE, les services de la sécurité extérieure.

Après les vérifications d'usage, nom de jeune fille et prénom de ma mère, prénom de mon père et ma date de naissance, je vais à l'essentiel :

« Avez-vous commencé des négociations et avec qui ? Est-ce qu'elles progressent ?

— Oui, ne vous inquiétez pas, nous allons vous sortir de là très rapidement, rassure mon interlocuteur et il ajoute : Êtes-vous tous en bonne santé ?

— Oui, pour le moment pas de problème. » J'insiste encore : « Les négociations avancent-elles vraiment ?

— Ne vous inquiétez pas », me répond de nouveau la voix.

Puis les talibans me font signe que les deux minutes sont écoulées.

« Je dois raccrocher maintenant, on me demande de raccrocher.

— OK, bon courage. »

Ce sera le mot de la fin, énigmatique…

Je résume la conversation aux Afghans et chacun estime qu'elle est très positive. Nous amorçons la descente par un autre chemin, une précaution supplémentaire j'imagine. Tout le monde est de bonne humeur. Pour la première fois depuis notre enlèvement il y a déjà un mois, j'ai le cœur léger. Les talibans ont le sourire. On a tous l'impression de voir le bout du tunnel. Nous marchons maintenant le long d'un torrent. La lune est pleine, la lumière suffisamment forte pour admirer le paysage. Il est à couper le souffle. Que ce pays est beau, incroyablement beau ! Dommage qu'il soit si dangereux ! Le chef se rapproche de moi et demande à Reza de me traduire : « Regarde cette vallée, il n'y a rien, que des pierres et de l'eau. Mais observe bien cette splendeur. Ici, c'est pauvre, aucune richesse, quelques arbres et même pas d'herbe, mais c'est chez nous, c'est notre pays et personne n'a le droit de nous le prendre. » Shahin me dit cela tranquillement, sans colère et sans haine. À ce moment-là, je saisis la douceur de son regard. Il me prend le bras comme un ami et j'ai le sentiment qu'il veut que je sois son messager pour expliquer aux miens, aux Occidentaux, que l'Afghanistan n'appartient qu'aux Afghans. Cette nuit-là, j'ai un peu mieux compris le combat de ces hommes même si leurs méthodes violentes et sanguinaires sont impardonnables.

De retour « à la maison », je fais un compte rendu complet à Stéphane qui n'en perd pas une miette. Lui aussi retrouve le sourire. Les talibans ont eu la présence d'esprit d'enregistrer la conversation avec l'agent de la DGSE. Nous l'écoutons en boucle. « Nous allons vous sortir de là très rapidement. » Voilà la phrase de tous les possibles. Mais je veux aller plus loin car je pense avoir gagné la confiance de Shahin et je devine qu'en tant que chef, même local, il a des informations un peu plus fiables que les autres.

« Est-ce que vous pensez que les négociations avec les Français ont réellement débuté et qu'elles progressent ?

— Pour nous, les talibans, les négociations sont terminées, répond-il sans hésitation.

— Terminées, c'est-à-dire ?

— Nous exigeons cent prisonniers, détenus dans les prisons afghanes et à la base américaine de Bagram.

— Et alors, vous avez une réponse positive ?

— Oui, nous voulons les cent prisonniers et nous allons les obtenir.

— Qui sont ces prisonniers ?

— Des combattants capturés lors d'opérations militaires.

— Mais êtes-vous bien sûrs que les négociations sont finies et que vous allez avoir vos cent prisonniers ?

— Les négociations sont terminées, je vous l'assure. »

Je n'en reviens pas, Stéphane et Reza non plus d'ailleurs. Nous sommes abasourdis. Je suis tellement étonné que je repose la question encore deux ou trois fois. La réponse est identique : « Les négociations sont terminées. »

Tout cela résonne dans ma tête. Nous sommes passés en quelques heures du néant à l'espoir le plus fou et le plus inespéré. Je n'ose y croire totalement mais je dois bien me rendre à l'évidence. Il y a deux phrases clés : « Les négociations sont terminées », prononcée par le taliban, et : « Nous allons vous sortir de là très rapidement », dite par l'agent des services secrets français. Apparemment, ça se recoupe. Alors, j'ose une ultime question à Shahin :

« Quand allons-nous être libérés ?

— Bientôt, inch' Allah », me répond-il à l'afghane.

Mon front est brûlant, j'ai un terrible mal de crâne. Il y a eu trop d'émotion en si peu de temps. C'est la tempête force 10, là-haut.

Il est tard, plus d'une heure du matin. Nous allons nous coucher. Les mots continuent à résonner dans ma tête. « Négociations terminées », « On va vous sortir de là rapidement », ça c'est pour le positif. « Bientôt, inch' Allah » et « Bon courage », c'est pour le négatif. Pourquoi « inch' Allah », pourquoi « bon courage » si le dénouement est imminent ? Je pèse et soupèse chaque expression, chaque syllabe, à en devenir fou, oscillant entre optimisme béat et sourde angoisse.

Je m'endors comme un otage, toujours déchiré entre plusieurs options qui ne me laissent jamais en paix.

Quelques semaines plus tard, très loin de nous dans la banlieue lilloise, le téléphone sonne chez Béatrice, ma compagne. En ligne, le président en personne. Il va directement au fait, sans précaution :

« Madame, ça bouge. Hervé et Stéphane sont sortis de leur prison et marchent dans la montagne vers nous, vers une unité afghane régulière. Les ravisseurs acceptent de les rendre. » Nicolas Sarkozy, trop content d'annoncer la bonne nouvelle, ajoute même : « J'ai promis de les ramener à la maison. J'ai hésité à vous appeler mais cela va dans le bon sens. Il y a un travail sérieux pour les sortir. » Nous sommes le 26 février, un mois à peine après mon contact téléphonique avec l'agent des services secrets. Mon correspondant semble donc tenir sa promesse. « On va vous sortir de là très rapidement », avait-il dit.

Paul Nahon, le directeur des magazines de France Télévisions, en contact constant avec la DGSE confirme : « À ce moment, le numéro 2 des services, le général Ract-Madoux, m'affirme que c'est presque fait[1]. » Jean-David Levitte, le conseiller diplomatique de l'Élysée, est sur le même tempo : « Le président était convaincu que c'était bon[2]. »

Alors, que s'est-il finalement passé ? Selon l'Élysée, nous avons été bloqués dans une tempête de neige, ce qui aurait fait échouer l'opération. En

1. Entretien du 10 avril 2012.
2. Entretien du 10 mars 2012.

réalité, le 26 février, nous n'avons pas bougé, et il n'y a pas eu de mauvaises conditions climatiques ce jour-là. Je peux même confirmer qu'entre le 15 février et le 3 avril nous sommes restés sans interruption dans la même maison.

Pourquoi donc un coup de téléphone aussi spectaculaire ? Les informations ou plutôt les fausses informations de la DGSE provenaient très certainement de contacts afghans sur le terrain et sont remontées jusqu'à Paris. Nicolas Sarkozy, comme d'habitude impatient, n'a pas pris le temps d'attendre la confirmation de notre libération et s'est senti obligé de prévenir les familles très vite… trop vite ! Si les sources des services secrets sont aussi fiables que celles de l'armée nous concernant…

On peut, en tout cas, imaginer la douche froide quand nos proches réalisent que c'est une fausse alerte.

Au fond, pourquoi y a-t-il eu toute cette effervescence entre fin janvier et fin février 2010 ? J'ai entendu dire que nos ravisseurs, des petits talibans locaux, voulaient régler l'affaire à leur niveau, nous monnayer et en finir rapidement. Mais ils auraient été rattrapés par leurs chefs basés au Pakistan, beaucoup moins enclins à nous brader à vil prix. Rumeur ou réalité, je ne le saurai certainement jamais.

En tout cas, j'en tire une leçon : les affaires d'otages sont très souvent des histoires à rebondissements. Il ne faut pas être pressé d'en connaître la fin.

8

Le péché originel

Travailler avec les militaires n'est jamais simple. Je l'ai expérimenté sur plusieurs conflits et la situation ne s'arrange pas. L'armée française ne fait pas exception, loin s'en faut. On ne décide pas au pied levé de réaliser un reportage en Afghanistan. Il faut négocier longtemps, à plusieurs reprises, et être patient. Il y a deux portes « blindées » à ouvrir, celle du ministère de la Défense puis celle de l'état-major. Pour être acceptés, les journalistes doivent montrer patte blanche. En France, tout sujet concernant la Défense est sensible. Pour l'Afghanistan, c'est hypersensible. Ceux qui décrochent le sésame sont comme on dit en anglais *embedded*, ce qui signifie littéralement « dans le même lit ». Tout un programme ! En français, l'expression est plus sobre, on dit juste « embarqué »… dans une drôle de galère.

Les journalistes spécialisés appelés correspondants Défense ont plus de facilités pour obtenir les autorisations d'accompagner les troupes sur le terrain. Quant aux autres comme moi, la tâche est compliquée car nous sommes considérés comme des électrons libres qui avons tendance à moins bien respecter la bienséance militaire. Les officiers savent que nous ne venons que ponctuellement au sein de l'armée. Nous sommes donc à leurs yeux susceptibles d'être plus critiques et moins dociles. En revanche, le correspondant Défense craindra toujours de se faire retirer son accréditation. Il aura donc en permanence une épée de Damoclès au-dessus de la tête et une forte propension à s'autocensurer. C'est d'ailleurs le problème essentiel de l'hyperspécialisation dans le journalisme. D'un côté, on a davantage et de meilleures informations que les confrères, mais de l'autre on est souvent prisonnier du « off », on sait les choses et on ne peut pas les dire sous peine de se couper de ses sources. À quoi bon en savoir plus que les autres si on ne peut rien dire !

Ce triste constat ne vaut hélas pas que pour l'armée, il concerne de très nombreux domaines, le sport en premier lieu, la finance, le monde des entreprises, le cinéma et… la politique.

Pour l'émission *Pièces à conviction* diffusée sur France 3, nous avions déjà demandé une autorisation de tournage en septembre 2008. C'était juste après le dramatique épisode de la vallée d'Uzbin où dix soldats français furent tués par des talibans. Stéphanie Prunier était alors chargée de communication auprès du ministre de la Défense, Hervé Morin. Elle se souvient parfaitement d'avoir rencontré Paul Nahon, directeur des magazines de France Télévisions. « Je lui ai dit que les troupes étaient à vif, traumatisées, et que je n'étais pas sûre que cela soit une bonne idée. C'était mieux d'attendre un peu[1]. »

Le moral des soldats a bon dos ! En fait, une équipe de France 2 travaillant pour l'émission *Complément d'enquête* revenait tout juste d'Afghanistan. Dans son reportage, le journaliste pointait du doigt quelques dysfonctionnements avant et pendant l'opération d'Uzbin ainsi qu'un équipement, les gilets pare-balles par exemple, pas vraiment adapté à la guérilla locale. On avait le sentiment qu'une certaine improvisation mettait en danger la vie des hommes. Il n'en fallait pas plus pour qu'on se fasse fermer la porte au nez après le passage de nos collègues. De toute évidence, l'armée ne voulait pas revenir publiquement sur les difficultés majeures qu'elle rencontrait sur le terrain.

Les Français n'avaient-ils pas besoin de savoir où leurs soldats étaient envoyés, pour faire quoi et dans quelles conditions ? Apparemment non !

Quatorze mois plus tard, en novembre 2009, Paul Nahon revient pourtant à la charge et sollicite à nouveau une autorisation de tournage en Afghanistan. Cette fois, le ministère de la Défense se montre dans de meilleures dispositions. Stéphanie Prunier, la conseillère du ministre, le reconnaît aisément : « Un an après Uzbin, il était temps que les Français comprennent ce que les militaires font là-bas. Il fallait permettre à l'opinion publique de voir comment l'armée travaillait[2]. » Ce qui n'était pas bon en 2008

1. Entretien du 16 avril 2012.
2. *Ibid.*

l'est donc en 2009. Entre-temps, nos troupes avaient resserré quelques boulons et reçu du nouveau matériel conçu pour la dure réalité de la guerre afghane.

Le pouvoir – Élysée et ministère de la Défense en tête – est à nouveau prêt à communiquer. La situation en Kapisa reste certes difficile mais elle semble plus calme. Les caméras peuvent donc revenir mais dans un cadre très bien défini. Paul Nahon réussit donc à négocier un tournage relativement long, un mois avec les troupes sur le terrain, alors qu'un reportage habituel dure plutôt une semaine à dix jours. Le directeur des magazines garde le souvenir d'un thème assez large : « Que fait l'armée française en Afghanistan ? » Mais Lionel De Coninck, rédacteur en chef de *Pièces à conviction*, qui assiste, lui aussi, à la discussion est beaucoup plus précis :

« On voulait faire une émission à l'anglo-saxonne, *tribute to the troops*, en clair : "hommage aux troupes", c'était l'angle de l'émission. Il fallait raconter le travail de ces soldats qui ont 20 ans et font un truc auquel ils croient là-bas[1]. » De Coninck reconnaît que c'était une émission exceptionnelle, pas une investigation comme d'habitude. Il semble avouer comme à regret : « L'hommage aux troupes, c'était positif, pourquoi pas ? C'est comme ça qu'on l'avait "vendu", comme ça et pas autrement[2]. »

En tout cas, le ministère de la Défense reçoit cette proposition 5 sur 5. Stéphanie Prunier, la chargée de communication, le confirme : « On était plutôt dans

1. Entretien du 9 avril 2012.
2. *Ibid.*

une logique de valorisation. Il ne s'agissait pas de déstabiliser les militaires français qui nouaient des relations très privilégiées avec la population afghane. Les soldats creusaient des puits et plantaient des oliviers[1]. » Dans un excès de zèle, Stéphanie Prunier tente de faire croire que les troupes françaises n'étaient pas en guerre mais distribuaient des fleurs dans cet endroit par ailleurs superbe qu'est la vallée de Kapisa. C'est beau comme de la communication imaginée dans une agence de pub parisienne mais pas crédible une seule seconde.

Quoi qu'il en soit, un accord de principe est donc conclu entre France Télévisions et le ministère de la Défense. Il s'agissait de réaliser une émission consensuelle, qui ne ferait pas de vagues, diffusée en prime time à 20 h 30. Il fallait rassurer les Français sur la bonne marche et les belles intentions de notre armée œuvrant au bonheur d'un nouvel Afghanistan. Quelques semaines plus tard, fin décembre 2009, le lieutenant-colonel Jackie Fouquereau, officier responsable des relations avec la presse à Kaboul, est en colère : selon lui, les reporters de France 3, c'est-à-dire Stéphane Taponier et moi-même, ne respectent pas le pacte. Il nous accuse de mille maux parfois exagérés, souvent inventés, et conclut sur le « sentiment de suspicion que nous avons en permanence ». Bref, il ne supporte pas que nous fassions notre métier de journaliste.

Dans un mail adressé la veille de notre enlèvement à mon rédacteur en chef, Lionel De Coninck, ce

1. Entretien du 16 avril 2012.

militaire nerveux rappelle l'accord passé, qu'il prend au pied de la lettre : « Monsieur De Coninck, vous êtes un homme de parole, je ne peux imaginer un instant que le magazine ne corresponde pas au final à l'angle que nous nous étions fixé au préalable, à savoir "la mise en valeur des soldats et des ressortissants français dans leur engagement en Afghanistan". Un objectif qui semble bien loin de l'état d'esprit qui anime Monsieur Ghesquière[1]. » En effet, je confirme ! Je n'ai jamais eu l'intention ni la volonté de faire un reportage à la gloire de l'armée française. Pour autant, je savais que j'allais devoir composer avec le service de presse ; il n'était pas question de dresser un portrait à charge mais de montrer le plus rigoureusement possible la situation des troupes, une mission somme toute particulièrement difficile.

Dès notre arrivée sur la base de Bagram début décembre, j'ai rapidement eu le sentiment que tout serait compliqué. Une Française, officier de presse, suivait chacun de nos pas du lever au coucher. Chaque image, chaque séquence devait être négociée sous prétexte que nous étions en « territoire » américain. J'espérais donc que la pression serait moins forte dès que nous serions dans un camp français. Hélas, nous fûmes soumis au même régime. Notre nouvel ange gardien était aussi tatillon que le précédent, voire plus. La caméra mettait la lieutenante qui nous suivait dans un état permanent de stress. Les interdictions étaient multiples, les discussions nombreuses. Dès que nous réussissions à installer une certaine confiance avec les

1. Mail du 29 décembre 2009.

hommes de terrain, notre attachée de presse nous demandait de stopper l'interview au plus vite sous prétexte que nous dérangions les soldats dans leur travail ou dans leur intimité. Malgré les obstacles, avec le temps et beaucoup de patience – nous sommes restés tout de même près de trois semaines en Kapisa –, nous avons réussi à sympathiser avec quelques soldats et à tourner des séquences intéressantes. Mais au prix d'un effort colossal !

Le point d'orgue fut le dernier soir, le 27 décembre 2009. Je remarque à la base de Nijrab des colonnes de fumée, me tourne vers la lieutenante et lui demande ce que c'est. Elle me répond sans hésiter : « Le dimanche soir, chaque chambrée fait un barbecue car la cantine est fermée. » Je saisis l'occasion et demande de filmer ; elle refuse dans un premier temps puis accepte à contrecœur. Mais pendant cet ultime tournage, elle fait régner une atmosphère très tendue qui aura pour conséquence de mettre mal à l'aise les hommes que nous interrogeons. Cette séquence gâchée est la goutte d'eau qui fait déborder le vase. J'ai ensuite une explication orageuse avec cette officier de presse, lui expliquant qu'elle nous a mis des bâtons dans les roues pendant tout notre séjour. Dès le lendemain, elle envoie un rapport circonstancié – à charge – à son supérieur, le fameux lieutenant-colonel Fouquereau qui s'empresse d'alerter sa hiérarchie et mon rédacteur en chef. À partir de là, les faits réels sont amplifiés, déformés et travestis.

J'ai cependant la conviction que la lieutenante n'a peut-être pas fait d'excès de zèle particulier mais qu'elle a rigoureusement appliqué les ordres venus du plus haut niveau.

Dans cette affaire, comme très souvent, il y a eu confusion des genres entre journalisme et communication. La direction de France Télévisions, pour convaincre l'appareil militaire de faire un reportage et d'ouvrir les portes de l'armée, s'est sentie obligée de rassurer outre mesure et de promettre malgré elle une émission « soft » qui ne remettrait rien en cause. Toutefois entre l'officiel et l'officieux, entre le contrat et la réalité du terrain, il y a une marge. Dans une sorte de non-dit, le reporter sait qu'il va devoir naviguer entre deux eaux, l'armée qui attend un joli produit de communication qu'on appellera pompeusement documentaire, et le rédacteur en chef qui désire finalement un vrai sujet journalistique digne de ce nom. Quand tout se déroule comme prévu, tout se passe plus ou moins bien, mais lorsqu'il y a un accident, chacun ouvre son parapluie, le plus grand possible. Et celui qui est en bas de l'échelle, le reporter, est foudroyé par l'orage.

Toutefois, cette époque est révolue. Aujourd'hui, il n'y a pas de problème médiatique car il n'y a plus de journalistes sur place. L'armée française n'autorise quasiment aucun reportage en Afghanistan. Pas question de montrer des hommes enfermés dans leurs bases, désemparés face aux talibans, qui vont plier bagage avec un sentiment d'impuissance et le souvenir amer d'avoir laissé de nombreux morts sur le terrain depuis plus de dix ans.

9

Pourtant Sarkozy fait le job

C'est toujours compliqué avec Nicolas Sarkozy. Il dit blanc mais c'est le noir qui surgit, ou le gris. Pendant cinq ans, on s'est habitués. De toute évidence, cela doit être son mode de fonctionnement. Nous n'y faisons pas exception. Notre enlèvement a exaspéré le président. Mal informé, il nous a traînés et laissé rouler dans la boue. Sa réaction agressive vis-à-vis de deux journalistes qu'il ne connaît pas, dans l'exercice de leur métier, enlevés par des talibans, s'est d'ailleurs rapidement retournée contre lui. Combien d'articles de presse, d'éditoriaux ou de simples réactions de citoyens ne l'ont-ils pas fustigé ! Maladresse, cynisme, populisme, tout cela s'est révélé finalement contre-productif.

Pourtant, la machine d'État s'est mise en marche immédiatement.

Au 20 heures de TF1, dès le 25 janvier 2010, le président de la République affirme solennellement : « Toute mon énergie, et celle de nos soldats, est mobilisée pour les sortir de la situation où ils se trouvent. Ils sont en vie, ils sont en bonne santé, mais la situation est extrêmement difficile, extrêmement périlleuse. » Effectivement, Nicolas Sarkozy peste mais fait le job. Le général Georgelin, chef d'état-major des armées, malgré des mots très durs contre nous, travaille tout de suite sur l'affaire. « J'ai d'abord une réaction humaine, raconte-t-il lors de notre entretien. On va tout mettre en œuvre pour récupérer les otages vivants. Mon rôle est de présenter toutes les options au président de la République. Je n'en étais pas à ma première prise d'otages. On doit tout faire pour que les otages ne soient pas tués. Des forces spéciales arrivent de France et quadrillent le terrain[1]. »

Des reportages montrent en effet que des barrages militaires se mettent en place sur les principales routes de Kapisa juste après notre enlèvement. Ces postes de contrôle seront maintenus durant plusieurs jours. Un soldat français, sur place à l'époque, m'a confié que sa section est restée en alerte pendant quelques semaines.

L'ambassadeur de France à Kaboul, Jean de Ponton d'Amécourt, est également mobilisé. Il évoque même la possibilité de nous récupérer[2]. « La décision a été prise d'envoyer sur place des forces spéciales dans le plus grand secret pour, si nécessaire, vous libérer. » Le diplomate précise : « Le 30 décembre [jour de notre enlèvement], il y a eu l'évocation d'une opération. Mais cette idée a duré très peu de temps. C'était "montable" mais les risques étaient trop grands.

1. Entretien du 19 mars 2012.
2. Entretien du 19 mars 2012.

La DGSE n'était pas favorable. » Et de conclure, l'œil sombre : « Si les talibans avaient voulu vous emmener au Pakistan, alors il y aurait eu une opération. »

Le général Georgelin, de son côté, enfonce le clou : « Il n'y a jamais eu de conditions réunies pour organiser une opération sans mettre la vie des otages en danger. »

Les Américains ont aussi proposé leurs services en mettant à disposition des drones et des forces spéciales.

Bernard Kouchner assure que l'Élysée était à la manœuvre : « Sarkozy fait ce qu'il faut. Voilà ce que je disais aux familles[1]. »

Le président de la République réunit à plusieurs reprises ce qu'on appelle le Conseil de défense, qui rassemble responsables politiques et militaires. Le Premier ministre, François Fillon, le ministre de la Défense, Hervé Morin, le ministre des Affaires étrangères, Bernard Kouchner, le général Georgelin, chef d'état-major des armées, le directeur général des services extérieurs, Erard Corbin de Mangoux, l'amiral Guillaud, chef d'état-major particulier du président, et Jean-David Levitte, conseiller diplomatique, se voient régulièrement à l'Élysée. Tous donnent leur avis, mais celui qui tranche et décide au final c'est, bien sûr, Nicolas Sarkozy. Pour une opération visant à libérer des otages, seul le président de la République peut donner le feu vert et, pour des raisons de sécurité, jamais il ne sera donné.

1. Entretien du 20 mars 2012.

Au début de notre capture, quatre cents soldats et une cinquantaine d'agents de la DGSE sont mobilisés, ce qui a fait dire au général Georgelin que nous avons en moins de deux mois coûté 10 millions d'euros aux contribuables. Tant qu'à parler chiffres (sur des bases inconnues au demeurant et en admettant donc que ceux du général soient justes), allons jusqu'au bout : l'opération française en Afghanistan revient chaque année à plus de 470 millions d'euros pour les résultats qu'on sait…

Mais avec Nicolas Sarkozy, rien n'est jamais simple. Il donne de la main droite pour souvent mieux frapper de la gauche. Il met donc tout en œuvre pour les recherches mais ne peut s'empêcher de nous tacler à nouveau. Devant quelques journalistes conviés à l'Élysée, quarante-huit heures après l'enlèvement, il polémique déjà sur l'opération en cours : « Il va falloir qu'on fasse prendre des risques à nos militaires pour aller les chercher[1]. » L'ancien ambassadeur Jean de Ponton d'Amécourt va dans le même sens : « Il y a eu un gel des opérations pendant au moins deux mois car il y avait une crainte de représailles sur les otages. » Toujours en finesse, le général Georgelin conclut : « Dans le secteur, vous nous avez obligés à prendre une posture agressive qui nous a compliqué la tâche dans notre mission de "conquête des cœurs et des esprits". Votre imprudence est venue casser le travail dans la région[2]. »

1. *Le Parisien* du 8 janvier 2010.
2. Entretien du 19 mars 2012.

À les entendre, nous voilà coupables de l'échec de la France dans la région ! J'ai le sentiment qu'on a le dos large. Peut-être sommes-nous aussi la cause de la guerre perdue des Américains et de leurs alliés en Afghanistan !... Il faut bien essayer d'être sérieux puisque ces gens honorables, eux, ne le sont pas. Nous avons peut-être perturbé la mission française pendant quelques semaines, c'est indéniable et regrettable, mais entendre dire, des années après les faits, que nous avons « cassé le travail dans la région » relève de la stupidité ou de l'aveuglement... peut-être les deux. J'ai été otage pendant dix-huit mois, j'aimerais autant ne pas devenir bouc émissaire pour raison d'État.

10

L'angoisse du matin

Pour nous, bien loin de l'agitation parisienne, le temps passe et rien ne se passe. Je doute d'une libération prochaine, Stéphane et Reza aussi. Shahin, le petit chef taliban, peut toujours prétendre que les négociations sont terminées, j'ai le sentiment qu'il prend ses rêves pour des réalités. On ne doit pas parler de la même chose. Lorsque les islamistes exigent cent prisonniers, ils les veulent réellement. Pas quatre-vingts ou quatre-vingt-dix, mais cent. Les rebelles doivent confondre revendications et négociations. Je crains que les discussions n'en soient qu'au début seulement. J'espère me tromper mais je commence à réaliser que tout va être long, très long…

Le 5 février 2010, c'est mon anniversaire, le premier en captivité. Je ne savais pas que j'allais en « fêter » un autre dans les mêmes conditions un an plus tard. Après cette date symbolique, je plonge à nouveau dans la déprime. « Nous allons vous sortir de là très rapidement », avait promis l'espion de la DGSE. Tu parles, c'était juste une promesse en l'air pour nous rassurer ou alors il s'est imprudemment avancé. En tout cas, il a parlé trop vite. Quand on s'adresse à un otage, quand on ne sait pas, on se tait, et même quand on croit savoir, on reste prudent. Je ressasse toutes ces conneries pendant des heures, des jours, des semaines, et j'ai vraiment la haine. La haine d'avoir été crédule, de m'être fait berner, et surtout d'avoir été enlevé après vingt ans d'expérience sur des terrains pourris. Je n'ai plus aucun recul, je ne raisonne plus. J'ai l'impression que mon cerveau n'est qu'une bouillie infâme, incapable de réfléchir et de penser posément.

Le matin est pour moi une vraie torture. Après une nuit souvent agitée, je reprends mes esprits. Mais où suis-je ? Je regarde autour de moi et je réalise que je ne dors pas dans mon lit. Le cauchemar revient instantanément, je suis encore en Afghanistan, otage, toujours otage. Je compte, j'additionne les jours, je tourne les chiffres dans tous les sens. Je passe mon temps à calculer et à recalculer la durée de ma captivité, à projeter cette même durée dans le futur pour évaluer des distances temporelles aléatoires. Je deviens une machine à produire des statistiques inutiles. Suis-je en train de déraisonner, la folie me guetterait-elle ?

Le petit déjeuner, vraiment petit, suspend mes délires. Chaque matin, j'ai l'impression qu'on a tous la gueule de bois, Stéphane, Reza et moi. Pas un mot entre nous, à quoi bon ? Si ce n'est radoter toujours la même chose. Je me demande quotidiennement combien de jours encore, combien de repas, combien de tout sans espoir. Quand je pense aux longues heures à venir, au néant à combler, mon ventre n'est plus qu'un nœud douloureux et inextricable… Mais que va-t-on faire de toute la sainte journée, une de plus ?

Depuis la mi-février, nous avons quitté la maison de Shahin pour un autre village situé dans une autre vallée, une bourgade au bout du monde. Nous devons être à près de 2 000 mètres d'altitude et il fait un froid de gueux, moins dix degrés la nuit, et pas de chauffage dans notre pièce absolument glaciale. Mais, là encore, le paysage est d'une beauté époustouflante, les montagnes couvertes de neige et pas une trace de civilisation. La nature à l'état brut, si rare.

Chaque matin, nos geôliers, deux frères pas méchants et pas vraiment talibans d'ailleurs, ont pris l'habitude d'ouvrir quelques minutes la porte de notre « chambre-prison » qui donne sur une terrasse. La vue est fabuleuse, face à nous une chaîne d'une blancheur immaculée. Pourtant, cette image me fait mal, un peu plus chaque jour. Ce pays est à ma portée, à quelques mètres seulement, et je n'y ai pas accès. Je suis comme un spectateur passif devant un écran, frustré, à la différence près que je ne suis pas consentant comme celui qui est derrière son ordinateur ou sa télévision. Ce spectacle est une torture quotidienne.

Après le petit déjeuner, Stéphane et Reza se réfugient à nouveau sous leurs couvertures. Je fais la même chose. De toute façon, je n'ai pas le choix, il fait si froid… Il y a bien un poêle mais nous ne disposons que de trois ou quatre bûches par jour, de quoi se chauffer au maximum deux heures quotidiennement. Nous les brûlons donc quand on n'en peut plus de grelotter.

Le retour sur la paillasse est difficile. Après une très longue nuit, je n'ai plus franchement envie de dormir. Je me tourne dans tous les sens. Je n'arrive pas à retrouver le sommeil. Je me mets donc à rêver éveillé, à notre libération, à la fin du cauchemar. Je ne cesse de penser aux négociations et les questions se bousculent une nouvelle fois.

Pourquoi sommes-nous toujours détenus ? Est-ce que les Français vont accepter les revendications de nos ravisseurs ?

Il y a aussi un autre problème. Les talibans exigent la libération de combattants qui sont en réalité aux mains des autorités afghanes ou de l'armée américaine. Cela va donc compliquer les choses. Je devine que la marge de manœuvre de notre gouvernement est très réduite. Plus je cogite, plus je m'enfonce dans les ténèbres. Cette boule de stress qui ne me lâche jamais depuis notre enlèvement se fait encore un peu plus envahissante. Elle m'oppresse jusqu'au malaise. Je suis assailli par des équations débiles. Je compte les heures et les minutes de détention depuis le début puis je les projette. Deux mois et demi, plus deux mois et demi, plus… et je réalise que nous pourrions toujours être ici l'été, l'automne prochain, voire dans un an. « *No future* » hurlaient les punks – les otages aussi.

Je suis plein de remords, je ne cesse de penser à ma pauvre maman. Elle a 83 ans, je suis son fils unique ; depuis longtemps, j'ai l'habitude de l'appeler au téléphone chaque soir, même lorsque je me trouve au bout du monde. Je sais qu'elle attend quotidiennement ces quelques minutes d'intimité et de tendresse avec moi. Désormais, la sonnerie est muette et je l'imagine espérer mon hypothétique retour, s'accrocher au miracle d'une négociation rapide. Elle sait que mon métier peut être risqué, mais nous en parlons peu comme pour conjurer le sort. Il faut qu'elle tienne, je ne supporterais pas qu'elle parte à cause de moi, n'ayant plus la force de vivre et l'espoir de me revoir.

Je sens que mes compagnons d'infortune sont dans un état d'esprit aussi pitoyable que le mien. Je ne sais pas s'il s'agit de pudeur ou de souffrance, mais le silence du matin nous étouffe. Pourtant, se plaindre ne ferait qu'accroître le mal. Cette douleur ne se partage pas, elle est intime. Ce n'est pas parce qu'on parle qu'on guérit, même si j'admets que cela peut soulager… momentanément. Mais les mots ne peuvent pas s'échapper, ils sont prisonniers comme nous. Stéphane se mure chaque jour un peu plus dans son silence, comme s'il voulait se protéger, se barricader, vivre en autarcie mentale. Je tente tout de même parfois d'amorcer une conversation. Il bredouille quelques mots puis se retire dans sa forteresse. Il reste des heures immobile, les yeux dans le vague. J'ai l'impression qu'il est parti dans un lointain voyage intérieur, spéléologue de son âme. Je me retourne vers Reza, le matin il s'abrutit de sommeil pour échapper au mortel ennui. Vers midi, il écoute les nouvelles locales ; je lui demande de me tenir au courant et de traduire ce qui est important. Chaque jour, les talibans et Al-Qaïda font la une avec des attentats et des attaques suicides aussi bien en Afghanistan qu'au Pakistan. J'ai l'impression d'entendre toujours le même refrain. En fin d'après-midi, pour tuer le temps, je fais le ménage. Je balaie consciencieusement, j'enlève la terre et les morceaux de bois qu'on amène en rentrant des toilettes. Moi qui d'habitude ai horreur de cet exercice, j'y prends presque plaisir, j'ai le sentiment d'être utile, de travailler un peu. C'est si épuisant et aliénant de ne rien faire…

Paradoxalement, si nous survivons dans une sorte de désert, dehors, c'est-à-dire juste de l'autre côté du mur, il y a la vraie vie. Notre bulle de néant est encerclée par la normalité. Il y a le vide de notre cellule et le trop-plein de l'extérieur. Les conversations, les cris des enfants, le chant du coq, les meuglements du bétail, tout me rappelle que nous sommes au milieu des Afghans sans les Afghans, au cœur de la maison et totalement marginaux. J'ai l'impression que les morts sont au-dessous, les vivants au-dessus et nous au milieu, plus tout à fait ici-bas et pas encore là-haut.

Depuis notre repaire, nous pouvons également apercevoir le village. Devant notre fenêtre, une moustiquaire nous rend quasiment invisibles de l'extérieur. Nous observons les activités des uns et des autres : un gamin gardant des chèvres, un paysan retournant son champ, des femmes revenant de la source ou une famille en train de construire une bergerie à flanc de coteau.

Nous voyons sans être vus, tel un gardien de supermarché surveille la clientèle derrière une vitre sans tain. On peut regarder mais surtout ne pas toucher, un peu comme des gosses devant un magasin de jouets.

Vers 11 heures, Stéphane sort de sa torpeur et allume la radio. Nous avons négocié avec nos geôliers – c'est tout récent – pour avoir un transistor toute la journée. Nous disposons de l'appareil depuis seulement fin février et le départ de Drana – le taliban toxique qui nous collait aux basques depuis le début. Heureusement, il est parti mais il nous a promis de revenir, hélas… On n'est peut-être pas près de s'en dépêtrer. Stéphane se branche sur Radio Chine internationale en français. Les programmes n'ont aucun intérêt mais c'est toujours mieux que rien. Reza prend le relais avec Radio Azadi, Radio Liberté en dari, une des langues nationales afghanes. C'est de l'information continue supervisée par Voice of America, évidemment très pro-Washington mais globalement fiable. Enfin, je poursuis par une petite session sur la BBC, de loin le meilleur diffuseur.

Grâce à la magie des ondes, nous pouvons vivre du fond de notre trou les pulsions du monde, avec un simple petit cube de plastique et de métal, un vrai miracle technologique. Pendant une grande partie de notre captivité, la radio nous permet de ne rien louper du tsunami au Japon, de l'arrestation de l'abominable Mladić en passant par la Coupe du monde de football et le Printemps arabe aussi surprenant que spectaculaire. Paradoxalement, je n'ai jamais été aussi isolé de ma vie et autant informé. J'ai même le luxe suprême d'avoir le temps d'écouter puis de réfléchir à cette avalanche d'informations. Quand je suis en France, une nouvelle chasse l'autre. Ici, je dissèque, j'évalue les causes et les conséquences de chaque fait, je mets les choses en perspective, je n'entends plus, j'écoute… Un privilège de nos jours.

Pourtant, ce n'est pas la vraie vie, juste une vie par procuration.

11

En France, le dilemme du silence

Il existe depuis juillet 2008, au ministère des Affaires étrangères, un service méconnu : le centre de crise. Sa mission se focalise sur les ressortissants français en difficulté quelque part dans le monde et confrontés par exemple à une catastrophe naturelle ou à un enlèvement. En cas de prise d'otage, pour cette cellule, il y a un dogme : le silence.

Son directeur, Serge Mostura, répète toujours la même chose aux familles : « La médiatisation comporte plus d'inconvénients que d'avantages et fait monter les enchères dans tous les cas. Les proches des otages ont plutôt intérêt à se protéger[1]. »

À l'Élysée, le conseiller diplomatique, Jean-David Levitte, ne parle pas autrement : « La médiatisation ne sert à rien s'il s'agit d'amener l'État français et le président à se mobiliser encore plus. Le président passe autant de temps sur l'agent de la DGSE en Somalie (otage depuis juillet 2009) que sur vous. Il ne fait aucune différence et s'estime en charge

1. Entretien du 13 mars 2010.

personnellement des Français injustement prisonniers dans le monde[1]. »

Jean de Ponton d'Amécourt, qui était ambassadeur de France à Kaboul au moment des faits, voulait travailler en paix et sans pression médiatique. « Plus une affaire d'otages est exposée, plus elle est difficile à résoudre[2]. »

Patrick de Carolis, en tant que patron de France Télévisions, reconnaît que les services secrets lui demandaient de ne pas parler de l'enquête. Il s'est d'ailleurs publiquement exprimé très tard sur France 3, près d'un mois après notre kidnapping : « La discrétion dans laquelle s'est tenue France Télévisions, c'est pour mettre toutes les chances du côté de nos confrères. C'est la raison pour laquelle nous n'avons pas souhaité livrer leur identité, donner leur image, c'est pour que l'issue soit heureuse. C'est un gage de respect pour eux, c'est un gage de respect pour les familles, c'est un gage d'efficacité et les troupes françaises prennent des risques. On leur doit aussi ce respect-là[3]. »

Mais il y a une grosse faille dans cette histoire car le silence va être brisé par ceux-là mêmes qui l'exigent.

Quelques proches se réunissent autour de ma compagne, Béatrice, le dimanche 17 janvier pour déjeuner. Ils sont inquiets car ils savent que le président Sarkozy est très remonté contre nous. Raphaëlle

1. Entretien du 10 mars 2010.
2. Entretien du 19 mars 2010.
3. Interview au Journal 19-20 de France 3, du 27 janvier 2010.

Bacqué, grand reporter au *Monde*, fait partie du petit groupe et a des informations pas très réjouissantes : « On sait déjà ce que dit Morin dans l'avion de retour d'Afghanistan à quelques journalistes l'ayant accompagné pendant son voyage de Nouvel An en Kapisa. Le ministre de la Défense a traité les otages d'irresponsables parce qu'ils étaient partis seuls contre l'avis des militaires[1]. »

Quelques heures après, survient le choc Guéant sur Europe 1, la première sortie médiatique virulente du porte-voix du président et son accusation d'« imprudence coupable » à notre encontre.

Pascale Justice est un vétéran de la rédaction nationale de France 3, elle y travaille depuis vingt-cinq ans. Elle est alors furieuse mais se sent totalement impuissante.

« Ce soir-là, me confiera-t-elle plus tard, je hurle, je suis stupéfaite ! Il faut qu'on dise à l'extérieur notre mécontentement. Mais comment faire sans donner votre identité ? La chape de plomb se referme sur nous. On ne peut pas parler car vos familles demandent qu'on se taise[2]. »

Étrange situation en effet. La plus grande discrétion est demandée par le plus haut niveau de l'État mais le silence est désormais cassé par le secrétaire général de l'Élysée. Kafka fait de la politique…

Nous sommes donc des otages sans nom et sans visage par la volonté du pouvoir, sous prétexte que

1. Entretien du 5 avril 2012.
2. Entretien du 19 mars 2012.

cet anonymat nous protège. Prisonniers des talibans à des milliers de kilomètres, nous n'avons par définition aucun moyen de répondre aux attaques. Nos familles, nos amis et nos collègues sont logés à la même enseigne. Ils sont priés de se taire. La direction de France Télévisions se fait on ne peut plus docile et, paraît-il pour ne pas nous mettre en danger, ne bouge pas.

C'est un peu comme si nous étions attachés, frappés devant des témoins à qui on interdit de réagir devant une caméra qui serait en panne. Ubuesque !

Patrick de Carolis avoue ne pas bien vivre ces moments. Il faut dire qu'il est déjà fort mal vu à l'Élysée car il n'accepte pas l'interventionnisme du président de la République dans les affaires de la télévision publique. Il s'en est même expliqué dans une interview fracassante sur les ondes de RTL en juillet 2008. Pour autant il ne réagira pas dans les médias.

« J'ai Guéant au téléphone, m'expliquera-t-il, et je lui dis que je ne comprends pas sa position. Mais je devais garder les liens avec les autorités car c'est elles qui doivent vous sortir. Je devais m'assurer. Je ne voulais pas faire monter la sauce de la polémique. Je dis à Guéant ce que je pense mais je ne le répète pas publiquement. Quand tu as des responsabilités, tu ne joues plus dans la même cour. »

Pourtant, quelques jours plus tard, la société des journalistes de la rédaction nationale de France 3 décide de réagir et s'oppose au pouvoir en place contre l'avis de la direction de France Télévisions en publiant un éditorial titré « Otages du silence en

Afghanistan » dans le journal *Libération* du 1er février 2010. « Ce silence nous dérange, peut-on lire. D'abord parce qu'il autorise les attaques les plus lâches et les plus perfides. Ces journalistes sans nom et sans visage pour l'opinion sont devenus des cibles faciles pour le président de la République et son secrétaire général Claude Guéant. Brisant la discrétion qu'ils avaient eux-mêmes préconisée, ils s'en sont pris avec cynisme à leur honneur, à leur intégrité, à leur professionnalisme (...). Jamais le pouvoir en place n'avait osé s'en prendre publiquement à des otages encore aux mains de leurs ravisseurs. Jamais ils n'avaient osé transformer des victimes en coupables. (...) Ce silence nous gêne ensuite parce qu'il sème le doute sur leur travail, sur ce qu'ils étaient venus faire en Afghanistan. Une ambiguïté entretenue par le mutisme de la présidence de France Télévisions et la direction de notre rédaction. »

La révolte ne reste pas cantonnée au petit cercle de la télévision publique. Alain Génestar, ancien patron de *Paris Match* et directeur du magazine de photo-reportage *Polka*, monte aussi au créneau dans un article publié dans *Le Monde* du 28 février 2010 : « Claude Guéant a tort. (...) C'est révélateur du peu de considération que les gens de pouvoir, aujourd'hui, ont de la presse et des journalistes. Souvenez-vous d'autres otages. D'autres temps. D'autres mœurs. De Jean-Paul Kauffmann dans les années 1980 à Beyrouth. De Michel Peyrard en Afghanistan en 2001. De Florence Aubenas et Hussein Hanoun en Irak en 2005. A-t-on souvenir d'avoir entendu un homme politique les traiter d'"imprudents coupables" ? »

Un autre patron de presse monte au créneau dans *Le Monde*. Hervé Chabalier, le fondateur de l'agence Capa, fustige la passivité médiatique de la direction de France Télévisions : « J'ai toujours pensé qu'il fallait donner les noms, donner leurs visages aux reporters de France 3. (...) J'aurais fait savoir tout de suite quelle était leur situation, (...) expliqué pourquoi ils étaient là-bas en Afghanistan. Je sais bien, pour avoir eu affaire au Quai d'Orsay dans des cas semblables, que dans ce type de situation diplomatiquement tendue, le discours officiel est : "Écrasez, ne faites pas de bruit." » Hervé Chabalier va plus loin et bat en brèche les arguments habituels du gouvernement :

« J'entends bien ceux qui disent qu'en médiatisant l'affaire on prend le risque que cela coûte plus cher, qu'on contribue à faire monter les enchères. Personnellement, je ne le crois pas. Je trouve ce raisonnement idiot. Est-ce que le fait d'avoir beaucoup communiqué autour du cas de Florence Aubenas ou bien de celui d'Ingrid Betancourt, qui n'était pas journaliste, a entravé les négociations ou fait monter les enchères ? Je ne le pense pas. Ce n'est pas comme cela que les choses se passent. »

Paradoxalement, les sorties médiatiques de Nicolas Sarkozy, Claude Guéant et du général Georgelin ont eu pour nous un véritable effet salvateur. Ces petites phrases ont galvanisé nos proches, nos amis et nos confrères. Un joli retour de bâton qu'il serait bon de méditer au plus haut niveau à l'avenir. Voilà des hommes qui ont finalement perdu une bonne occasion de se taire et qui vont devoir accepter des voix qui leur résistent. Car dans cette histoire, au fil des semaines, ils sont de plus en plus nombreux à se dire que discrétion ne signifie pas silence absolu. Une pétition signée par quarante journalistes, un rassemblement au Trocadéro, la mobilisation de Reporters sans frontières, quelques chroniques sur les radios et quelques éditoriaux dans les journaux pour défendre notre réputation bafouée, la solidarité des copains de France Télévisions et d'ailleurs, l'envoi de nos CV dans les rédactions pour montrer que nous sommes des journalistes aguerris, des manifestations à Montpellier, Lille et Lyon : la sauce médiatique commence à prendre. La pression monte même si nous sommes toujours des otages sans nom et sans visage.

Une date symbolique approche, les cent jours de notre détention. L'idée de créer un comité de soutien regroupant la société des journalistes de France 3, mes amis et ceux de Stéphane, fait son chemin. Le but est de fédérer et de canaliser les énergies mais aussi d'avoir une « organisation » officielle pour éviter les dérapages et les récupérations malsaines qui pourraient nous nuire.

L'ancien otage au Liban Jean-Paul Kauffmann rencontre à ce moment clé un ami très proche, Denis Saverot, et lui explique : « Le Quai d'Orsay et les services de renseignements disent toujours : “Pas de vague, on négocie.” Mais nous ne sommes pas militaires, nous sommes journalistes. Notre métier, c'est de parler et pas de se taire. J'ai la conviction que parler c'est protéger. Un otage qui n'a pas de nom n'a pas d'existence. » Kauffmann évoque bien sûr sa propre expérience, un témoignage rare car il ne parle presque jamais de ce sujet : « Je suis resté détenu plus de trois ans. Quand nos noms ont circulé, qu'ils s'affichaient tous les soirs sur les écrans de télévision, nous sommes devenus plus précieux aux yeux de nos ravisseurs. J'étais avec un compagnon, Marcel Carton, qui était cardiaque. Nos ravisseurs, prenant conscience de ce que nous avions de la valeur, se sont démenés pour lui trouver des médicaments. Ils voulaient qu'il reste vivant. Cela, nous le devons sans doute à la médiatisation. »

Même à la direction de France Télévisions, qui a délibérément choisi la plus grande discrétion et s'est pliée à la ligne imposée par le pouvoir, le doute s'immisce. Paul Nahon, le directeur des magazines, commence à se poser des questions face à l'insistance des journalistes de la chaîne qui veulent médiatiser l'affaire. Le 1er avril, il y a, comme chaque jeudi depuis plusieurs semaines, une réunion « spécial otages » et Nahon semble désormais hésiter sur la stratégie du silence. Mais concrètement rien ne bouge.

Une semaine plus tard, c'est le grand jour, les « 100 jours » : rassemblement devant l'Hôtel de Ville de Paris, grosse couverture médiatique et lancement du Comité de soutien à Hervé et Stéphane, présidé par Florence Aubenas (ex-otage en Irak en 2005), reporter au *Nouvel Observateur*. Sur l'estrade, Élise Lucet, une des figures les plus connues de France Télévisions, lance : « Nous sommes là pour défendre deux amis, deux journalistes, et un grand principe, la liberté de la presse. » Jean-François Julliard, le secrétaire général de Reporters sans frontières, ajoute : « On est avec eux, demain ils seront là avec nous. » La glace est brisée, plus rien ne sera comme avant ; la médiatisation, la vraie, va pouvoir commencer.

Arlette et Gérard Taponier, les parents de Stéphane, sont contents de constater qu'un comité existe. Ma mère, âgée de 83 ans, vivant à Lille et qui ne peut pas se déplacer à Paris, est rassurée par l'élan de solidarité qui se crée autour de nous. Béatrice, ma compagne, est beaucoup plus sceptique. Depuis le début, elle évite toute médiatisation et estime que seul le travail des négociateurs en Afghanistan est important. Autant dire qu'elle ne fait pas l'unanimité chez mes amis.

Finalement les talibans vont mettre un grand coup de pied dans cette fourmilière et revenir au centre du débat. La question de la médiatisation, ils vont la régler très vite à leur manière… radicale.

Le 1er avril, je m'en souviendrai toute ma vie, « Banania », le petit taliban au grand turban, est de retour avec son téléphone portable qui lui sert de caméra. Il semble de fort méchante humeur et, la mine renfrognée, nous claque cette phrase à la figure : « C'est la dernière fois que je vous filme. J'ai marché pendant deux jours pour venir ici. Mes chefs vous préviennent que la télévision française devra diffuser cette nouvelle vidéo qu'on va enregistrer maintenant. Au mois de janvier, rien ne s'est passé. Alors, vous allez raconter tout ça aux Français. »

Nous rédigeons donc un texte sur un petit morceau de papier. Reza nous traduit mot à mot ce qu'exigent les islamistes. « Cela fait maintenant plus de trois mois que nous sommes otages et les talibans nous demandent de vous envoyer ce message : Nous en appelons une nouvelle fois au président de la République Nicolas Sarkozy et au gouvernement de faire tout ce qui est en leur pouvoir pour accélérer les négociations et accepter les exigences des talibans. Si cette vidéo n'est pas rapidement diffusée, nous serons bientôt exécutés. »

Le « bientôt » sonne comme le glas. Que cela signifie-t-il exactement ? Si je suis pessimiste, je me dis que je serai tué de sang-froid dans quelques jours. Si je suis optimiste, il n'y a pas de date, pas d'ultimatum et nos ravisseurs tentent peut-être un coup de bluff.

Je vais mal dormir durant plusieurs nuits. Stéphane aussi. Une balle dans la tête ou être égorgé, me vider et agoniser comme un animal : ces images m'obsèdent.

Cette fois, pourvu qu'ils écoutent, pourvu qu'ils comprennent qu'il faut bouger et envoyer des signes positifs aux talibans. Ils n'ont plus le choix, nous n'avons plus le choix !

J'apparais avec une longue barbe de trois mois à la Robinson Crusoé et les traits tirés, Stéphane a le regard las du prisonnier déprimé et épuisé. Lorsque le film est visionné par les familles puis à France 3, il provoque un choc terrible et une véritable crise interne à la chaîne. J'ai mis du temps à en reconstituer les péripéties. « L'émotion était énorme à la rédaction. Certains ont même pleuré[1] », raconte Bertrand Boyer, vice-président de la société des journalistes. Mais au-delà du trouble la question de la diffusion se pose.

Nous sommes le 12 avril 2010. À 15 heures se tient la traditionnelle conférence en vue de préparer le journal du soir, le 19-20. La salle est comble, la tension maximale. Paul Nahon, directeur des magazines, préside la séance.

« Il va falloir diffuser, il n'y a pas de débat là-dessus », déclare-t-il.

« À ce moment, ça va partir en vrille car la question est de savoir comment mettre la vidéo à l'antenne[2] », explique Bertrand Boyer.

La direction se protège immédiatement derrière la dignité et le respect des familles. « On voulait flouter vos visages, c'est la règle. On faisait référence à la convention de Genève (sur les droits des prisonniers de guerre), argumente Paul Nahon qui ajoute : Béatrice n'était pas favorable pour passer la vidéo mais n'a pas mis son veto. Quant à la mère de Stéphane, elle refusait qu'on entende la voix de son fils[3]. »

La direction décide de réaliser un sujet a minima. Mais, à la rédaction, la colère gronde et une assemblée générale se réunit spontanément dans le grand atrium. La discussion s'enflamme, les cadres sont accusés de mollesse et de faire le jeu du pouvoir.

1. Entretien du 3 avril 2012.
2. Entretien du 3 avril 2012.
3. Entretien du 10 avril 2012.

Comme souvent à France 3, le débat est spontané, libre, mais brouillon et anarchique. Pourtant, il faut faire vite et trouver une solution concrète. Le journal est dans moins de deux heures. « Il y a un grand cafouillage. On finit par un truc qui ne ressemble à rien », reconnaît Pascale Justice, grand reporter à la rédaction.

19 h 30, Laurent Bignolas, le présentateur, annonce, tendu, que les talibans ont posté sur leur site internet un document que France Télévisions a décidé de diffuser pour partie. Stéphane et moi apparaissons pour la première fois en photo sur le plateau du journal et nous avons désormais un nom. Mais bizarrement, dans le sujet, nos visages sont floutés et nous disparaissons à nouveau dans le brouillard de l'anonymat. Vingt secondes en clair puis deux minutes en crypté, comprenne qui pourra !

C'est ce que désire la direction de France Télévisions, toutefois la base veut dire publiquement son désaccord. Fait rarissime dans les annales de la télévision, elle demande au présentateur de lire le communiqué suivant : « Contre l'avis de toute la rédaction, la présidence de France Télévisions a imposé de masquer, de flouter le visage des otages et a interdit la diffusion d'un reportage représentant nos deux confrères avant leur enlèvement. Nous aurions souhaité pouvoir vous les montrer et vous dire qui ils sont et comment ils travaillaient en Afghanistan. » Les téléspectateurs ont droit à un règlement de compte en direct entre la tête et la base de France 3. Personne n'a dû comprendre cette extraordinaire séquence : montrer des otages sans vraiment les montrer ! Un « spectacle de magie » navrant.

Pourtant au même moment, BFM, i>Télé et LCI diffusaient, eux, la vidéo sans floutage.

Paul Nahon reconnaît aujourd'hui avec plus de deux ans de recul : « Notre volonté de masquer les visages était un peu idiote[1]. » Bertrand Boyer, responsable de la société des journalistes de France 3, fait un bilan assez amer de cet épisode : « La direction de France Télévisions a été gouvernée par une triple peur : la peur de mettre en péril les otages, celle de l'Élysée et celle de la rédaction. Elle était terrorisée à l'idée qu'on puisse lui reprocher une erreur[2]. »

Mais au final cette journée particulièrement chaotique du 12 avril a été salutaire : plus rien ne sera comme avant. Quelques jours plus tard, de nombreux directeurs de rédaction ou leurs représentants se réunissent sous la houlette du n° 2 de France Télévisions, Patrice Duhamel. Il s'agit d'organiser au mieux notre médiatisation dans la presse française afin d'éviter de nouvelles erreurs et des cafouillages qui pourraient nous être préjudiciables. Il y a du changement dans l'air et Patrice Duhamel reconnaît qu'on avait sans doute trop tardé à lever notre anonymat.

« Nous changeons de ligne mais la vérité est que nous faisons en fonction des circonstances, de la volonté des familles et du temps qui passe. Personne

1. Entretien du 10 avril 2012.
2. Entretien du 3 avril 2012.

ne sait quelle est la bonne stratégie entre la discrétion et la médiatisation. Maintenant, nous voulons parler de nos otages. » Dommage que cette prise de conscience se soit faite dans un contexte dramatique sous la pression des journalistes. Toutefois, ce jour-là encore, Arlette Chabot, directrice des rédactions (France 2 - France 3), rappelle qu'il y avait eu un problème car nous n'avions soi-disant pas suivi les « consignes de prudence » données par l'armée. Le poison de la suspicion encore et toujours. Décidément, le mensonge officiel initié par les militaires aura eu la vie dure.

Première surprise, plus de deux ans après l'affaire, Claude Guéant reconnaît que notre médiatisation n'a pas entravé les négociations. « Nous avons parfois eu l'impression que la dramatisation, ça rehaussait votre prix auprès des ravisseurs. Mais ça n'a pas nui en l'espèce finalement[1]. » Il a fallu à l'ancien ministre de l'Intérieur beaucoup de temps pour le reconnaître.

La deuxième surprise vient d'Alain Juppé. Il entre au gouvernement presque un an après notre enlèvement et son opinion se démarque de la ligne officielle. Elle est même iconoclaste :

« Si je veux être totalement sincère, bien sûr que la médiatisation est utile. Cela crée un contexte de pression politique sur l'appareil d'État. Cela accentue la mobilisation. Les agents de la DGSE auraient fait leur boulot de la même manière mais la pression politique, ça aide. Je ne sais pas si ça a été contre-

1. Entretien du 13 mars 2012.

productif, mais ça a accentué la pression sur les décideurs.

— Sur vous ?

— Sans doute[1]. »

Le ministre des Affaires étrangères ajoute pourtant un bémol à son argumentaire et avoue, avec une rare franchise : « J'ai dû dire le contraire quand j'étais au Quai d'Orsay. »

Raison d'État, quand tu nous tiens…

1. Entretien du 30 mai 2012.

12

La séparation

Au fond de notre trou, nous n'avons évidemment pas conscience de l'agitation que nous provoquons en France.

Cela fait maintenant plus de six semaines que nous vivons dans un village perdu au fond d'une vallée, une impasse bouclée par des sommets enneigés culminant à plus de 3 000 mètres d'altitude. Nous sommes début avril, il fait encore froid, mais je remarque que la nature change. Les arbres commencent timidement à virer au vert. Je sens le printemps arriver.

Nous sommes enfermés dans une pièce glaciale orientée plein nord, en haut d'une maison isolée qui surplombe la bourgade. La vue est belle mais nous ne voyons jamais le soleil. On ne peut pas tout avoir.

Nos « hôtes » improvisés s'impatientent. Ils trouvent que notre séjour s'éternise. Ils sont trois frères amis d'un mollah, un imam local, qui leur a imposé notre présence. Ici, c'est le jeu des dominos. Les frères sont redevables au mollah qui lui-même rend service aux talibans. J'apprendrai que c'est une pratique typiquement afghane : chacun se tient par la barbichette et se rejette la responsabilité de la situation.

À l'origine, nous devions rester ici dix jours maximum, mais un mois et demi plus tard nous sommes toujours là. Les hommes de la famille ne cessent de se plaindre et se demandent quotidiennement quand on va partir. Ils évoquent la peur que nous soyons repérés par des voisins indiscrets et trop bavards, les travaux des champs qu'ils ne peuvent pas accomplir à cause de nous et même le départ retardé de l'un d'entre eux devant se rendre clandestinement en Iran pour rejoindre la cohorte des manœuvres afghans sous-payés. En fait, personne n'ose évoquer tous ces problèmes avec le mollah.

Un soir, le frère aîné entre dans notre pièce l'air grave et nous lance sans prévenir : « Vous avez des nouvelles des talibans ? » Sur le moment, je ne réagis pas, je crois mal comprendre la traduction. Je regarde Reza qui me répète exactement la même chose. Je suis interloqué puis j'explose : « Ce type se fout de notre gueule ou quoi ? » Reza me fait signe de me calmer, mais comment rester serein devant tant de bêtise ? « Nous moisissons ici depuis six semaines sans voir quiconque et cet abruti nous demande si on a des nouvelles des talibans. Soit il a beaucoup d'humour, soit il est fou à lier. » L'homme qui vient de me poser cette question semble étonné par ma colère. J'ai besoin du décodage de Reza.

« En réalité, il nous explique qu'il ne veut plus de notre présence chez lui mais qu'il est totalement désemparé. Il ne sait pas comment faire et s'en remet à nous, précise notre interprète.

— Mais il ne peut pas interroger directement le mollah, celui qui l'a mis dans la merde ? dis-je brutalement.

— Non, me répond Reza, ce n'est pas possible, ce serait un manque de respect, il ne peut pas parler aussi franchement.

— Alors, concrètement, que faire ? »

Reza me sort le petit manuel du savoir-vivre oriental et trouve instantanément la solution : « Demande au mollah de venir et tu lui poseras toi-même la question. »

Il faudra donc que j'explique l'embarras des trois frères et la nécessité de quitter rapidement cette maison. Je dois faire comme si j'étais maître de mon destin alors qu'on se sert de moi comme intermédiaire pour résoudre une affaire dans laquelle je ne suis que la victime. Dieu ! Que l'âme afghane est complexe ! Mais toutes ces subtilités prennent du temps. Le mollah ne viendra pas avant quarante-huit heures et il lui restera ensuite à convaincre les talibans. Finalement, quelques jours plus tard, tout est résolu. Nous déménageons au grand soulagement des trois frères paysans qui nous hébergeaient bien malgré eux.

Nous démarrons un soir après la pluie. La nuit est gorgée d'humidité, elle sent bon la terre mouillée. L'humus détrempé exhale une douce odeur qui me remplit les narines. Après quarante-sept jours passés entre quatre murs, me retrouver dehors est un vrai bonheur. Je vois que Stéphane et Reza respirent aussi à pleins poumons. Le chemin descend et la température se radoucit un peu. Nous apercevons des hameaux, des maisons isolées mais pas âme qui vive à cette heure tardive. Quelques chiens aboient au loin, la lune apparaît et disparaît au gré de la course des nuages.

Nous atteignons un petit col encadré par deux arbres, on dirait une porte au milieu de nulle part. Soudain trois hommes, presque invisibles dans l'obscurité, enveloppés de pashminas, sortent de l'ombre et nous barrent la route. C'est le relais, tout est prévu : nos anciens geôliers nous confient aux nouveaux. Ils échangent quelques mots et nous continuons notre chemin sans nous arrêter. Les talibans nous donnent souvent l'impression d'improviser tout ce qu'ils entreprennent, mais en réalité ils sont beaucoup plus organisés qu'on ne l'imagine. Ce soir en est une preuve : tout est calé au millimètre.

Nous abordons enfin une vallée plus large, celle de Spee, contrôlée par les rebelles islamistes où l'armée française et les troupes afghanes ne mettent jamais les pieds. À force de circuler dans un rayon relativement réduit, je commence à me repérer. Dans cette zone, il y a davantage d'habitations, de l'électricité, la piste est meilleure et on aperçoit même quelques voitures garées le long de vieux murs en pierre. J'ai presque le sentiment de retrouver la civilisation, presque…

Nous marchons depuis près de quatre heures d'un bon pas et je ressens à peine la fatigue. Bouger, sortir de notre cloaque me procure de l'énergie. Il faut apprécier ces moments fugaces où nous échappons à cette torpeur mortifère, condamnés pendant des jours et des semaines à ne pas bouger de notre paillasse, à subir une immobilité forcée, insupportable, inhumaine. Mais la récréation est déjà terminée, nous sautons un fossé, dévalons une petite pente et franchissons une lourde porte en bois qui se referme sur ce petit moment de liberté trop court et déjà derrière nous.

Heureusement, une fois n'est pas coutume, cette nouvelle maison est plutôt une bonne surprise. Elle est vaste, relativement confortable selon les critères afghans, et la pièce où nous allons être enfermés, bien que petite, n'est pas désagréable. Il y a deux grandes fenêtres certes calfeutrées par des rideaux, pour éviter, comme d'habitude, qu'on ne nous voie de l'extérieur, mais je devine qu'en plein jour nous pourrons profiter de la lumière. Le plafond est en bois clair et me fait vaguement penser à un chalet suisse. On peut toujours rêver…

Nos nouveaux gardiens avaient jusqu'à présent camouflé leurs visages sous de grands foulards. Quand ils se dévoilent enfin, je reconnais Kaka qui nous a déjà surveillés au début de notre mésaventure, un jeune combattant d'une vingtaine d'années croisé chez l'abominable Drana et que je surnomme le « bel éphèbe », et un inconnu, le maître des lieux se faisant appeler « commandant Mounib ». L'homme semble jovial, presque sympathique. En signe de bienvenue, il nous offre le thé. Décidément, c'est notre jour de chance.

Après une bonne mais courte nuit, nous sommes réveillés par le chant strident du coq et le braiment lancinant d'un âne. Il est cinq heures et pas moyen de refermer l'œil. La journée va être longue. Très vite, nous négocions une radio avec nos geôliers. Kaka nous prête la sienne. Stéphane se met à la recherche d'une station audible et par miracle tombe sur Radio France Internationale. On pourra tuer quelques heures à l'écoute des programmes. L'autre bonne surprise du matin : il y a de vraies toilettes, un luxe dans ce pays. Cela faisait plus de trois mois que nous n'avions pas eu de telles commodités. Avec Stéphane et Reza, on se dit que ce serait pas mal de rester ici…

Pourtant, cette chambre va rapidement se révéler étouffante. Nous sommes six entassés dans douze mètres carrés et nos gardiens passent leur temps à écouter des chants à la gloire des talibans, sans musique, avec des voix remixées et un son totalement saturé. Imaginez de la mauvaise techno a cappella écoutée à fond sur des téléphones portables. Après deux bonnes heures à ce rythme, le grand Kaka décide de nous montrer quelques vidéos de propagande islamiste. Des adolescents kamikazes poseurs de bombes, des voitures et des immeubles qui explosent et, clou du spectacle, des égorgements de pauvres bougres en train d'agoniser dans des râles affreux. Voilà un homme absolument calme, priant avec ferveur cinq fois par jour, évoquant la bonté et la grandeur d'Allah et qui adore se repaître de ces petits films abominables comme s'il regardait le dernier clip de Madonna ou de Lady Gaga. C'est sûr, on est bien chez les fous !

Depuis que nous sommes chez Mounib, la nourriture est meilleure et plus abondante. De toute évidence, le commandant aime la bonne chère et nous en profitons un peu. C'est bien la première fois dans un pays qui ne fera jamais parler de lui pour sa gastronomie. Mais hélas, nous n'allons pas nous éterniser. Au bout de cinq jours seulement, Mounib nous explique qu'il se met en danger. Nous comprenons qu'il est un chef local et qu'il n'a pas l'intention de se faire repérer à cause de nous. Nous allons donc changer de maison mais demeurer dans le même village. Pour des raisons de discrétion, on bouge de nuit, comme d'habitude. Nous sommes accueillis par un garçon très timide d'à peine 18 ans. De toute évidence, il n'est pas taliban. Encore un « malgré lui » comme je les appelle, un pauvre type obligé de rendre service sans broncher. La maison est au cœur de la bourgade. Le jeune homme nous supplie de faire le moins de bruit possible et de parler à voix basse. Si un voisin nous entendait discuter en français ou en anglais, ce serait une catastrophe car il pourrait être dénoncé à la police. Je me demande bien de quelle police il s'agit car il ne doit pas y avoir un flic à 20 kilomètres à la ronde depuis des années. Ces Afghans sont vraiment paranoïaques.

Le lendemain, les cris des gamins et le bruit des discussions des villageois sous nos fenêtres nous sortent de notre sommeil. Ils sont bien matinaux dans le coin. Le soleil n'est pas encore levé. L'endroit où nous sommes parqués est très sombre, de lourds rideaux obscurcissent la pièce. Pas question de les ouvrir, nous avons eu ordre de ne pas y toucher, il y a trop de monde aux alentours. Nous sommes donc condamnés à rester dans le noir. On tente de dormir ou plutôt on somnole car, à force d'être allongés sans rien faire, le sommeil ne vient plus. Le corps est immobile mais l'esprit vagabonde. Je rêve de marcher, de courir, de travailler, de lire, d'écouter de la musique, de boire un café au comptoir d'un bar, je rêve de vivre tout simplement.

À midi, le commandant Mounib débarque, accompagné de Kaka : on dirait qu'ils viennent vérifier que nous sommes bien installés. Ils s'assoient à même le sol à côté de nous et commencent à parler à Reza. Je vois le visage de notre traducteur s'assombrir. Je lui demande de nous traduire leurs propos.

« Ils ont décidé de nous séparer. Ils ne veulent plus nous garder ensemble car ils disent que c'est trop risqué, explique Reza d'une voix un peu tremblante.

— Pourquoi veulent-ils faire ça maintenant ?

— Les talibans craignent une attaque des Français pour venir nous libérer. Si nous sommes ensemble, c'est plus facile. Si nous sommes séparés, il faut organiser trois opérations simultanées, c'est beaucoup plus compliqué », précise notre interprète.

En effet, pour une fois, je suis bien d'accord avec nos ravisseurs. Je me demande même pourquoi ils ont attendu si longtemps. Je pense qu'ils ont des difficultés à trouver des familles suffisamment fiables et des maisons adaptées pour garder des otages.

« Quand va-t-on être séparés ?

— Le plus vite possible. Ils sont en train de chercher, ils prospectent un peu partout dans la région.

— Et tu penses qu'ils vont vite trouver ?

— Je ne m'inquiète pas pour eux. S'ils ont l'ordre des grands chefs, ils se débrouilleront », conclut Reza.

Je le pense aussi, les talibans peuvent être efficaces. Ils l'ont déjà prouvé depuis quelques mois.

Le commandant Mounib et Kaka ne s'attardent pas. Ils nous laissent à nos réflexions.

« Nous devons nous organiser avant notre séparation. D'abord, il faut négocier pour obtenir chacun un petit transistor car autrement on va crever d'ennui. Ça coûte combien au marché local à ton avis ?

— Trois ou quatre dollars pièce, pas plus, répond Reza.

— C'est négociable ?

— Oui, on n'a rien à perdre. Laisse-moi faire, je vais les convaincre. »

Reza me rassure, mais j'espère vraiment que les talibans ne vont pas refuser. Ils n'ont aucune obligation envers nous. Jusqu'à maintenant, nous n'avions pas toujours la radio, c'était selon le bon vouloir de nos gardiens. Mais désormais, il faut qu'on en ait une chacun à plein temps, autrement, seul, on risque vraiment de devenir dingue. J'en fais une priorité.

Ma seconde préoccupation est de me faire comprendre par mes geôliers. Je ne parle aucune langue locale, ni le dari ni le pashto, ni le dialecte de Kapisa, le pashaï. « Reza, nous allons dresser une liste de vocabulaire de survie pour Stéphane et moi. » Notre interprète acquiesce et nous nous mettons tout de suite au travail. Heureusement, j'ai réussi il y a quelques semaines à obtenir un cahier et un stylo pour écrire, deux objets qui trouvent toute leur utilité aujourd'hui. Nous établissons une série de mots et d'expressions que nous traduisons en dari et en pashto : « J'ai faim, j'ai soif, j'ai froid, j'ai chaud, j'ai mal à la tête, j'ai mal au ventre, j'ai besoin de médicaments », et des aliments de base : pain, riz, haricots, pommes de terre, viande, fruits, on peut toujours rêver…

Je veux également ajouter quelques formulations qui nous seront peut-être utiles. Celle qui me tient le plus à cœur et que j'utiliserai sans cesse car, pendant plus d'un an, mon espoir reposera sur ces mots : « *Mosakrat* », « négociations », le sésame, le mot clé qui fait rêver : « *Mosakrat chorou* », « les négociations progressent », ou cauchemarder : « *Mosakrat khalas* », « les négociations ont échoué ».

Dès le retour de Mounib, nous lui réclamons trois radios. À notre grande surprise, sans discuter, il nous promet de les acheter avant notre séparation. C'est plutôt bon signe, mais désormais je ne crois que ce que je vois. Nous avons bien fait de réagir vite car le soir même Reza est le premier à partir. Nous sommes un peu surpris, nous pensions encore rester ensemble deux ou trois jours. Notre interprète rassemble dans la précipitation ses affaires. Avec les talibans, c'est toujours le même scénario : des jours et des semaines d'attente puis soudain, quand il faut bouger, tout se passe en quelques minutes. J'ai l'impression qu'ils jouent la surprise comme s'ils voulaient prévenir un quelconque plan d'évasion ou une hypothétique opération de libération. Ils savent que les changements de lieux sont des moments où ils sont vulnérables.

Nous nous embrassons très fort mais tellement brièvement ! J'aimerais tenir Reza des heures dans mes bras pour qu'il ne parte pas. Dans un souffle, j'ai le temps de lui demander s'il a eu sa radio : « Oui, et vous les aurez demain. » J'espère, que puis-je faire d'autre ?

Chose promise, chose due. Les transistors, tout neufs, « made in China », nous sont enfin donnés. Le commandant Mounib, souriant, veut montrer qu'il est un homme de parole. Je suis soulagé, Stéphane aussi. Nous étrennons nos cadeaux en recherchant RFI et la BBC. Les Anglais répondent présents, mais rien du côté français. Nous apprenons que le président polonais Lech Kaczyński et une grande partie de l'élite de son pays sont morts dans un incroyable accident d'avion peu avant l'atterrissage à Smolensk en Russie. Loin de tout, nous vivons par procuration les pulsations du monde grâce au miracle des ondes.

Reza nous a quittés il y a déjà quatre jours et nous sommes encore ensemble, Stéphane et moi. Les talibans paraissent avoir des difficultés pour trouver des maisons. Mounib, toujours flanqué du grand Kaka, nous rend une nouvelle visite. Il est d'excellente humeur. Il se lance sans traducteur dans une discussion sur les négociations : « *Mosakrat chorou* », assure le commandant. Je lui fais répéter la phrase magique deux ou trois fois. Mounib est formel, tout va bien. Il arrive même à nous faire comprendre que nous serons bientôt libérés. J'ai des doutes. Je suis tellement frustré que Reza ne soit pas présent à ce moment crucial. Nous aurions tant besoin d'une traduction précise. Tant pis, il faut se débrouiller seul.

Mounib compte sur ses doigts, Stéphane et moi comprenons que dans treize jours maximum tout sera fini. Treize jours, je n'y crois pas. J'insiste de peur d'avoir mal saisi, mais je dois me rendre à l'évidence, il nous parle bien de treize jours.

Je me tourne alors vers Kaka qui semble un peu moins enthousiaste. Lui aussi compte sur ses doigts comme sur un boulier. Vingt et un jours, conclut-il. Je reviens donc à l'attaque :

« Alors c'est treize ou vingt et un jours, il faut savoir ?

— Entre treize et vingt et un jours », concluent-ils d'un commun accord.

Les deux hommes repartent ; sont-ils sincères, ont-ils des informations fiables ? Nous n'en savons évidemment rien. Mais avons-nous d'autre choix que de nous accrocher à ce fol espoir ? Non.

Trois semaines tout au plus et le cauchemar sera fini. Je veux m'accrocher à cette idée qui m'aide à survivre. Trois semaines, puis la liberté chérie ! Quelques heures plus tard, à la tombée de la nuit, je suis séparé de Stéphane. Nous sommes le 13 avril. Je ne retrouverai mes compagnons d'infortune que dans huit mois, jour pour jour, heure pour heure.

13

Résister à la peur

Nous sommes entre chien et loup, il est à peine 19 h 30. Je sors de la maison ; dans le village il n'y a plus personne. En Afghanistan, dès que la nuit tombe, les gens se réfugient chez eux. Je m'engouffre dans une voiture dont le moteur tourne déjà, une Toyota blanche banale et donc discrète. Le chauffeur, je l'ai déjà vu plusieurs fois. Âgé d'une trentaine d'années, il ne ressemble pas à un taliban. Rasé de près avec sa petite moustache bien taillée, il ressemble à l'acteur Michel Serrault jeune. Il a une bonne bouille sympathique, on lui donnerait Allah sans confession.

Nous roulons pendant dix minutes, le temps de quitter le village et de nous retrouver dans la montagne, loin de toute habitation. La Toyota cahote dans tous les sens sur la piste défoncée puis, dans un virage, nous nous arrêtons. Le commandant Mounib sort de la voiture, je reste avec le grand Kaka. Quelques secondes plus tard, un homme entre dans le véhicule et nous redémarrons. Le nouvel arrivant écarte son grand foulard et je vois apparaître un visage mangé par une épaisse barbe grise. Celui que je ne voulais plus jamais revoir est de retour : l'abominable Drana. Ce sale type toxique, paranoïaque et vicieux ne me lâchera donc jamais ! Il me serre la main, sa petite voix doucereuse me révulse déjà et son œil inquisiteur m'inquiète.

Les talibans ont encore bien joué. Une fois de plus, tout a été préparé minutieusement. Personne ne nous a vus, pas une seconde de perdue, du travail de professionnel. Nous continuons notre chemin. La Toyota décolle sur les rochers puis s'écrase dans des trous monstrueux. Pourtant, notre chauffeur donne le sentiment de conduire tranquillement sur une autoroute. Ces Afghans devraient faire des rallyes, ils gagneraient tout !

Malgré l'obscurité presque totale, je tente de me repérer, je me concentre au maximum et fais appel à mon sens de l'orientation. Je suis sûr que nous descendons vers l'ouest car au fond le ciel rougeoie. Cela signifie que nous nous dirigeons vers la vallée de Kapisa et donc vers la ville de Tagab. Mais la piste ne cesse de serpenter, ce qui commence franchement à me perturber. Soudain, j'entends le bruit des pneus dans l'eau et le murmure d'une rivière ou plutôt d'un oued car ce n'est pas très profond. Il me semble qu'on suit le cours d'eau pendant quelques centaines de mètres avant de bifurquer à gauche et d'aborder une pente très raide. Le moteur peine dans la côte puis se reprend ; nous remontons sur un petit plateau. Je ne veux pas perdre le fil du trajet, savoir où on m'emmène me servira peut-être un jour.

Soudain, nous stoppons sans aucune raison. Mes gardiens me demandent de sortir de la voiture. Je saisis le petit sac plastique qui est à côté de moi, mais les talibans me font signe de le laisser sur le siège. Je voudrais demander pourquoi, mais aucun mot ne vient pour poser la moindre question. C'est la première fois que je me sens aussi seul, dans l'incapacité de communiquer, sans interprète, et sans mes potes pour me rassurer et me remonter le moral. J'insiste, je ne veux pas laisser mon balluchon, mon unique richesse, tout ce que je possède désormais en ce bas monde. Rien à faire, je dois tout abandonner et continuer à pied.

J'ai la gorge serrée, moins à cause des quelques bricoles que je laisse derrière moi que de l'angoisse qui monte brutalement. Nous marchons vite, Drana et Kaka m'encadrent. Je tente de me tenir à la même hauteur qu'eux mais j'ai l'impression qu'ils préfèrent être un peu en retrait, un pas ou deux derrière moi pour mieux me surveiller. Je ralentis, je veux les avoir dans ma ligne de mire, ne pas les quitter des yeux, je n'ai pas confiance.

Pourquoi m'ont-ils obligé à partir les mains vides ? Que vont-ils faire ? N'ont-ils pas trouvé de maison ? Ont-ils eu des ordres de leurs chefs ? Et s'ils avaient l'intention de me liquider ? Rien de plus simple ici, au milieu de nulle part, qui pourrait nous entendre ? Et s'ils nous avaient séparés pour mieux nous éliminer froidement ? Reza est peut-être déjà mort, ce soir c'est mon tour et pour Stéphane ce sera demain.

Une foule de questions se bousculent dans ma tête, j'ai les tempes qui battent, le souffle court. Je tente de me persuader de ne pas paniquer, je dois faire un mauvais trip, mais c'est plus fort que moi, la peur est en train de m'envahir, une peur panique. Je respire à fond pour essayer de déstresser. Sans résultat.

Brusquement, le sol se dérobe sous moi et j'ai la sensation de tomber dans le vide. Je ressens un choc violent dans les chevilles, puis ça remonte dans les jambes et tout le corps vibre. Je viens de tomber dans une tranchée creusée au beau milieu de la route, je suis figé, droit comme une statue dans ce maudit trou. Je bouge un peu et je ne ressens aucune douleur. Par miracle, je n'ai rien de cassé, pas même une entorse aux chevilles que j'ai pourtant très fragiles. J'ai dû chuter d'un bon mètre mais j'étais tellement aveuglé par la trouille que je n'ai rien vu.

Je remonte à la surface et j'enrage : « Qui a bien pu creuser ce putain de trou ? » Mes gardiens restent impassibles, ils me font juste signe de me taire. « Ces fumiers n'en ont rien à foutre. Je pourrais me tuer devant leurs yeux, ça ne leur ferait ni chaud ni froid. » La haine chasse la peur mais hélas pas pour longtemps.

Après avoir traversé un hameau rassurant, nous abordons une nouvelle zone déserte. Je surveille les deux talibans, je les sens plus tendus que d'habitude. Est-ce mon imagination qui me joue des tours ? Je marche mécaniquement et dans le même temps je suis à l'affût du moindre détail suspect.

Tout à coup, je sursaute, je perçois un bruit sec, métallique, je suis certain que Drana a actionné la culasse de sa kalachnikov. Pourquoi a-t-il fait cela ? Je regarde sur les côtés et je cherche une porte de sortie. À gauche, il y a une paroi rocheuse, donc impossible de s'enfuir par là. À droite, il y a un grand champ en pente douce : si je cours vite je peux éventuellement leur échapper. Mais non, je me ravise, c'est ridicule, j'aurai à peine parcouru vingt mètres qu'ils m'auront descendu. Je me mets donc à imaginer l'effet d'une balle qui pénètre dans un corps. Le choc d'abord, la chaleur ensuite, puis la douleur lancinante. Et dans la tête ? Reste-t-on vivant quelques secondes ou quelques minutes ? Est-on encore conscient ? Il paraît qu'on se refait le film de sa vie ? Et ce serait quoi le film de ma vie ?

Soudain, en quelques secondes, mon état d'esprit se métamorphose. Je refuse de me laisser abattre comme un agneau, l'instinct de survie est le plus fort. « S'ils veulent me tuer, il va falloir qu'ils viennent me chercher. » Ma peur se transforme en colère, en rage. Si l'un des deux talibans pointe son arme, je me rue sur lui comme une bête fauve, je l'achève à coups de pierre et je me retourne sur l'autre en un éclair. Quitte à crever, autant crever avec les honneurs…

Kaka me tire de mon délire comme d'un mauvais rêve. Il s'est arrêté derrière un énorme rocher, s'accroupit et me demande de le rejoindre. Drana fait pareil un peu plus haut sur la route. Ils me paraissent tout à fait sereins. Je les vois regarder au loin comme s'ils attendaient quelque chose. J'entends le bruit d'un moteur et j'aperçois enfin la Toyota qui remonte doucement la piste tous feux éteints. La voiture arrive enfin à notre niveau et nous remontons dedans.

Je me retrouve assis confortablement sur le siège comme si rien ne s'était passé. Pourquoi avons-nous parcouru deux ou trois kilomètres à pied ? Pourquoi le chauffeur a-t-il roulé seul ? Y avait-il un quelconque danger, une zone à risque ? Craignaient-ils qu'on ne se fasse repérer ? Autant de questions sans réponses et je n'ai aucun moyen d'en savoir plus.

Une chose est certaine, j'ai eu la plus belle frousse de ma vie sans vraie raison. J'ai été victime de mon imagination et je m'en veux. C'est ce fichu sac plastique laissé sur le siège de la voiture qui m'a enflammé la cervelle. Il va falloir que je me contrôle un peu mieux. Désormais, je dois gérer seul n'importe quelle situation, seul contre tous. Pendant que je fais le point, notre chauffeur imperturbable continue sa route. La piste grimpe fort, les virages sont en épingle à cheveux, les roues dérapent parfois dans la terre molle, le moteur tousse mais repart. Dieu merci, nous ne devons pas faire tout ça à pied, il faudrait une nuit entière.

Tout en haut, nous avançons sur la crête de la montagne. Nous surplombons la vallée de Spee qui plonge sur la gauche et une autre sur la droite que je ne reconnais pas. Nous atteignons enfin le col, c'est le terminus. Drana et Kaka descendent avec moi, le chauffeur fait demi-tour et repart d'où nous venons. Au sommet, il y a un monument en pierre qui ressemble étrangement à la forme de la Corse. Voilà un bon point de repère, inoubliable.

Un petit quartier de lune nous éclaire à peine. Nous marchons à tâtons. Même les talibans qui connaissent leur montagne par cœur progressent lentement. Je mets mes pas dans ceux de Kaka, je le suis comme mon ombre car je crains vraiment de tomber. Si je me blessais, je n'imagine pas les conséquences. Il n'est pas question d'utiliser une lampe de poche, toujours cette peur de se faire repérer par un drone !

Nous descendons la montagne et j'entrevois quelques lumières au fond. La pente est rude, je ne cesse de m'accrocher à des buissons d'épineux et je sens mes semelles riper sur des pierres plates. Il me semble qu'on emprunte un chemin muletier tortueux ; nous contournons de gros rochers puis nous suivons une corniche entre la falaise et le vide. Il ne faut pas se louper, au-dessous il y a plus de vingt mètres et des arbres pour se fracasser.

Je suis extrêmement concentré, mais je dois rester souple alors que j'ai tendance à me raidir à cause de l'effort. Une chance : j'ai de bonnes chaussures avec de gros crampons. Je ne sais pas comment font les talibans pour tenir debout en baskets à semelles lisses, on dirait des chèvres.

Drana est en tête, il devrait connaître la route, et pourtant je le sens hésitant. Je trouve le chemin très escarpé, un peu trop alors qu'il est censé desservir un village. Nous abordons un passage particulièrement difficile, la roche est glissante mais il y a une branche d'arbre pour se hisser. Je suis content d'avoir gardé mes gants amenés de France car le cuir évite de m'écorcher. Je fais un gros effort, tire sur les bras et pousse à fond sur les jambes. Ça passe tout juste mais ça passe. Nous marchons encore une dizaine de minutes quand tout à coup je vois Drana s'arrêter net. Sous nos pieds il y a une falaise et… trente mètres de vide. De toute évidence, ce n'est pas la bonne direction. Si même les talibans se perdent chez eux, je n'ose pas m'imaginer seul ici dans le noir. Les montagnes afghanes sont une grande prison, je me sens minuscule, enfermé par la nature.

Il ne nous reste plus qu'à faire demi-tour et à retrouver le bon chemin. Nous voilà condamnés à franchir une nouvelle fois le passage délicat. Le vieux Drana passe le premier. Il tire la jambe, moins à l'aise que d'habitude, mais réussit à passer l'obstacle. Maintenant, c'est à mon tour. Le grand Kaka me déleste de mon balluchon pour que je ne sois pas gêné et que je puisse utiliser mes deux mains. Je m'engage sur la paroi mais je n'ai aucune prise. Je compte sur mes chaussures de montagne qui agrippent bien le sol. Je pousse sur le pied droit et je lance un bras pour attraper le rebord du rocher mais je sens que la semelle se dérobe. J'ai juste le temps de regarder sous moi et imaginer que je vais m'écraser vingt mètres plus bas. Je n'ai plus aucune adhérence, je dévisse quand, tout à coup, je sens un obstacle qui me bloque le pied. Par réflexe, je prends appui, je détends la jambe de toutes mes forces et je réussis à m'accrocher là-haut avec une main. Je finis par une traction sur les bras pour me mettre définitivement en sécurité.

Je réalise que Kaka vient de me sauver la vie. Il a stoppé mon pied avec son propre pied. Sans lui, je me serais écrasé en bas. Ce taliban est responsable de mon cauchemar et, paradoxalement, je lui dois de ne pas être mort.

Lorsqu'il se retrouve à mes côtés, je ne peux pas m'empêcher de lui serrer la main très fort. Nous nous regardons les yeux dans les yeux pendant un long moment. Ce n'est pas le prisonnier qui fixe son ravisseur, ce sont deux hommes réalisant qu'ils sont dans la même galère, unis par les mêmes intérêts. Je désire rester en vie et il le souhaite aussi, car un otage mort ne vaut plus rien.

Je n'ai pas de haine, je suis juste soulagé d'être toujours parmi les vivants, vaillant et heureux de pouvoir marcher. Cette fois, nous avons retrouvé la bonne piste et je descends le cœur léger vers le village qui, j'espère, est notre destination finale. Une petite demi-heure plus tard, nous abordons les premières habitations. Nous faisons une pause. Drana disparaît pendant une dizaine de minutes. Puis le vieux revient et me fait signe de le suivre. Nous parcourons deux cents mètres à peine lorsque j'aperçois un type enroulé dans une pashmina, le visage totalement dissimulé par un grand foulard et une kalachnikov en bandoulière.

À ses côtés, j'entends un molosse grogner. Je suis poussé à l'intérieur d'une maison et j'avance dans un long et sordide couloir. Au fond à gauche, une porte basse en bois, je la franchis et je découvre… l'inimaginable.

Ni une chambre, ni une cellule, même pas une étable ou une bergerie mais une pièce étrange avec au sol des pierres qui semblent avoir été jetées pêle-mêle. Il est absolument impossible de se tenir debout normalement. Aucun homme, aucun animal ne peut décemment vivre dans ces conditions. Dans un coin, un petit espace fraîchement terrassé et une affreuse paillasse posée au sol. Mon nouveau gardien me lance une vieille couverture poussiéreuse. Ce type a une sale gueule, vraiment antipathique. Je lui trouve tout de suite un surnom : Thénardier.

Pour parachever l'affreux tableau, au plafond une vieille lampe envoie une lumière blafarde et glauque.

Je réalise que jusqu'à présent j'étais au purgatoire mais que désormais j'arrive en enfer. Je ne sais pas combien de temps je vais devoir survivre ici, mais je me demande surtout comment je vais pouvoir tenir le coup. L'idée de rester ne serait-ce qu'une semaine dans ce cloaque m'est insupportable. Et si cela durait beaucoup plus longtemps ?

Thénardier interrompt mes sombres pensées et me balance une écuelle immonde remplie d'une matière jaunâtre baignant dans une huile rouge et un morceau de pain sec. Je tente d'identifier le plat et je goûte. A priori, c'est une minuscule omelette gorgée de sel. La nourriture est à l'image du gîte et de son propriétaire : abjecte !

Je me retrouve seul dans cette pièce infâme. Les murs en pierre ne sont pas maçonnés. Il y a des trous partout, j'entends siffler le vent, il fait un froid de gueux. Le printemps est tardif, terriblement pluvieux. Je sens l'humidité me pénétrer et me glacer les os.

Mais le plus étrange, c'est bien le sol. À quoi servait cet endroit ? Une chèvre, un mouton ou une vache ne pourraient pas marcher ici sous peine de se coincer les sabots et de se briser une patte. Une famille, je n'ose même pas l'imaginer. Ça devait servir de cellier, trois grands tonneaux à grains en témoignent.

Après toutes ces émotions, je n'ai pas vraiment sommeil mais je vais quand même tenter de dormir. Je déballe mes petites affaires et réalise que j'ai à peine la place de les entreposer. Je suis condamné à vivre dans quatre mètres carrés, le reste étant un champ de pierres inutilisables. Je me rends également compte qu'il n'y a pas d'interrupteur, je vais donc devoir retirer l'ampoule. Je me mets sur la pointe des pieds pour l'atteindre et j'essaie de la dévisser. Elle doit être là depuis si longtemps qu'elle me résiste. Je force quand tout à coup elle m'explose dans les mains. Je me retrouve plongé dans le noir absolu. Je retourne à tâtons sur la paillasse et me glisse sous l'affreuse couverture. Je grelotte et je me remémore cette folle soirée. Je me dis que je suis vivant et que c'est bien là l'essentiel. Quant à l'avenir, je n'arrive pas à être optimiste !

14

La presse se rebiffe

Pendant ce temps, à Paris, les choses bougent. Enfin ! Après les attaques du président, du secrétaire général de l'Élysée Claude Guéant, du général Georgelin et des exécuteurs des basses œuvres habituels (Raoult, Lefebvre…) la presse fait feu et commence à se rebiffer. Ça tombe comme à Gravelotte. Il y a d'abord ceux qui réagissent à chaud, souvent les plus proches, qui nous connaissent le mieux, Stéphane et moi. La société des journalistes de France 3 tire la première. Dans le journal *Libération*, elle dénonce le cynisme, le populisme et la démagogie du pouvoir politique.

Celle de France 2 dégaine aussi, les mots sont durs : « Claude Guéant insulte le journalisme. Ses déclarations témoignent d'une méconnaissance totale de notre métier. Si on suit son raisonnement, nous n'aurions couvert aucune guerre ces dernières années, à commencer par le Liban, l'Irak, la Géorgie, Gaza et aujourd'hui l'Afghanistan. »

Mais très vite, la révolte sort du giron de la télévision publique et enflamme la presse. Les arguments sont cinglants, les vérités cruelles. Marc Epstein, journaliste à *L'Express*, frappe fort : « Compte tenu de la position qu'il occupe, dans cette polémique dérisoire, qui ne prend aucun risque ? C'est Claude Guéant ! La politique française ne m'intéresse guère mais recevoir des leçons de journalisme d'un ancien préfet, haut fonctionnaire non élu, et dont la fonction consiste, notamment au sommet de l'État, à limiter la transparence et à “gérer” l'image et la communication, c'est singulier. »

Bien sûr, quelques détracteurs affirment que les journalistes réagissent par pur réflexe corporatiste et qu'un reporter otage est plus médiatisé qu'un ingénieur otage. Peut-être… Mais il n'y a pas que la défense d'une profession qui est en jeu. Jean-Claude Guillebaud, du *Nouvel Observateur*, estime qu'il s'agit aussi d'une certaine idée de la démocratie : « Notre colère n'a rien à voir avec un quelconque corporatisme. Elle s'appuie sur deux réflexions très simples. La première concerne le prix qu'on attache à la vérité ou du moins à son approche. Quitter l'abri protecteur d'une unité de l'armée française pour aller chercher des informations côté afghan n'a rien d'un caprice. C'est une nécessité ontologique. On connaît la réflexion faite en 1917 par le sénateur américain Hiram Johnson : “La première victime d'une guerre c'est la vérité.” La tâche du reporter, c'est de porter secours à cette victime-là. Au risque de sa vie. »

Même des animateurs très médiatiques, inattendus dans ce débat, ont crié leur colère. Stéphane Bern, plus connu du côté de Monaco que de Kaboul, réagit vertement lorsque le général Georgelin affirme que la

France a déjà dépensé 10 millions d'euros pour nous rechercher : « Je n'ai pas supporté du tout d'entendre un général aller expliquer à la télévision ce que leur libération allait nous coûter. C'est indigne. Il sait ce que l'armée nous coûte par an ? C'est juste indécent comme propos. »

Au-delà des articles et des éditos de la presse nationale et régionale française, la profession s'est aussi mobilisée très rapidement derrière nous, alors que nous étions encore des anonymes. À peine trois semaines après notre enlèvement, Raphaëlle Bacqué, du *Monde*, et Agnès Vahramian, de France 2, ont fait signer un texte de soutien sous forme de mise au point à une quarantaine de journalistes : « Nous n'accepterons pas que la réputation de nos confrères soit salie et diminuée alors même qu'ils sont aux mains de leurs ravisseurs et qu'ils n'ont pas encore livré le récit de leur enlèvement. Les propos tenus sont outrageants au regard du parcours professionnel de nos confrères et des risques qu'ils ont encourus pour informer le public. »

Début avril, pour les « 100 jours » de notre détention, plus de soixante-dix journalistes et historiens ont paraphé un appel pour notre libération, de Patrick Poivre d'Arvor à Jean Lacouture en passant par Audrey Pulvar, le photographe Raymond Depardon et Denis Olivennes, alors patron du *Nouvel Observateur*. On dépasse désormais largement le microcosme des reporters.

Avec le temps, les prises de position vont bien au-delà du simple soutien à deux otages perdus au fin fond de l'Asie centrale. Stéphane Manier, qui a longtemps traîné ses guêtres dans les pays en conflit comme la Bosnie et qui en même temps connaît bien les enjeux militaires en tant qu'auditeur de l'Institut des Hautes Études de la Défense nationale, pose le problème des relations entre le pouvoir et les médias : « Ne transmettre que des informations jugées utiles par des autorités, c'est à cela que certains souhaiteraient réduire l'activité des journalistes. Or c'est l'enjeu à peine masqué du débat que suscite la prise d'otages de nos camarades de France 3. » Dans un article publié dans *Libération*, il ajoute : « En associant le mot "inutile" à la démarche de nos confrères, le président laisse croire que la bonne information a une limite que lui-même est capable de juger au nom des autres. C'est une réhabilitation implicite de la censure. »

En fait, notre histoire remet en cause la présence française en Afghanistan. Arnaud Hamelin, producteur de reportages et de documentaires pour de très nombreuses télévisions depuis plus de vingt ans, apostrophe le général Georgelin, le plus haut gradé français au moment de notre enlèvement : « 10 millions d'euros ! Diable, quelle somme ! Merci mon général pour cette transparence dont l'armée, la "grande muette", est peu coutumière (...). Poursuivant notre éducation, vous pourriez nous dire pourquoi la France et ses soldats doivent participer en Afghanistan à une guerre dont les objectifs restent flous. En quoi les intérêts vitaux de la France, ou la sécurité individuelle de nos concitoyens, sont-ils menacés en Afghanistan pour que nous y maintenions un contingent de plus de 3 500 hommes qui risquent tous les jours leur vie ? » La question mérite en effet d'être posée au général mais surtout au président de la République, chef suprême des armées.

Et Hamelin ajoute : « Nous souhaiterions que des chefs politiques et militaires acceptent que s'ouvre dans notre pays un débat argumenté, alimenté par les faits et les images que des reporters ont le courage d'aller chercher sur le terrain. »

Dans une tribune libre du *Monde*, les journalistes Michel Anglade et Denis Saverot se font encore plus précis : « Par-delà le mépris pour deux hommes de terrain, l'Élysée souhaite aussi adresser un message à toutes les rédactions : les journalistes doivent couvrir la guerre en Afghanistan en étant encadrés par l'armée. Pour des raisons de sécurité, les rédactions sont désormais priées de donner la priorité aux équipes "embarquées" avec des troupes régulières. Et donc renoncer au reportage distancié, alors même que l'intervention militaire des troupes de l'OTAN suscite de plus en plus de critiques. »

Voilà donc le cœur de l'affaire et voilà pourquoi notre rapt a provoqué tant de polémiques ! La question est de savoir pour quelles raisons nous sommes en Afghanistan depuis si longtemps, ce qu'on y fait, quels sont les résultats, et enfin s'il faut rester ou partir.

Les journalistes peuvent-ils encore remplir leur mission dans ce pays ? Non, en tout cas pas dans des conditions normales et satisfaisantes. Évidemment, les premiers responsables sont les ravisseurs talibans mais, vu la situation chaotique, moins il y a de reporters sur place, moins il y a de témoins pour évoquer le terrible échec de la mission française.

15

Chez Thénardier

J'ai dormi comme une souche et ce matin, en me réveillant, j'ai étrangement bon moral. Pourtant, autour de moi, tout est désespérant. Je suis enfermé dans un cachot sordide, mon nouveau geôlier est un sombre abruti qui déjà me déteste sans me connaître. Dehors le soleil semble briller mais je suis plongé dans la pénombre car une toile opaque obstrue la fenêtre. Une fois de plus, ces paranos de talibans me coupent du monde ! Après l'immonde omelette d'hier soir, j'ai droit ce matin à un bout de pain et à un minuscule morceau de fromage. Je commence à crever de faim.

Malgré tout, je me sens léger, presque soulagé. En fait, je réalise que je ne supportais plus la promiscuité. Plus de cent jours otage à vivre ou plutôt à survivre vingt-quatre heures sur vingt-quatre avec mes compagnons d'infortune et la présence quasi permanente de talibans dans la même pièce. La prière du matin, les chants religieux sur les téléphones portables, les discussions dès l'aube, l'impossibilité d'avoir une minute d'intimité même pour les besoins naturels, les tensions dues à la vie en vase clos font qu'au fil des jours la détention, déjà terrible par essence, devient intolérable. Sans oublier qu'en décembre il y avait déjà eu un mois de tournage au sein de l'armée française avec vie en communauté obligatoire et discipline militaire.

Ce matin, moi le prisonnier, le détenu, l'otage, j'ai l'impression d'être presque libre. Je suis seul sans le regard des autres, certes entre quatre murs, mais je vais pouvoir organiser ma petite vie de reclus comme je l'entends. J'ai la sensation de mieux respirer même si je sais que cette bulle d'oxygène ne va pas durer et qu'un jour ou l'autre la solitude me pèsera.

Je suis aussi porté par ce fol espoir que m'a donné le commandant Mounib : les négociations avancent vite et nous serons libérés dans deux ou trois semaines. Je fais et refais les calculs plusieurs fois par jour. Je mets mentalement en place un compte à rebours, le cauchemar se terminera au plus tôt le 26 avril et au plus tard le 4 mai. J'ajoute une marge de sécurité et me dis que le 10 mai tout sera fini. Dans moins d'un mois nous retrouverons la France et cette mésaventure ne sera plus qu'un mauvais souvenir. Avec un tel optimisme, je suis serein et je vois presque la vie en rose. Bien sûr, le doute m'assaille régulièrement mais je le repousse avec toujours plus de vigueur. Je me dis que le plus dur est passé et que l'avenir est radieux. Je suis sur un petit nuage, littéralement dopé par les épreuves subies et galvanisé par un épilogue que j'imagine très proche.

Je planifie donc rigoureusement ma vie quotidienne. Je me dis que si je suis bien organisé, le temps passera plus vite. La radio est le socle de mon emploi du temps. Dans cette maison, je ne reçois que la BBC en ondes courtes et comme je suis de bonne humeur, je po-si-ti-ve. Écouter les informations et des émissions en anglais avec un accent « so British » ne pourra que me faire progresser dans la langue de Shakespeare. La radio est une activité à plein temps. D'abord, les ondes courtes sont très capricieuses, il faut sans cesse effectuer d'infimes réglages pour ne pas perdre le son. Manœuvrer la petite molette et bouger l'antenne régulièrement est un exercice exigeant. Avec le temps, je connais la grille des programmes par cœur. Je découpe donc ma journée en tranches avec une heure d'informations au réveil, une heure vers midi, deux ou trois émissions culturelles et un magazine l'après-midi puis un long journal le soir. Paradoxalement, je n'ai jamais été aussi bien informé qu'au fond de mon trou. Je me passionne même pour des sujets improbables comme le championnat de football anglais, les malheurs de la star mondiale de golf Tiger Woods, ou les scandales frappant le sport national indien, le cricket, une histoire infiniment captivante… lorsqu'on n'a rien d'autre à faire.

Mais il n'y a pas que la BBC dans la vie. Je m'efforce aussi chaque jour d'écrire mon petit journal, que je pourrais intituler « Heurs et malheurs d'un otage paumé en Afghanistan ». J'ai commencé ce travail fin février, après deux mois de détention, et je compte bien poursuivre mon « œuvre » jusqu'à la fin. J'y mets beaucoup d'application, je rédige d'abord une première version, puis le lendemain ou le surlendemain je reprends ma copie, je la corrige et tente de lui donner un style plus personnel. Je ne veux pas que ce soient des notes brutes ; je revendique un récit totalement subjectif où j'évoque mes souffrances et mes bonheurs fugaces, mes colères et mes peines, mes espoirs, mes doutes et mes chagrins. Une vie d'homme privé de la liberté de bouger mais jamais de réfléchir, de penser et de s'exprimer. Jamais !

J'ai une terrible angoisse : que les talibans ne me fournissent plus ni papier ni stylo. Je sais que je dépends d'eux pour tout et pour cela en particulier. J'espère qu'ils ont saisi que l'écriture était pour moi une bouée de sauvetage, un calmant, un anxiolytique, une drogue douce grâce à laquelle ils auront la paix, une assurance que je ne me révolte pas trop souvent et trop violemment. Un esprit sain dans un corps sain, dit-on souvent. Depuis que je suis otage, j'en ai fait ma maxime.

Dès les premiers jours de captivité, nous avions décidé Stéphane et moi de pratiquer des exercices physiques quotidiens et je n'ai pas dérogé, sous aucun prétexte. Bon ou mauvais moral, en forme ou pas, je m'applique à faire de la gymnastique tous les après-midi, entre trente et quarante minutes. Des pompes, des flexions, des abdos, des assouplissements et surtout des étirements pour me décontracter le dos car je suis très souvent assis ou allongé et mes vertèbres souffrent. Tous ces mouvements me font un bien fou sur le plan physique mais ils me vident aussi la tête. Après chaque séance, je me sens mieux et beaucoup moins tendu. J'ai le sentiment que les efforts desserrent momentanément le carcan qui me comprime le cerveau, un peu comme un médicament soulage le dépressif. Le miracle ne dure pas longtemps, mais j'ai quand même la sensation d'être libéré de l'angoisse pendant une petite heure.

La grande difficulté, dans ce nouveau cachot, c'est le manque d'espace plat. Mais je dois m'adapter ; pas vraiment le choix !

Pour élargir mon horizon, discrètement, doucement, jour après jour, j'écarte l'affreux tissu qui sert de rideau et je tente de faire entrer un peu de lumière, de la vie dans cette oubliette que je refuse de voir devenir mon tombeau. C'est un combat de tous les instants. Chaque fois que Thénardier, mon geôlier, entre dans le cachot il referme le rideau et dès qu'il ressort, par défi, je l'écarte de nouveau.

Lorsqu'il n'y a personne dehors, et c'est bien trop rare, j'ouvre la fenêtre pour respirer l'air frais. Je remplis à fond mes poumons puis je les vide et recommence dix fois, cent fois jusqu'à m'étourdir. J'ai la tête qui tourne, je suis comme saoul et ça me fait un bien fou. Je m'enivre d'oxygène et je tente d'éliminer les miasmes qui m'intoxiquent le corps et l'esprit. Je suis agrippé aux barreaux de ma prison mais j'ai l'impression de galoper dans la montagne quand soudain un bruit de pas me fait reculer brusquement et repousser très vite le battant. Je descends alors du ciel pour retrouver subitement ma pauvre condition d'otage. Personne ne doit me voir prendre le frais, j'ai l'interdiction formelle de m'approcher de la fenêtre. Je ne dois pas être vu, jamais !

Quand j'observe le village, j'ai l'impression de regarder les images d'un livre d'histoire et de vivre des scènes bibliques. Rien ne semble avoir bougé depuis l'Antiquité. Les maisons de pierres, les canaux d'irrigation et la grande mare en contrebas, l'âne et quelques poules, des enfants qui jouent et des femmes habillées de longues robes chatoyantes avec un simple foulard de couleur vive sur la tête mais jamais de burqa. Ici, tout le monde se connaît et j'ai appris qu'en Afghanistan les femmes mettent un voile intégral dans les grandes villes ou dans les petites bourgades traversées par une route quand elles sont susceptibles de croiser des inconnus. Les localités montagnardes isolées, même contrôlées par les talibans, sont des communautés quasi familiales où les filles peuvent donc montrer leur visage.

Je remarque que ces villageoises travaillent beaucoup, de toute évidence plus que les hommes. Je les vois porter de lourds fardeaux sur le dos – du bois, des branchages mais aussi du fourrage pour les animaux et des sacs de grains ou de légumes. Levées dès l'aube, elles s'activent jusque tard le soir, elles mènent les chèvres et quelques moutons vers des pâturages plus bas dans la vallée, elles s'occupent de la traite et de la fabrication du fromage. Elles sont toujours suivies par une ribambelle de gosses. Elles mettent au monde une dizaine d'enfants, la contraception est inconnue et proscrite dans ces contrées à très forte tradition musulmane. Les gamines de 12 ans en paraissent 16 ou 17, les adolescentes sont déjà des femmes mûres et celles de plus de 30 ans ressemblent à des vieilles. Leur espérance de vie est parmi les plus faibles du monde : beaucoup meurent avant d'atteindre 45 ans.

En fait, j'ai le droit de sortir deux fois par jour à moins de cinquante mètres de la maison, le matin, avant l'aube, et le soir, bien après le coucher du soleil, à la première et à la dernière prière. Pourtant je ne communie pas avec Dieu mais, plus prosaïquement, avec la nature. Je vais aux toilettes, que j'en aie envie ou pas. Parfois, j'attends depuis plusieurs heures pour me soulager et mon ventre n'est plus qu'une douleur affreuse. Parfois, rien ne vient… le corps est capricieux. Mais peu importe, bouger un peu, me dégourdir les jambes, regarder la montagne, même accroupi dans le noir, est toujours mieux que de moisir sur ma paillasse. Cinq minutes le matin, cinq minutes le soir et le reste du temps enfermé, absolument seul.

Mes relations sont très tendues avec mon nouveau geôlier. Il ne me parle pas, porte toujours sa kalachnikov, et il est accompagné de son molosse, un grand chien au pelage beige comme on en voit partout en Afghanistan. La confiance règne… Je suis persuadé qu'il a été briefé par Drana pour me mener la vie dure. Le vieux a dû lui dire que j'avais quelques tendances à la rébellion.

Thénardier n'a pas à forcer son talent. Sa sale gueule et son air parfaitement antipathique font l'affaire. J'ai le sentiment qu'il veut me casser en me privant de nourriture. Du pain, un peu de riz, des miettes de fromages, un œuf de temps en temps, je maigris à vue d'œil.

Parfois, je le prends à partie et, grâce à quelques mots de dari appris par cœur, je lui explique que je ne vais pas tenir longtemps à ce rythme. J'utilise toutes les méthodes possibles : lorsque je suis calme, il fait semblant de m'écouter, quand je m'énerve, il tourne les talons, et quand je craque, il fuit en claquant la lourde porte. Mais le résultat est toujours le même, je n'ai rien de plus à manger.

Heureusement, de temps en temps, un étrange garçon vient me servir à la place de Thénardier. Il dit s'appeler Lia, il est petit avec une tête de vieux, toujours en blanc. Il semble très pieux et je le vois souvent partir vers la mosquée. Mais ce drôle de gamin a une bonne bouille, ses yeux respirent la bonté et je sens chez lui une vraie chaleur. Très vite, je lui fais comprendre que je crève de faim et il s'arrange pour m'apporter un petit supplément. Ce n'est pas suffisant mais mieux que rien : un peu plus de pain ou de riz, une part de fromage et parfois même un paquet de biscuits et une brique de jus de fruits chimique « made in Pakistan ». À chaque fois, il me fait signe de ne rien dire à personne et de cacher mes dérisoires trésors. Je ne sais pas pourquoi il fait ça et je n'arrive pas à savoir quel est le lien de parenté entre lui et le maître de maison : son fils, son jeune frère, mystère…

Un jour, vers midi, alors que je ne m'y attends pas du tout, je reçois la visite de Drana. Je pensais qu'il m'avait oublié. Je réfléchis quelques secondes et réalise que nous sommes le 2 mai. Je me souviens que le commandant Mounib et Kaka nous avaient promis que notre libération interviendrait d'ici deux ou trois semaines. Aujourd'hui, nous y sommes, cela fait exactement dix-neuf jours que nous avons eu cette discussion. Drana vient peut-être m'annoncer la bonne nouvelle, mais à voir sa tête, j'ai le sentiment qu'il est plutôt un oiseau de mauvais augure. Je le trouve inquiet. Je lui demande si ça va et il me répond par une moue dubitative. Je n'y tiens plus et lui pose la question qui me brûle les lèvres :

« *Mosakrat chorou ?* (les négociations progressent ?) »

Drana lâche dans un souffle :

« *Mosakrat khalas* (les négociations ont échoué).

— Mais pourquoi ? »

Avec quelques mots très simples en dari, Drana tente de m'expliquer ce qui coince dans les discussions.

« Les talibans exigent des prisonniers détenus dans la base de Bagram et les Américains refusent de les libérer. »

Je crains d'avoir mal compris et je lui fais répéter.

« Les Américains, problème, gros problème. Ils refusent tout », répond-il laconiquement.

Inconsciemment, je ne veux pas rester sur cet échec et désire plus de détails :

« Le président afghan Karzaï ne peut-il pas libérer des talibans ?

— Si, peut-être, mais nous voulons des détenus de Bagram et les Américains refusent.

— Vous ne préférez pas de l'argent à la place ?

— Non, nous, les talibans, nous ne voulons que des prisonniers et pas d'argent. »

J'en doute beaucoup mais peu importe, nous sommes dans une impasse. Je suis assis sur ma paillasse, le vieux est agenouillé à côté de moi, le regard vide. Il semble apathique, sans énergie et terriblement abattu. Je me vois malgré moi prendre sa main calleuse et la serrer doucement comme pour lui signifier que je comprends sa déception. Il me regarde, apparemment reconnaissant d'avoir cette tendresse pour lui.

Soudain, je réalise l'absurdité de la situation. C'est le monde à l'envers ! J'ai le sentiment d'être mentalement plus fort que mon geôlier mais je pense aussi que je me surestime. C'est la première fois que je vois un peu d'humanité chez ce taliban qui semble totalement désemparé.

La porte du cachot s'ouvre, le petit Lia glisse un plat de riz plus grand que d'habitude, mais hélas cette mauvaise nouvelle m'a coupé l'appétit.

Pour une fois, Drana a une bonne idée. Il se dirige vers la fenêtre et remplace le tissu opaque par un voile translucide. J'aurai un peu plus de lumière. Puis le vieux s'éclipse rapidement comme pour échapper à de nouvelles questions. Mais à quoi bon le harceler ? Je viens de comprendre que je suis otage pour longtemps.

16

Trou noir

Après le départ de Drana, je tente de renverser la vapeur et me persuade qu'il faut absolument tenir le coup. Les nouvelles sont mauvaises ? Le moral doit être au zénith ! Je m'applique la méthode Coué coûte que coûte. Je me dis que mes geôliers n'ont pas les bonnes informations, qu'ils ne savent rien des négociations et que, malgré les nuages noirs qui s'amoncellent, une éclaircie, aussi radieuse qu'inattendue, viendra enfin changer ma vie. Mais dès le lendemain, je réalise que la situation est terrible, je devine que je vais plonger dans une sévère déprime.

Hélas, en mai, le jour se lève de plus en plus tôt. À 4 heures du matin, j'entends la première prière du mollah et Thénardier ne tarde pas à venir me chercher pour aller aux toilettes. Désormais, je n'ai même plus les cinq minutes réglementaires car il craint que les paysans du village, se rendant dès l'aube aux champs, ne m'aperçoivent. Je me soulage dans la précipitation et la plupart du temps je suis bloqué. J'aurai mal au ventre jusqu'au soir.

Je rentre au cachot en colère et désespéré. Je tente de me rendormir sur mon infâme paillasse. Je ne cesse de me retourner sans trouver le sommeil. Vers 5 heures, je vois poindre les premiers rayons du soleil, annonciateurs d'une nouvelle et interminable journée. L'angoisse monte inexorablement. Elle me serre la gorge jusqu'à m'étouffer. Chaque matin est une épreuve qui va se renouveler demain, après-demain, la semaine prochaine, dans un mois, dans six… Je me sens incapable d'endiguer cette anxiété qui me gagne jusqu'à la paralysie.

Je me rends compte que je ne réussis plus à accepter ma condition d'otage. Depuis le début, j'ai l'espoir, chaque jour ou presque, que cette fâcheuse mésaventure va finir rapidement mais je viens de prendre conscience que l'enfer ne fait que commencer. Je ne vois aucune lueur au bout du tunnel. J'ai le sentiment qu'il se transforme en puits sans fond et sans fin.

Une question me taraude : que vais-je faire de toute la sainte journée ? Des allers-retours entre mon lit et la fenêtre ? Je sens que je pourrais devenir dingue.

Après quelques jours à tourner en rond dans le labyrinthe de mes cauchemars, je tente de réagir et de m'organiser de façon quasi militaire. Je me fixe désormais deux séances d'écriture par jour, une le matin pour raconter la veille et une autre l'après-midi pour peaufiner ce que j'ai déjà rédigé. Pour la gymnastique, même méthode. Avant midi : étirements et relaxation. En fin de journée, des exercices plus physiques pour fatiguer le corps. Bien sûr, je crains que ce rythme répétitif ne m'ennuie rapidement. Mais j'évacue le problème. La question n'est pas de savoir si je fais toujours la même chose, c'est de faire quelque chose.

Le matin, je branche désormais très tôt la BBC car ici je ne capte absolument pas Radio France Internationale. Nous sommes en pleine nuit à Londres et j'ai un peu l'impression d'écouter les nouvelles et les chroniques de la veille même s'il y a bien quelques informations d'Extrême-Orient et le résumé de ce qui s'est passé dans les Amériques. Je fais donc un petit tour du monde entre quatre murs. Régulièrement, j'entends la litanie des attentats commis par les talibans ou Al-Qaïda au Pakistan voisin et en Afghanistan. Je me dis que cette guerre ne finira jamais.

Un peu plus tard dans la journée, je sors mon précieux cahier pour y consigner mes impressions. Je partage les feuilles en deux blocs, d'un côté le brouillon où je lance le premier jet, la matière brute de ce que j'ai vécu la veille, mais aussi mes états d'âme, mes peines et mes colères. De l'autre, il y a la version travaillée, plus stylisée. Écrire n'est pas pour moi une lubie, cela fait longtemps que j'ai envie de m'essayer à cet exercice. J'ai même tenté, il y a plus de vingt ans, de rédiger des chroniques de guerre en Croatie et en Bosnie. Je me suis mis à ma table de travail pendant plusieurs semaines puis j'ai renoncé, un peu par paresse et beaucoup parce que je ne m'en sentais pas encore capable. Mais cette fois, je suis mûr… si j'ose dire. J'ai bien sûr envisagé la confiscation de mon journal de bord mais je m'en fous, j'ai besoin de m'exprimer. S'ils me le volent, cela m'aura d'abord permis de tuer le temps, ensuite de structurer ma vie de prisonnier et enfin de graver dans le disque dur de ma mémoire les grands et les petits événements de ma détention. Et si je peux le garder, ce sera pour moi un document très utile pour un livre, peut-être...

Chaque après-midi, un petit miracle se produit. Mon angoisse se dissipe, la tension baisse peu à peu. J'ai le sentiment d'avoir vaincu une journée supplémentaire, alors que le matin je sais que tout reste à faire. Bizarrement, je me sens parfois presque léger. Je sais que l'enfer recommencera le lendemain mais je me donne un sursis. Lorsque la lumière baisse et que le soleil tombe derrière la montagne face à ma fenêtre, je suis presque soulagé, la douce lueur du crépuscule m'apaise et le noir ne m'effraie pas. J'ai toujours adoré la nuit et je réalise qu'elle est mon amie plus que jamais. Je ne la fuis pas, je l'attends presque avec impatience, elle m'aide à oublier ma triste condition. Dehors il n'y a plus personne, tout le monde est enfermé chez soi. C'est un moment privilégié où je me retrouve sur un pied d'égalité avec les autres, ceux qui vivent autour de moi, que j'entends et que je ne connais pas.

Le soir, assis sur ma paillasse, appuyé contre le mur de pierre, souvent dans l'obscurité absolue, je prends ma chère petite radio et balaie toutes les longueurs d'ondes possibles. Il m'arrive de tomber sur des petites perles. La radio nord-coréenne en français, la radio cambodgienne en khmer et la Voix du Vietnam où, en 1995, j'ai donné des cours pendant trois mois. De vieux souvenirs remontent à la surface : les voix que j'entends appartiennent peut-être à des journalistes que j'ai formés à l'époque.

Mais le compagnon régulier de mes soirées s'appelle Larry London, il anime chaque soir, du lundi au vendredi, une émission musicale sur Voice of America. Je l'ai découvert par hasard en me promenant sur mon transistor et je me suis arrêté sur sa voix chaude, typique des bons vieux D.J. américains des sixties. Le nom de l'émission est *Border crossings*, ce qui doit signifier « passages de frontières ». Le programme se nourrit de dédicaces d'auditeurs de la planète entière, beaucoup d'Afrique mais aussi d'Asie centrale, de Russie ou de Hong Kong en passant par l'Indonésie. Au fond de mon trou, je me retrouve donc au centre de ce monde musical et j'entends des petits « hello » venant de partout. Le miracle des ondes, une fois de plus… De la pop anglaise, du rock américain, parfois de la country et de la variété, je m'éclate seul, je me surprends à chantonner et même à danser. Si on me voyait, on me prendrait certainement pour un fou. Pourtant je ne déraisonne pas, la vie est juste la plus forte. Larry London adore les années 80 et me fait écouter des tubes que je n'ai pas entendus depuis l'université, Ultravox, Siouxsie and the Banshees ou encore le groupe allemand Alphaville et son fameux *Forever Young*. Je ne sais pas si je suis toujours jeune, mais encore vivant, sans aucun doute, c'est déjà ça !

À la fin des programmes, allongé les yeux ouverts, je pense souvent à la France. Les vieux souvenirs tels que les entraînements et les matchs de rugby qui ont rythmé dix ans de ma vie, mes amis qui me manquent tant peuplent mes songes. La nuit, je rêve beaucoup, de gens que je n'ai pas vus depuis des années, des vivants et des morts, surtout des morts d'ailleurs.

Au fil du temps, chez Thénardier, je réalise que je suis dans un vrai zoo. Les souris s'en donnent vraiment à cœur joie. Au début, je les détestais et faisais tout ce qui était possible pour les garder à distance de ma paillasse. Dès qu'elles s'approchaient un peu trop près, un petit bruit ou un mouvement brusque les chassaient. Je leur lançais même des cailloux sans jamais d'ailleurs réussir à les atteindre. Je ne sais pas combien il y en a exactement, quatre, cinq, une dizaine… Ma prison est pour elles un paradis plein de cachettes, sous les cailloux et les pierres. Les rongeurs ont en plus un garde-manger avec trois gros tonneaux remplis de grains. Je les vois sans cesse monter chercher leur nourriture puis redescendre. Ces sales bêtes sont bien mieux loties que moi. Puis, finalement, je les observe attentivement, j'analyse leur comportement, nous nous domestiquons mutuellement, la méfiance disparaît et fait place à la curiosité. Elles ne me craignent plus, elles ne me dégoûtent plus. Je passe des heures à les voir batifoler. Parfois, on dirait qu'elles entament une danse et qu'elles me regardent. Les souris font des sauts incroyables, plus de dix fois leur taille, et j'assiste à un ballet de petites pelotes grises. Il ne leur manque que des tutus roses… Les petits rats de l'Opéra.

La nuit, je suis moins bon public, or ces bestioles sont plutôt couche-tard. Régulièrement, dans un demi-sommeil, j'en sens une ou deux me grimper sur la tête ou me courir sur le dos. Je crois rêver quand soudain je me rends compte que je suis bien éveillé. Je sursaute et j'entends galoper autour de moi. Deux ou trois fois, j'ai dû faire un saut de cabri et j'ai entendu valser les souris, projetées contre le pot d'urine dans un grand fracas métallique. Je pense qu'elles ont échappé de peu à la noyade.

Mais il y a beaucoup plus insidieux. Ça saute aussi, c'est minuscule, c'est noir et ça pique. Avec le printemps et une température un peu plus clémente, les puces commencent à m'envahir. La journée, je les vois parfois quand elles atterrissent sur le papier blanc de mon cahier. Mais elles sévissent surtout après le coucher du soleil, se glissent sous mes vêtements, commencent à me chatouiller, puis elles me mordent en laissant un petit bouton rouge qui démange pendant plusieurs heures. Ces insectes ont un endroit de prédilection, à la ceinture, là où il doit faire le plus chaud. Deux ou trois fois par nuit, je retire mes habits, je les secoue violemment puis je place ma longue chemise afghane sous mon pantalon bouffant et je serre le cordon pour tenter d'empêcher ces bestioles de se frayer un chemin. Le stratagème fonctionne un moment mais il y en a toujours une ou deux plus habiles ou plus curieuses qui arrivent à s'immiscer dans mon intimité. Et c'est reparti pour une nouvelle opération « nettoyage ». Après plusieurs semaines, le petit Lia m'apportera enfin une poudre blanche assez efficace. Toutefois, à en juger par mes éternuements, elle doit être aussi très toxique.

Il y a également des apparitions fugaces mais qui marquent à vie. Ce matin-là, il fait froid et je tente de me réchauffer sous les vieilles couvertures. Je rêvasse, je n'ai pas d'énergie ni pour écrire ni pour faire mes exercices physiques. Pour une fois, la radio me saoule et j'ai l'impression d'entendre toujours les mêmes choses. Je regarde fixement les poutres que je ne cesse de compter et de recompter. Il y en a quinze. Comme j'interprète tout, je me demande si c'est un signe : encore quinze jours à tirer, quinze semaines ou quinze mois ?

J'ai donc l'œil rivé au plafond quand je perçois un son étrange, feutré, presque étouffé. Je laisse passer quelques secondes, je n'entends plus rien, puis ce bruit inhabituel reprend sur ma droite. Soudain, je vois à côté de moi un… serpent. Il a une drôle de couleur laiteuse presque translucide comme s'il venait de perdre sa peau. L'animal glisse rapidement le long de ma couche alors que je suis à même le sol. Je reste immobile, tétanisé. Le reptile sentant peut-être que je l'ai repéré file tout à coup à la vitesse de l'éclair et s'engouffre dans le mur entre deux pierres. Il disparaît comme il était arrivé, sans prévenir. Après le choc, je tente de comprendre. Par où est-il passé et surtout peut-il revenir ? De toute façon, il n'y a ici que des gros cailloux et des trous dans la paroi, rien ne sera plus facile pour la bête que de réapparaître ! La seconde question est de savoir si ce serpent est venimeux. S'agit-il d'une inoffensive couleuvre, d'une dangereuse vipère ou d'une redoutable espèce locale que je ne connais pas ?

Une heure plus tard, Thénardier entre dans le cachot et apporte ma pitance habituelle, une pauvre assiette de mauvais riz. Je tente de lui expliquer la visite impromptue mais évidemment je ne sais pas dire « serpent » ni en dari ni en pashto et encore moins dans le dialecte local, le pashaï. Je prends donc mon stylo et une feuille de papier, je lui dessine le reptile et je lui explique qu'il est passé tout près de moi. Mon geôlier me toise comme si j'étais un débile profond, hausse les épaules, tourne les talons et referme la porte. Pas un mot, le silence pour toute réponse. Je hais ce type, je voudrais qu'il crève sous mes yeux et je rêve qu'un jour tous ces talibans qui m'ont enlevé et me retiennent en otage depuis près de cinq mois croupissent en prison jusqu'à la fin de leur vie. J'essaye de rester calme mais j'ai vraiment la haine. Après avoir avalé le riz qui ne sert qu'à colmater mon estomac, j'inspecte tous les endroits par où ce satané serpent pourrait repasser et je me dis qu'il a l'embarras du choix. Je me remets donc sur ma paillasse, je reste aux aguets et j'attends, mais rien ne vient. Je me persuade alors que l'animal a eu plus peur que moi et, comme me disait ma chère maman quand j'étais gamin : « Une petite bête n'a jamais mangé une grosse. » Je tente de me rassurer comme je peux mais une sourde angoisse me tenaille pendant plusieurs jours.

Ce printemps est décidément très pluvieux. Les averses, les tempêtes, l'orage, la grêle et même la neige se succèdent à un rythme effréné. Je sens les bourrasques glaciales qui frappent le mur, elles viennent de l'ouest, de là où le soleil se couche. L'air s'engouffre à travers les pierres mal jointes et fait régulièrement voler un nuage de poussière dans la pièce. Tout dans ce cachot est recouvert d'une poudre grise, résidu de terre, de grains et de son qui m'enveloppe comme un linceul. Pour échapper à cette atmosphère toxique, je me réfugie à la fenêtre lorsqu'il n'y a personne dehors. J'essaye de passer de plus en plus de temps à profiter de la fraîcheur de la montagne. J'adore quand il pleut, de grosses gouttes éclatent sur mon visage comme une douche naturelle, un luxe pour qui a le droit de se laver tous les dix jours. Je prends un plaisir fou à regarder les éclairs zébrer la montagne et les rideaux de pluie qui s'abattent sur le village. Il n'y a personne dehors, les animaux se réfugient sous les arbres, je suis seul au monde dans un décor immémorial, hors du temps. Il y a des semaines que je n'ai pas entendu une voiture, une moto ou le bruit d'une machine, et sincèrement cela ne me manque pas.

Lorsque la terre est enfin détrempée, je sens l'effluve de l'humus monter lentement dans mes narines, une bonne odeur de terre mouillée. Le clapotis dans les flaques me berce doucement. Je m'envole vers un univers imaginaire qui me libère un peu des liens de mon quotidien carcéral. Une averse violente me fait revenir sur terre, je vois tout à coup le soleil percer les nuages et la pluie qui tombe dru. Un double arc-en-ciel est en train de naître sous mes yeux. C'est très rare, un double arc-en-ciel. Le seul que j'avais eu le privilège d'admirer, c'était tout au bout de l'Irlande, dans le mythique Connemara il y a vingt-cinq ans.

Le soir, une fine couche de neige saupoudre les cimes et cette blancheur tranche avec le vert tendre de la vallée. Demain, avec un peu d'eau, un minuscule chiffon et un morceau de papier, je vais nettoyer les vitres car je ne vois plus à travers. Le dernier qui les a lavées doit être très vieux ou très mort. Un peu plus de lumière dans le cachot ne sera pas un luxe. Je vais juste devoir me faire discret. Il ne faudrait pas que je sois repéré.

17

L'obsession de l'évasion

Voilà une heure que je frotte avec trois gouttes d'eau, un vieux chiffon et un peu de papier-toilette. Je dois m'y reprendre plusieurs fois car ce matin il y a du monde dehors. Si quelqu'un de la famille Thénardier voit que je lave les carreaux, on va me prendre pour un fou et surtout je risque de passer un sale quart d'heure car j'ai toujours interdiction d'aller à la fenêtre. Je ne sais pas ce que je risque : être battu, attaché ou plus sûrement voir ma seule ouverture au monde définitivement fermée par une planche de bois. Ce serait terrible ! Mais je suis fier de moi. Les vitres sont impeccables, pas une trace alors que le soleil ne pardonne rien. J'ai une certaine technique que je tiens de ma mère. À la maison, je l'aidais à faire de petits travaux, et avec Janine on ne badinait pas avec le ménage. Du fond de mon cachot, sur ma paillasse, j'admire mon œuvre. Désormais, la lumière entre franchement dans la pièce et je vois distinctement le paysage. Avant, lorsque les vitres étaient crasseuses, je devinais des ombres, tout semblait flou, comme nimbé de brouillard. J'espère juste que personne ne va se rendre compte du changement.

Depuis que les carreaux sont propres, je remarque un détail qui, jusque-là, m'avait presque échappé. Derrière chaque battant de la fenêtre, il y a un barreau. Je les regarde d'abord distraitement sans vraiment y prêter attention. Puis, au bout de quelques jours, l'illumination me frappe : « Qui dit barreaux dit prison et donc possible évasion. » Il m'aura fallu cinq mois de détention pour aboutir à une telle déduction. « Je ne suis pas très vif en ce moment », me dis-je mentalement.

En réalité, l'idée de me faire la belle m'a déjà effleuré l'esprit mais pas ici. Nous étions encore trois, Reza, Stéphane et moi, à la fin de l'hiver dernier, chez les frères paysans au fin fond d'une vallée perdue. J'avais alors soumis à mes camarades l'idée de larguer les amarres, de sauter par la fenêtre, ce qui était à l'époque possible, et de tenter une grande marche dans la montagne pour rejoindre une base française, celle de Tagab ou de Nijrab. Après réflexion, mes compagnons n'ont pas voulu prendre le risque. Pour eux, l'aventure était trop hasardeuse, nous ne connaissions pas vraiment le terrain, l'alerte serait certainement donnée trop tôt et les chances de réussite étaient bien minces. Je me souviens encore des arguments de Stéphane : « Laissons-nous jusqu'à fin mars et on verra si les négociations aboutissent. » Puis il repoussa à fin avril et je me suis énervé : « Et après ce sera fin mai, puis fin de l'été et fin de l'année », lui rétorquai-je sèchement. Stéphane stoppa la polémique en me répondant catégoriquement :

« Pour l'instant je ne bouge pas, et tant que je n'aurai pas décidé, ce sera comme ça. »

Il n'y avait plus rien à ajouter. Quant à Reza, je voyais bien qu'il avait peur. S'évader seul n'était pas raisonnable, ni pour moi ni pour mes potes qui auraient pu subir des représailles. La mort dans l'âme, je me ravisai.

Mais cette fois, la donne est différente, la décision m'appartient. Le problème, ce sont ces fichus barreaux en acier, torsadés et fixés dans le bois de la fenêtre. J'ouvre et j'inspecte la structure. La question est de savoir si la ferronnerie est profondément enfoncée dans la traverse et si je peux la desceller facilement ou pas. Je secoue l'ensemble : rien ne bouge, même pas d'un millimètre. Je pourrais aussi essayer de scier le barreau, mais avec quoi, mes dents peut-être ? Je n'ai rien sous la main. Je referme la fenêtre et je me pose pour réfléchir.

Je n'imagine pas encore que la découverte de ces barreaux va me pourrir la vie pendant plusieurs semaines… Au fil des jours, l'idée de l'évasion fait son chemin, elle m'accapare de plus en plus souvent jusqu'à devenir une idée fixe. La réflexion m'amène à poser toutes les données du problème comme un puzzle, je tente de placer les pièces puis je les mélange et j'essaie à nouveau de trouver un nouvel ordre. Mais jamais je ne suis satisfait, je rebats les cartes et je recommence.

Pour bien organiser une évasion, plusieurs éléments interviennent et se combinent de manière complexe :

Le jour ou la nuit.

Si c'est la nuit, il faut calculer une période de six jours maximum, trois avant la pleine lune et trois après. Sinon, dehors, c'est le noir absolu et je ne possède bien sûr pas de lampe de poche.

La nuit, le chien est à ma fenêtre.

Le jour, les femmes travaillent devant la maison ou à proximité, et plus loin, les paysans et les bergers s'occupent des cultures et des animaux.

Il faut repérer où sont Thénardier et le petit Lia à différentes heures.

Mes geôliers passent à l'aube, ensuite le matin vers 9 heures, puis à midi, parfois en milieu d'après-midi, toujours à 20 heures pour le dîner, et enfin à 21 h 30 pour aller aux toilettes.

Dehors, je n'ai pas une grande visibilité depuis mon cachot. À droite, il y a un mur et à mon avis dix mètres de vide derrière. À gauche se trouve la niche du molosse. Reste donc en face : il faut descendre une pente assez forte, s'éloigner de la maison puis la contourner car le bon chemin par lequel je suis arrivé se situe derrière la bâtisse. Ensuite, si mes souvenirs sont bons, il faut grimper la montagne jusqu'au col où est plantée la grande statue qui ressemble à la Corse, suivre la route des crêtes vers le couchant et j'imagine la vallée principale de Kapisa avec ses bases militaires afghanes et françaises. Ce n'est pas gagné…

J'oublie un détail, la nuit il y a parfois des rondes de talibans. Je suis sûr qu'elles ne sont pas organisées quotidiennement, mais quand exactement ont-elles lieu ?

Enfin, dans la montagne, des combattants islamistes patrouillent régulièrement ! Ils se trouvent à des points stratégiques, cachés pour observer leurs ennemis. Ces hommes communiquent entre eux par talkie-walkie. Cela signifie que si mon évasion est signalée, je serai traqué comme une bête.

Le seul élément vraiment positif : je suis au rez-de-chaussée.

Voilà donc les paramètres méticuleusement rentrés dans mon petit ordinateur personnel situé entre mes deux oreilles. Mon cerveau triture, malaxe toutes ces données vingt-quatre heures sur vingt-quatre ou presque. J'en perds le sommeil, j'évalue les situations les unes après les autres, je les combine, j'idéalise la réussite et je cauchemarde l'échec.

Je rêve d'un succès, je me vois marcher de longues heures, échapper à mes poursuivants, déjouer tous les pièges, ne jamais me perdre et finalement arriver tel un héros dans les bras d'un soldat français. Mais le doute m'assaille très vite : quelles pourraient être les mesures de rétorsion contre Stéphane et Reza ? seraient-ils battus ou attachés par vengeance ou froidement exécutés par ma faute ? J'en tremble…

Je conçois aussi un échec : être repris par les islamistes, enfermé et enchaîné pendant de longs mois dans une pièce complètement noire juste pour me punir. Pire encore, je vois le grand couteau qui va me trancher la gorge car on n'échappe pas impunément aux talibans.

Parfois, il m'arrive d'entendre un hélicoptère volant très haut au-dessus des montagnes. Je songe alors à une intervention des Français qui viendraient miraculeusement me tirer des griffes de mes ravisseurs. Puis le bruit s'estompe et se perd dans le ciel.

Mes espoirs s'évanouissent et je devine que personne ne prendra le risque de venir me chercher dans ce trou à rat. Je rêve souvent d'une opération militaire mais je n'y crois pas.

Quand la nuit je cogite comme un dingue entre insomnie et demi-sommeil, le matin, j'abandonne tout projet de fuite. Je me dis que c'est totalement fou, irréalisable et voué à l'échec. Mais pendant les longues heures d'attente et d'ennui, le démon me reprend et de nouveau je ne pense qu'à ça, les murs m'étouffent, je voudrais m'envoler comme un papillon, me glisser entre les pierres de ma prison.

Désormais, l'angoisse du matin se prolonge l'après-midi. En cette fin du mois de mai, pour la première fois je ressens un spasme qui me secoue les entrailles, remonte vers les poumons, puis une chaleur intense m'envahit le cou. Je suis saisi d'un besoin irrépressible de bouger dans tous les sens comme si j'étais possédé par un mal étrange. Je me précipite alors à la fenêtre, je l'ouvre et secoue le barreau tel un dément dans un hôpital psychiatrique. Je ne pense pas une seule seconde qu'il pourrait y avoir quelqu'un dehors en train de m'observer, je perds la raison, je suis incapable de me calmer, je m'accroche désespérément à la barre de fer que j'essaie vainement de tordre. Je secoue à nouveau la fenêtre et je sens le chambranle bouger dans le mur. Je suis prêt à tout éclater pour sortir, mais les forces me manquent. Vaincu, désespéré, je retourne sur ma paillasse, je m'allonge, et l'énergie diabolique s'évanouit comme elle est apparue, sans prévenir.

Que m'arrive-t-il ? Je ne suis plus sous le contrôle de ma volonté, l'inconscient prend le pouvoir sur le conscient. Je perds pied. La vague se retire et me laisse K.-O. Je reste inanimé, les yeux ouverts mais épuisé par cette crise de nerfs. Je demeure couché le reste de l'après-midi, sans réaction, mais momentanément apaisé.

Je pense alors à mon père décédé il y a quelques années déjà. Il a été prisonnier de guerre en Autriche aux mains des Allemands entre 1940 et 1945. Avec ses codétenus, il a fait évader un copain. Des mois de préparation, beaucoup de tension et de peur et, finalement, une réussite. Lui et tous ceux qui sont restés ont ensuite payé cher. Des coups, des fouilles, des humiliations pendant des semaines mais la satisfaction d'avoir certainement sauvé la vie d'un pote qui était… juif. Mon père avait pris tous les risques pour un autre car il le savait en danger de mort si un jour les nazis devinaient sa véritable identité. Quand, il y a des années, il m'a raconté cette histoire, je ne comprenais pas tout. Aujourd'hui, détenu comme lui, je réalise enfin son courage et son abnégation. Je suis fier de toi, papa !

Le lendemain, je suis certes plus calme mais je sens une boule d'angoisse au fond de mon estomac et la tension va croître au fil des heures. J'essaie de vivre le plus normalement possible, de me concentrer. J'écoute la radio, j'écris le matin et l'après-midi, je fais deux séances de gymnastique, mais rien n'y fait, je me sens mal, je traîne un malaise lourd et lancinant. Le soir, je mange sans appétit, je ne ressens même plus la faim, et juste avant de dormir, je sors pour aller aux toilettes en marchant comme un zombie. D'habitude, je regarde le ciel et les étoiles, je respire à fond les seules bouffées d'air frais de la journée, mais là je me vide et je rentre le regard mort. Je dévisse la faible ampoule orangée qui pend lamentablement au plafond et je me couche. Je pense à tous ces jours inutiles qui vont suivre, ces semaines, ces mois peut-être à attendre, toujours attendre, seulement attendre. Je m'endors vaguement et j'entends les souris gigoter. Je m'en moque, elle font ce qu'elles veulent, elles peuvent venir, me monter dessus, peu importe. Suis-je encore vivant ? Je ne sais plus.

À la prière de l'aube je refuse de sortir, je n'ai pas envie d'aller aux toilettes. Je pisserai dans mon seau. Il n'est pas cinq heures, je n'ai plus sommeil et aucune envie d'allumer la radio. Je suis comme un gisant, corps de pierre sur un lit de poussière, quand soudain le flot monte inexorablement et déborde de mes paupières. Je sanglote, je gémis doucement, mon ventre tremble et j'ai l'impression d'expulser des litres de larmes, toutes ces larmes contenues depuis trop longtemps. Je ne voulais pas pleurer, c'est indigne, je suis un homme, je dois assumer et finalement je craque, je suis mouillé comme une loque. Cinq mois à vouloir tenir dignement quoi qu'il arrive pour en arriver à ce pitoyable résultat. Je me déteste, je ne suis plus rien, un pantin vautré sur sa minable paillasse. Je suis vaincu, la dépression a gagné, elle me terrasse.

Après coup, je suis soulagé d'avoir pleuré. Je me sens presque détendu, comme si une soupape avait évité que le moteur n'explose. Puis, avec les heures qui passent, je sens la pression remonter, je tente de la refouler mais elle est bien plus forte que moi. Le stress peu à peu reprend ses droits et je craque à nouveau au petit matin comme la première fois. Désormais, tous les deux ou trois jours, je fonds en larmes comme un gosse. Parfois, je pleure doucement et longtemps, parfois j'ai mal et je hurle comme un damné. Un jour, j'ai même imploré le Seigneur, moi qui ne suis pas croyant. Je me suis entendu dire : « Mon Dieu, faites quelque chose, je n'en peux plus, je n'ai rien fait de mal, je suis innocent, pourquoi toute cette douleur, je vous demande pitié, sauvez-moi mon Dieu, sauvez-moi ! » Et j'ai compris l'espace d'un instant le désespoir de Jésus sur la croix et son appel au père.

Pendant des semaines vont se succéder l'abattement, les bouffées délirantes lorsque je veux fuir tout de suite et les moments où j'essaie d'organiser une évasion de manière cartésienne, des instants où je suis sûr de partir et des heures pendant lesquelles je renonce.

J'observe à la loupe mes geôliers, leur famille, les habitudes de la maison et j'en conclus qu'une évasion diurne n'est pas jouable. J'opte donc pour la nuit et un éventuel départ entre 21 h 30 et 22 heures. Plus tôt, ce n'est pas possible. Les hommes vont à la mosquée puis en reviennent et il y a le passage obligatoire aux toilettes.

Pour le chien, à chaque sortie quotidienne, je fais des approches pour l'amadouer. Au début, il grognait, puis il s'est calmé avant de m'adopter et désormais je lui donne dès que je peux une petite tape amicale. Par mesure de précaution, quand je prendrai ma décision, je garderai un peu de nourriture pour l'appâter et distraire son attention.

En ce qui concerne l'équipement, je suis à peu près paré : j'ai des habits afghans pour passer inaperçu, j'ai pu garder mes chaussures de montagne mais hélas je ne possède pas de lampe de poche. L'évasion ne pourra donc se faire qu'en période de pleine lune, ce qui me laisse un créneau d'une petite semaine chaque mois. J'en aurai un fin mai et un autre fin juin.

Maintenant, je ne sors plus le matin pour aller aux toilettes. J'ai négocié d'avoir une caisse remplie de terre comme un bac à chat. Chacun y trouve son compte, Thénardier ne doit plus me sortir trop tôt et j'en retire deux avantages : un meilleur confort de vie et la première visite de mon geôlier a lieu désormais vers 8 heures. En cas de fuite, l'alerte ne sera pas donnée à l'aube et cela me laisse une dizaine d'heures pour marcher et rejoindre un poste militaire afghan ou français.

Reste un obstacle de taille : le barreau à la fenêtre. Je peux échafauder tous les plans du monde, si je n'arrive pas à me débarrasser de cette ferraille, rien ne se fera. Par hasard, à terre, je trouve un grand clou pointu qui de toute évidence va être utile. J'ouvre la fenêtre et commence à creuser la traverse qui enserre le barreau à sa base, mais je me rends compte qu'il est profondément fiché dans le bois, sur une bonne dizaine de centimètres. Je prends de gros risques car j'ai la tête dehors et n'importe qui peut me voir. Je dois donc être attentif au moindre bruit et ne pas « travailler » plus de cinq minutes consécutives. Je me mets dans un état de tension terrible. De plus, je dois œuvrer méticuleusement pour ne pas trop abîmer la fenêtre et éviter de laisser des traces qui pourraient être visibles de l'extérieur. Je pressens que la tâche sera longue et délicate.

Le clou n'est pas suffisant pour mon entreprise, il me faudrait un autre outil. J'ai repéré dans le couloir de la maison une petite truelle pointue accrochée au mur. Ce soir, lorsque j'irai aux toilettes, je vais tenter de la voler discrètement dans le dos de mon geôlier. Je suis sûr qu'elle me sera utile.

Après le formidable dîner – un morceau de pain sec et un œuf baignant dans la traditionnelle sauce rouge huileuse –, c'est l'heure de sortir. J'ai de la chance, ce soir le petit Lia est de corvée, il est bien plus cool et moins suspicieux que Thénardier. Je le suis et prétexte avoir oublié quelque chose dans le cachot pour faire demi-tour. Le gamin avance sans me regarder, j'en profite pour dérober l'outil convoité. Ni vu ni connu, je le glisse sous ma grande chemise, le tour est joué. Je suis content de mon coup.

Le lendemain matin, je suis impatient d'essayer mon nouveau « jouet ». J'ouvre la fenêtre et inspecte les environs : tout est calme. Je prends l'outil et continue à creuser le trou commencé la veille. La truelle se révèle efficace mais hélas un peu trop. Elle entame très fort le bois : si je continue, je vais détruire toute la base du chambranle et on remarquera vite quelque chose de suspect. Je suis dépité, cette saloperie de barreau me résiste plus longtemps que prévu. Plusieurs jours passent, je ne sais pas comment résoudre le problème.

Cet après-midi-là, il fait beau et, pour la première fois, il commence à faire un peu chaud. Une vraie belle journée printanière alors que je croupis et tourne toujours au fond de mon trou comme un fauve en cage. À force d'inspecter les coins et les recoins du cachot, je trouve, bien cachée sous une pierre, une vieille corde assez longue. En la regardant, je me demande bien à quoi elle pourrait me servir ; je la repose et m'affale sur ma paillasse poussiéreuse. Je n'en peux plus d'être ici et n'ai aucune information sur une quelconque avancée des négociations.

Je sens monter une nouvelle bouffée délirante irrépressible : je veux partir maintenant sans attendre, sans calculer quoi que ce soit, fuir de manière irrationnelle, faire voler en éclats les murs et cette putain de fenêtre. Mes yeux fixent la corde qui n'attend que moi. Je l'attache autour de ma taille, j'ouvre le battant et je fais un double nœud sur le barreau. Je me balance en arrière comme un skippeur sur son harnais ; je tire de toutes mes forces et de tout mon poids ; je vois la tige d'acier plier légèrement ; je me dis que j'y suis presque et que je vais tout arracher. Je fais un ultime effort, quand soudain je suis violemment projeté en arrière. Je m'écrase au sol, sur les pierres anguleuses qui me déchirent le dos, et reste inanimé, le corps perclus de douleur. Je ne bouge plus. « Ai-je des côtes cassées, une vertèbre déplacée ? » suis-je en train de me demander. « Bouge doucement, remue un bras puis l'autre et ensuite les jambes. » Je me parle comme si j'étais mon propre secouriste. « J'ai mal mais tout semble fonctionner. »

Je regarde à droite et vois la corde déchiquetée : elle a littéralement explosé sous le choc. Je n'ai même pas pensé qu'elle était trop pourrie pour soutenir mon poids et la force folle que j'ai engagée. Le barreau n'a pas bougé d'un poil !

Je retourne m'allonger. Je suis laminé physiquement et moralement, sans énergie, anéanti par cet échec, impuissant à me sortir de ce piège, de ce cachot mortifère. Que vais-je devenir ? L'attente me tue à petit feu, elle me ronge comme un cancer qui progresse chaque jour et qu'on ne sait pas guérir.

Après quelques heures de répit et une nuit de sommeil, je fais un nouveau point. Ma prison me résiste, la période de pleine lune débute ce soir et de toute évidence je ne suis pas prêt. Je me résous à attendre le mois prochain, à donner une chance supplémentaire aux négociations et à mieux préparer mon coup. Une fois de plus, je passe d'une phase impulsive à une période plus réfléchie, j'alterne coups de sang et calculs froids. Je vais essayer de patienter. Je mesure aussi les risques que je fais peser sur mes compagnons Stéphane et Reza. Que je réussisse ou que j'échoue, ils pourraient payer cher les conséquences de mon évasion.

Je redeviens un peu plus serein, la pleine lune est passée.

Ma petite vie monacale suit son cours, grise et monotone. Je gère le quotidien avec une idée fixe, ne jamais manquer de l'essentiel. Stylo et cahier pour écrire, médicaments pour les aigreurs d'estomac et les maux de tête, piles pour la radio, papier hygiénique, je vérifie tout, sans cesse. Je prévois car je sais qu'entre réclamer et obtenir il se passe du temps, deux à trois jours généralement. J'organise donc les stocks comme un magasinier besogneux, il n'est pas question de me retrouver dépourvu de quoi que ce soit. Je n'ai déjà pas grand-chose… Pour cela, je ne fais aucune confiance à Thénardier qui m'écoute d'une oreille et oublie tout. Mon fournisseur, c'est Lia, je sais qu'il est fiable et que j'aurai ce que je demande. Drôle de petit bonhomme, geôlier malgré lui, cinq fois par jour à la mosquée, toujours sans arme, un bon regard, à l'écoute de mon mal-être même si je ne parle que quelques mots de dari et pourtant criminel parce que gardien d'otage. J'aimerais bien avoir de vraies discussions avec lui mais la barrière de la langue fait que ce gamin restera pour moi une énigme.

Je me suis souvent dit que malgré tout j'avais de la chance de ne jamais être tombé malade depuis cinq mois et demi. Aujourd'hui, nous sommes le dimanche 13 juin et, pour une fois, j'ai un morceau de viande à midi. Ce doit être du mouton : la chair est un peu forte, filandreuse, mais je mange car j'ai faim et besoin de protéines. Vingt-quatre heures plus tard, je commence à avoir mal au ventre. Heureusement, j'ai à côté de moi la caisse pour me soulager, en réalité un bidon en plastique coupé dans le sens de la longueur. Je vais passer tout l'après-midi et la soirée vissé sur ce maudit récipient : je me vide littéralement, le ventre secoué de spasmes réguliers. Je suis totalement épuisé, mes entrailles sont en train de se nouer dans d'affreuses douleurs. Pendant quatre jours, j'évacue un mauvais mélange de glaires et de sang. Je m'épuise, j'ai peur de me déshydrater et ne sais que faire. J'appelle le petit Lia et lui explique dans mon charabia que j'ai une diarrhée infernale. J'insiste très fort pour qu'il prenne contact le plus vite possible avec un chef taliban car j'ai bien conscience que cela ne peut pas continuer ainsi.

Quelques heures plus tard, je vois apparaître le vieux Drana. Je n'ai pas beaucoup de vocabulaire, mais au-delà des mots je lui fais comprendre que la situation est grave et qu'il doit réagir rapidement. Je le supplie d'appeler un médecin. Je lui désigne le pot et compte sur mes doigts pour lui montrer que j'y vais quinze fois par jour. Il a l'air inquiet et me promet d'appeler quelqu'un avant de repartir. J'espère qu'il sait qu'un otage très malade perd de sa valeur et qu'un otage mort ne vaut plus rien.

Preuve que les talibans ne sont pas stupides et peuvent être très réactifs : le lendemain matin, le vieux revient. Il me fait sortir du cachot, je le suis dans le couloir et pénètre dans le « salon » des invités, bien plus confortable que mon mouroir. Je découvre un type apparemment jeune, enturbanné de la tête aux pieds et qui se présente comme médecin. Il me fait asseoir sur le tapis, sort de sa mallette un stéthoscope et un appareil pour prendre la tension. Je tente de lui expliquer les symptômes du mal, mais il ne m'écoute pas. Il ne me regarde jamais dans les yeux et reste planqué derrière son grand foulard afghan. Je ne supporte pas ce genre de type qui se cache lâchement de peur qu'on le reconnaisse. Il me sort une poche pleine d'un liquide transparent et une grande aiguille. Je comprends qu'il a l'intention de me perfuser. Dans l'absolu, j'ai horreur des piqûres et, dans cette maison dépourvue de toute hygiène, je refuse catégoriquement. Il insiste. « *Sirun, sirun !* » hurle-t-il. J'imagine que cela signifie sérum. « Non, je ne veux pas de perfusion ici. »

Je lui réponds en français dans le texte. S'il n'a pas compris les mots, il en a saisi le sens. Vu mon regard, pas la peine d'insister. En fait, ce type n'est pas plus médecin que je suis pape, il est programmé pour m'injecter son maudit produit, point barre. Au mieux, il a dû travailler comme aide-soignant dans un improbable dispensaire à Kaboul. Le pseudo-docteur discute avec Drana, puis le vieux tente de me convaincre. Je prends la poche de plastique et l'aiguille en main, mais tout est écrit en caractères arabes. Le matériel paraît propre et parfaitement scellé ; pour autant, je n'ai pas confiance. De toute façon, je suis persuadé qu'il s'agit d'un liquide physiologique réhydratant pas très utile dans mon cas, car je peux encore boire. En revanche, je réclame des médicaments. Apparemment, c'est prévu. Le « médecin » taliban m'explique très vite qu'il faut prendre six comprimés quotidiennement pendant cinq jours puis il ferme sa valise magique, tourne les talons, fort mécontent, et s'en va, Drana sur ses pas. Je me retrouve un peu surpris ; à mes côtés, le petit Lia, désolé, murmure : « *Sirun, sirun.* » Je prends la boîte de cachets et lis attentivement la notice en anglais. Le médicament, « made in Pakistan », est conseillé en cas de diarrhée grave d'origine bactérienne. Je n'ai pas le choix : c'est ça ou rien. Lia me ramène au cachot et continue à psalmodier : « *Sirun, sirun.* »

Trois jours passent, je suis mon traitement à la lettre et ne vais plus aux toilettes que six fois par jour. C'est pas le Pérou mais ça s'améliore un peu. Je ne mange que du riz, je bois beaucoup d'eau et je fonds à vue d'œil.

Drana revient par un bel après-midi ensoleillé. Il me demande rapidement si je vais mieux, mais je sens que ma santé n'est pas son souci majeur. Il montre mes cheveux et va chercher de grands ciseaux. Il a l'intention de jouer les garçons coiffeurs. Finalement pourquoi pas ? Nous sommes fin juin, les chaleurs de l'été arrivent et j'ai une épaisse tignasse. La dernière coupe date d'il y a plus de huit mois. Avec ma grande barbe et les cheveux longs, je ressemble à ces beatniks qui venaient en Afghanistan dans les années 70, sauf qu'eux étaient volontaires et pas prisonniers. J'accepte donc et le vieux se met au travail. Il taille dans la masse… je ne veux pas imaginer le résultat. Pourtant, très vite, je me sens mieux, plus léger, j'ai moins chaud. Ce sera plus pratique, plus hygiénique et de toute façon personne ne me proposera de faire un défilé de mode.

Soudain, une image d'enfance me revient furtivement. Je me souviens de ma chère maman me coupant les cheveux quand j'étais petit : toujours très court, trop court d'ailleurs. Elle était coiffeuse, adorait son métier, elle, la Polonaise, la fille d'émigrés qui ne voulait pas travailler à l'usine comme son père. Apprentie, puis employée, elle avait réussi à ouvrir son propre salon en plein centre de Lille, derrière l'opéra. Elle était très fière de s'occuper des artistes, comme elle disait. Je la vois encore souriante, un peigne à la main, la gauche, car elle est gauchère.

Drana me tire de mes songes et tend un petit miroir, le résultat est moins catastrophique que prévu. Puis, à ma grande surprise, le vieux me propose une douche, en plein après-midi, du jamais-vu. Je sors du cachot, le local pour se laver est juste derrière le mur, mais j'ai le temps de voir que la maison est déserte. Tout cela est bien étrange.

Après la toilette, je me retrouve seul et commence à cogiter. Je sens que je vais bouger ce soir. Doucement, un petit espoir commence à grandir au fond de moi. Et si c'était la fin, une coupe, une douche pour être présentable avant d'être rendu aux Français ? Je me mets à rêver, je prépare mes petites affaires car, par expérience, je sais qu'avec les talibans les déménagements se font toujours dans la précipitation. J'effectue un tri et fais deux sacs. Il y a d'abord l'essentiel, une vieille brosse à dents, du dentifrice, un minuscule morceau de savon, un peigne, un morceau de tissu faisant office de serviette et de torchon, des gants achetés en France que j'ai réussi à garder depuis le début, une veste polaire qui a été si utile l'hiver dernier et bien sûr mon « journal quotidien » où ma vie est consignée. Il y a ensuite le superflu :

une paire de chaussettes trop petites donnée par les talibans, des sacs plastique, un vieux stylo usé que je n'arrive pas à jeter, une petite cuillère et une fourchette tordue. Même démuni, on arrive à accumuler des objets inutiles.

Soudain, je repense à la prochaine période de pleine lune. Elle arrive demain ou après-demain et je n'ai toujours pas descellé ce fichu barreau. Mais peu importe, si je pars, mes plans d'évasion tombent à l'eau, et si je suis libéré, tout cela ne sera plus qu'un mauvais souvenir. Un peu de patience, je vais bientôt savoir…

Drana revient vers 21 heures avec un plat de riz. J'y touche à peine, je n'ai pas faim et me demande bien ce qui va se passer. Tout à coup, le vieux me montre mes affaires et me dit « zou ». « Zou » en dialecte pashaï, c'est très simple, ça signifie, comme en français, « on y va ». Mon pressentiment était donc le bon. Il me dit de prendre mes deux sacs, j'ai le cœur qui bat très fort. Est-ce le moment tant attendu, tant rêvé, la liberté au bout du chemin ou un simple changement de cachot ? Je sors de la maison, je ne vois ni Thénardier ni Lia. Je viens de passer soixante-dix jours ici, et maintenant le paradis, ou toujours l'enfer ?

18

On frôle le drame

La lune éclaire le village. Je regarde autour de moi et constate que je ne m'étais pas trompé. À droite de la maison, il y a un mur et dix mètres de vide dessous. La montagne, pour accéder à la route, se situe bien derrière la bâtisse et la bourgade est en contrebas, juste devant nous.

Je suis Drana, nous descendons dans un dédale de cultures en terrasse et d'arbres fruitiers. Y a-t-il une autre route dans la vallée ? Va-t-on prendre une voiture ou continuer à pied ? D'autres talibans vont-ils nous rejoindre ? Je suis assailli de questions et, comme d'habitude, je n'ai aucune réponse. J'ai emporté mes deux sacs, l'un avec l'essentiel et l'autre avec le superflu. Je me dis que si je devais être libéré prochainement, Drana m'aurait éventuellement conseillé de laisser une partie de mes affaires chez Thénardier. Alors, pourquoi la douche et la coupe de cheveux ? Une fois de plus, je me perds en hypothèses toutes plus douteuses les unes que les autres. Nous marchons un court moment, je suis déjà épuisé et j'espère ne pas devoir galoper toute la nuit. Mes jambes me donnent l'impression d'être anesthésiées, cela fait six mois que je suis otage, j'ai le sentiment d'avoir pris dix ans. La diarrhée que je traîne depuis quelques jours n'arrange rien. Mais je pressens aussi qu'il peut se passer quelque chose de merveilleux ce soir.

Nous nous arrêtons dans une petite clairière, j'entends le bruissement d'une source, le vieux me demande si je dois aller aux toilettes. Je lui réponds que non, je suis bloqué par le stress. Je me remets aussitôt à échafauder des plans, je me dis qu'on va prendre une voiture et que je vais enfin quitter ce maudit trou. Toutefois, je n'entends rien venir et Drana est toujours seul pour me surveiller, seul mais armé.

Tout à coup, il me fait signe qu'on repart. Après avoir parcouru quatre ou cinq cents mètres, d'autres maisons apparaissent. Nous nous engageons dans une ruelle étroite, on tourne à gauche puis à droite et Drana pousse une lourde porte.

Instantanément, tout espoir de libération s'évanouit. Je prends un nouveau coup sur la tête. Une évidence me saute aux yeux, je repars pour un tour, une autre maison, d'autres semaines, d'autres mois peut-être, un tunnel sans fin…

Je me retrouve dans une cour très longue et très étroite, il y a un énorme chien et quelques poules dans un coin. Je vais au fond, la dernière porte est ouverte, elle est très basse et je dois me plier en deux pour pénétrer dans une pièce méchamment éclairée par un néon aveuglant.

J'entends un bruit infernal, un bourdonnement énorme et assourdissant. Le plafond et le haut des murs sont recouverts d'une masse noire grouillante.

Des centaines de mouches, des grosses, des moyennes et des petites, sont agglutinées, attirées par la lumière blanche. Je regarde Drana avec un air effaré et je gueule en français : « C'est là-dedans que tu veux m'enfermer, mais tu es dingue ou quoi ! Je viens de quitter l'enfer, et ici c'est pire encore ! » Le vieux joue les étonnés et fait mine de ne pas comprendre.

Je lui montre la nuée d'insectes et lui explique que je ne veux pas rester dans cette pièce sordide. Je tente de sortir mais il m'en empêche. Il essaie de me calmer et je lui demande s'il dispose d'un autre endroit. Drana s'éclipse quelques instants et revient avec un grand rideau, en fait une moustiquaire. En moins de cinq minutes, il la fixe aux poutres. On dirait une tente posée au beau milieu du cachot. Le vieux éteint la lumière et les mouches se taisent instantanément comme si on les avait débranchées.

Par ce geste, il me montre que je n'entendrai rien pendant la nuit. Mais au petit matin, lorsque le jour se lève avant 4 heures, le vacarme reprendra. Une fois de plus, je n'ai pas le choix, il va falloir supporter cette épreuve sans broncher. La porte se referme et me voici replongé dans ma solitude, une solitude désormais bruyante. Pour échapper au vrombissement des insectes, je m'installe rapidement et tourne l'interrupteur. Le silence retombe, je suis allongé sur une paillasse tout aussi poussiéreuse et crasseuse que la précédente. Je garde les yeux ouverts, mon imagination vagabonde, une nouvelle étape commence et j'ignore combien de temps elle va durer. Je ne sais même pas chez qui je suis. Je n'ai pas vu le nouveau maître de maison. Je m'endors doucement, on verra demain…

Dès les premières lueurs de l'aube, les mouches reprennent vie ! Heureusement, je suis à peu près protégé sous la moustiquaire. Pour l'instant, j'ai le bruit mais pas le contact. Des insectes qui attaquent toute la journée, ça peut rendre fou.

Vers 8 heures, Drana m'apporte un peu de pain, un petit morceau de fromage et du thé. Il retire son turban et le fait virevolter dans toute la pièce. Les mouches s'échappent par la porte et la minuscule fenêtre. Elles s'envolent par grappes. Je saisis également ma veste et je l'agite dans tous les sens pour chasser le plus d'insectes possible. Le résultat est plutôt bon. Bien sûr, il en reste encore beaucoup mais rien à voir avec hier soir.

J'inspecte mon nouveau logis. Les murs sont recouverts d'une sorte de pisé : au moins il n'y a plus de trous qui laissent passer le vent et toutes sortes de bestioles. Le sol est en terre battue mais il est plat et je peux marcher normalement sur toute la surface du cachot. Un vrai luxe ! En revanche, ma seule source de lumière est une meurtrière, une fente de 50 centimètres de hauteur, pas assez large pour y passer la tête. Toute tentative d'évasion est désormais impossible. Je ne me torturerai plus pour savoir si je dois me faire la belle ou pas. C'est finalement un soulagement.

Dehors, j'ai vue sur une partie du village. Je peux discrètement observer les enfants en train de jouer et quelques femmes faisant parfois la conversation. Si je ne me penche pas trop, personne ne peut me voir. Je suis devenu paranoïaque comme mes geôliers, soucieux de discrétion car j'ai le sentiment qu'être aperçu par des voisins pourrait me porter préjudice. Je ne sais pas si ce syndrome porte un nom mais on dirait que les talibans m'ont convaincu d'une chose : quand on est otage, pour vivre « heureux », vivons caché.

Je réinstalle mes rituels quotidiens suivant un rythme quasi monacal. Je partage toujours mon temps entre la radio, quatre à cinq heures par jour, les exercices physiques, deux fois trente minutes, l'écriture matin et après-midi et une petite sieste. J'ajoute à cela un nouveau passe-temps, la chasse aux mouches. Le gibier ne manque pas et je ne cesse de battre des records. Je ne sais pas si celui-ci pourra être officiellement homologué, mais j'ai réussi à en écraser 180 en vingt-quatre heures. En moyenne, j'en exécute une centaine par jour. Je compte les cadavres, ça passe le temps et ça en dit long sur mon état psychique…

Régulièrement, quand la pression se fait trop forte et que le désespoir emporte tout, j'éclate en sanglots. Parfois longuement et doucement comme pour vider l'abcès qui gangrène mon âme, parfois violemment, alors je crie pour expulser la rage de mes entrailles.

Il se passe plus de deux semaines à ce rythme. L'été est bien installé, le temps au beau fixe, grand bleu et soleil brûlant, et je suis à l'ombre depuis plus de six mois. J'ai enfin réalisé que je suis revenu au même endroit où Stéphane, Reza et moi avions passé une petite semaine juste après notre enlèvement. Je n'ai reconnu ni le village ni la maison car de nuit tout se ressemble. Au bout de quelques jours, j'ai compris que le maître des lieux était bien Drana, je l'ai entendu parler avec sa femme, ses enfants et ses petits-enfants. Aucun doute possible.

Ce jour-là, j'ai une faim de loup, encore plus que d'habitude. Je n'ai rien eu à manger le matin. Comme je suis devenu très prévoyant, j'avais gardé un quignon de pain que j'ai rongé pour calmer mon estomac. Vers 13 heures, Drana apporte enfin ma pitance. Toujours du pain, encore un bout de fromage desséché et apparemment rien d'autre. Je regarde mon geôlier dans les yeux, je l'apostrophe et lui explique en quelques mots que je n'en peux plus, que je crève la dalle. Soudain, il me fixe méchamment, me prend par le col de la chemise et commence à me secouer. Par réflexe, je me lève d'un bond et je hurle en français : « Lâche-moi, fils de pute ! Si tu ne me lâches pas, je vais te défoncer la gueule, même ta mère ne va pas te reconnaître. »

Drana repart vers la porte, il prend une assiette de légumes qui m'était apparemment destinée et me la balance à la figure. Mon sang ne fait qu'un tour, je le saisis à la gorge et je le pousse avec une violence inouïe contre le mur au fond de la pièce. Je le soulève et l'espace d'un instant j'aperçois un morceau de bois fiché dans le mur. Soudain, la scène finale du film mythique *Midnight Express* me revient à l'esprit. Je revois le héros incarcéré dans une prison turque en train de planter le cou de son geôlier sur un portemanteau. Mes yeux transpirent la haine, je vois déjà ce fumier traversé par le pieu, pisser le sang, je me roule dans cette fange, dans cette violence hystérique, je l'imagine crever sous mes yeux. Jamais je n'ai vécu un tel état d'apocalypse mental, mon cerveau explose dans une furie contenue depuis trop longtemps, quand soudain, dans un éclair de lucidité, je réalise que je vais commettre l'irréparable. Le vieux et moi, dans un mouvement désespéré, nous nous repoussons mutuellement comme pour conjurer les mauvais esprits. Je retombe sur terre, Drana se précipite dans la cour et revient tremblant, armé de sa kalachnikov. De rage, il arrache la moustiquaire et m'insulte de tous les noms dans sa langue natale. Il claque la porte et j'entends le lourd cadenas se refermer. L'ouragan est passé, il me laisse anéanti.

Nous sommes allés trop loin, je suis allé trop loin, nous ne pouvons pas continuer sur ce chemin délirant. Ce type me rend fou. Depuis le début, je sais qu'il est toxique. En janvier, il a déjà voulu me vider le chargeur de son arme dans le ventre parce que je refusais obstinément de fermer le rideau de la fenêtre ; en février il a failli me fracasser le crâne avec son arme car j'exigeais de sortir pour faire mes besoins et aujourd'hui j'ai vraiment eu envie de le tuer. Je dois absolument changer de comportement sous peine de faire une belle connerie. Malgré la tempête, je tente de raisonner froidement. Je vais essayer de l'ignorer pendant un bon moment, de ne plus réagir à ses provocations. De toute façon, j'ai tout à perdre car finalement je suis à sa merci. Il aura toujours le dernier mot. Par mesure de rétorsion, le soir, je suis au régime sec. Le lendemain matin, le vieux est hypertendu, sur ses gardes, il me sert d'une main, la kalachnikov dans l'autre. À midi, il revient avec un revolver. La pression baisse, ce soir j'aurai peut-être droit à un pistolet à eau…

J'ai décidé d'être calme, de ne rien lui demander

pendant plusieurs jours. Je m'estime heureux, il aurait pu confisquer ma petite radio, ce qui aurait été une catastrophe. Lui aussi semble vouloir calmer le jeu. Cette explosion m'a fait longuement réfléchir. J'ai désormais la certitude que cette situation va durer longtemps, je dois m'adapter et m'assouplir. Se révolter tous les quatre matins ne sert qu'à me détruire. Je décide de m'installer dans cette captivité et d'accepter ma condition d'otage. Dans la bourrasque, le chêne tombe déraciné tandis que le roseau plie mais ne rompt pas. Je serai donc le roseau et je forcerai ma nature, pour une fois.

Une incroyable émission à la radio va me conforter dans cette décision. Comme chaque après-midi, je suis branché sur la BBC. Juste après les informations, je reconnais la douce voix d'Ingrid Betancourt. Elle vient parler de son livre *Même le silence a une fin*. Je l'écoute religieusement évoquer sa terrible histoire d'otage des FARC dans la jungle colombienne. Soudain, une phrase claque dans ma tête, cette femme rappelle qu'elle est restée prisonnière pendant six ans et demi. Je suis abasourdi, je ne me souvenais plus que son calvaire avait duré aussi longtemps. Plus de deux mille trois cents jours… J'en suis pour l'instant à… dix fois moins. Cette interview m'obsède pendant des mois et dans le même temps m'aide à tenir. Je sais désormais que je suis engagé dans un marathon, un très long marathon.

19

France Télévisions lâche tout

Chaque jour, je me pose la question : que font-ils en France pour nous ? Nos familles, nos proches, nos amis, nos collègues et bien sûr ceux qui ont le pouvoir de négocier, le président de la République, le gouvernement français et les services secrets.

Sommes-nous abandonnés ? Y a-t-il une forte mobilisation comme pour Ingrid Betancourt, un comité de soutien comme pour Florence Aubenas, un décompte des jours à la télévision comme pour les otages au Liban dans les années 80, des manifestations, des rassemblements ? Je l'ignore évidemment et je m'inquiète.

Dès le premier jour au fond de notre trou, Stéphane et moi souhaitions sincèrement et de tout cœur une forte médiatisation. Je me suis toujours dit qu'un otage oublié est un otage mort !

En ce moment, je ne sais évidemment rien mais les choses bougent en France. Après trois mois d'atermoiements, entre hésitation et colère, mes amis et ceux de Stéphane s'organisent et font monter la pression. Le comité de soutien est officiellement créé le 8 avril. Quatre jours plus tard, notre vidéo diffusée sur France Télévisions puis sur toutes les autres chaînes est un choc mais aussi un tournant. La machine médiatique se met en route… doucement.

La direction de la télévision publique annonce qu'elle décide enfin de parler de nous régulièrement. Paul Nahon, le directeur des magazines d'information de France 2 et France 3, reconnaît tout de même que cela s'est fait sous la contrainte : « Il y a eu des pressions de la rédaction et de l'extérieur pour médiatiser. On réfléchit à chaque fois quelles peuvent être les conséquences, mais on ne peut pas toujours dire non. On n'est pas sûr de détenir la vérité[1]. » Désormais, chaque jeudi, dans tous les journaux de France 2 et de France 3, nos photos et nos noms sont diffusés ainsi qu'un décompte des jours de détention. Mais nos proches désirent aller plus loin. Ils voudraient un décompte quotidien pour marquer les esprits.

À la fin du mois d'avril, Nicolas Sarkozy est en voyage officiel en Chine pour l'inauguration de l'Exposition universelle à Shanghai. Dans une discussion informelle avec quelques journalistes, il lâche qu'il ne voit pas d'inconvénient à une médiatisation de notre affaire à grande échelle, contrairement à ce qu'il a toujours affirmé et à la parole officielle du Quai d'Orsay. Est-il sincère ou veut-il calmer le jeu ?

Le 20 mai, une lettre est envoyée au président de France Télévisions, Patrick de Carolis. Elle lui

1. Entretien du 10 avril 2012.

demande le fameux décompte quotidien. Cette missive est signée par ma mère, les parents de Stéphane, le comité de soutien, Reporters sans frontières, et deux anciens otages, Florence Aubenas et Jean-Paul Kauffmann.

Mais rien n'y fait, la réponse est négative. Patrick de Carolis, agacé par les pressions venant de toutes parts, trouve un prétexte. Il met en doute la signature de ma mère vu son grand âge – elle a 83 ans. Sauf que ma chère maman n'a pas Alzheimer, n'est pas gâteuse et analyse encore très bien les tenants et les aboutissants de l'affaire. Elle est informée, elle a longuement discuté avec plusieurs personnes et n'a pas pris sa décision à la légère. Le président de France Télévisions se justifie : « J'ai dit au comité que ça viendra après. » Après quoi ?

En fait, nous sommes en fin de règne. Nicolas Sarkozy doit nommer début juillet un président pour la télévision publique. Patrick de Carolis espère un deuxième mandat malgré ses relations tendues avec le chef de l'État, mais il y a bien sûr d'autres prétendants. Finalement, le 5 juillet, Rémy Pflimlin devient le nouveau patron de France Télévisions. Et parfois, il y a des miracles. Le lendemain, Patrick de Carolis, encore en poste, lâche tout. Il accepte le décompte quotidien, ce qui signifie concrètement que ma tête et celle de Stéphane vont apparaître dans tous les journaux télévisés de France 2 et France 3 et entrer « par effraction » dans des millions de foyers en France mais aussi en Belgique, en Suisse et dans le monde entier grâce à la chaîne internationale TV5.

Mais pourquoi donc un changement de cap aussi radical ? Patrick de Carolis semble avoir perdu la mémoire. « Je ne sais pas ce qui s'est passé en un mois. À un moment donné, j'ouvre le message quotidien. Je pense qu'il fallait y aller crescendo[1]. »

Pourtant, les réactions ne tardent pas et ils sont un certain nombre à penser que le président de France Télévisions cède dès qu'il sait que son mandat n'est pas renouvelé et qu'il n'a plus rien à perdre. Patrick de Carolis réagit vivement à ces accusations : « Je n'ai rien lâché jusqu'au dernier jour, ni de mes responsabilités ni de mes décisions. Je réfute totalement ces accusations. Ça fait partie des légendes et des histoires qui se racontent. La façon dont j'ai géré ce dossier n'a rien à voir avec mon propre avenir. » Et d'ajouter, très en colère : « C'est vraiment un affront de la part de gens qui n'ont pas beaucoup de conscience[2]. » L'ancien patron de la télévision publique reconnaît néanmoins une chose : « Le calendrier correspond mais ça n'a rien à voir. »

Tout ne serait donc que le fruit du hasard…

Son successeur, Rémy Pflimlin, reste très prudent. Il sait qu'il marche sur des œufs. « Patrick de Carolis était extrêmement "emmerdé" pour monter au créneau. Il y avait la posture publique et la posture privée. Mais je n'ai pas un regard critique sur la période passée. La guérilla et la polémique sont vaines[3]. »

1. Entretien du 15 mars 2012.
2. Entretien du 15 mars 2012.
3. Entretien du 13 avril 2012.

Pflimlin ajoute aussi que le jour de la passation de pouvoir, le 24 août 2010, l'essentiel de la conversation tourne autour de nous, les otages. « On parle de vous. On appelle les familles. Je leur dis qu'il faut conserver le lien et on décide de se voir dans les deux semaines qui viennent. »

Le nouveau président réalise tout de suite que les choses ont changé et que c'est irréversible : « Lorsque je prends ce dossier, c'est clair pour moi, il faut médiatiser. Cela dure depuis huit mois, on passe à autre chose. Il faut créer une solidarité interne, c'est important pour l'entreprise. Je savais aussi que la mobilisation pouvait aller jusqu'à vous. J'emploie le mot solidarité entre l'entreprise et vous. Cette affaire a mûri comme ça. »

Rémy Pflimlin fera même poser nos portraits géants sur l'immeuble de France Télévisions mais il s'est interrogé sur l'ampleur de la médiatisation. « La vraie question est : y a-t-il un moment où on en fait trop ? Parfois, honnêtement, ça a peut-être desservi. C'était très important, les ravisseurs pouvaient changer d'attitude et faire monter leur prix. En revanche, par rapport à vous, on montrait qu'on n'acceptait pas cet état de fait. »

Jusqu'au bout, France Télévisions comptera les jours de notre détention pour s'arrêter à 547, dix-huit mois exactement.

20

Faux espoirs

Ce jour-là, je sens que le vieux Drana veut me parler. Comme d'habitude, il n'est pas franc du collier, il hésite, tourne dans la pièce comme un fauve et enfin me montre son téléphone. Ici, on vit comme au Moyen Âge, mais les hommes ont des portables, surtout les talibans. « Téléfon, téléfon, France Saba. »

Je comprends que je vais téléphoner ce soir aux Français. C'est le même scénario que le 29 janvier dernier, je vais certainement avoir en ligne un agent de la DGSE. Cinq mois et demi ont passé et à l'époque l'homme à qui j'avais parlé me promettait un dénouement en quelques jours. Je me souviens de sa phrase : « On va vous sortir de là très rapidement. » Apparemment, on n'a pas tout à fait la même notion du temps… Je ne saute donc pas au plafond ; un coup de fil, c'est une preuve de vie pour les négociateurs mais pas nécessairement une bonne nouvelle pour les otages. On verra bien.

En revanche, je vais profiter de cette occasion inattendue pour organiser une consultation à distance, car si ma diarrhée s'est un peu calmée, je suis loin d'être guéri. Je prends un papier, je note précisément les symptômes dont je souffre et le nom du médicament « made in Pakistan » prescrit par le pseudo-médecin taliban. Je sais que notre conversation sera enregistrée. Le but est qu'un Français réussisse à poser un diagnostic et qu'on m'envoie un traitement enfin efficace en espérant que mes ravisseurs acceptent de recevoir quelques plaquettes de gélules.

Drana vient me chercher à 20 h 30 ; nous sommes le 8 juillet et il fait déjà noir. En Afghanistan, on vit à l'heure du soleil : en plein été, il fait jour à 3 heures et demie du matin et nuit avant 20 heures. Le vieux est accompagné d'un autre taliban, certainement un gars du village.

Je suis habillé à l'orientale, longue chemise, pantalon bouffant et turban sur la tête, je porte une barbe de quatre mois, et pour parfaire la tenue Drana m'a confié une kalachnikov que je porte en bandoulière mais évidemment avec un chargeur vide. On n'est jamais trop prudent… Dans l'obscurité, je fais parfaitement illusion, je ressemble à un moudjahid, un combattant de l'islam. Comme d'habitude, la grande peur du vieux est que je sois repéré et reconnu. Drana m'affirme qu'on ne va pas très loin, mais je me méfie. Je commence à connaître les talibans, pour eux « pas très loin », c'est très relatif. Nous marchons vite, le chemin est truffé de pierres et de roches cassantes qui affleurent et tordent les chevilles. Au bout d'une heure, j'ai déjà mal aux jambes. La spécialité locale : deux mois de cachot sans bouger puis une marche nocturne interminable ! Je commence à râler, je ne vois pas le bout de la piste et ça n'arrête pas de grimper. Mon escorte est imperturbable, le pied léger. Je demande si c'est encore loin, le silence me répond. J'ai le sentiment qu'on va au bout du monde puis je réalise qu'on monte vers un col. Le portable passait dans le village mais, par mesure de sécurité, les talibans cherchent un autre émetteur pour ne pas se faire repérer trop facilement. Enfin, la vue se dégage et j'aperçois au loin la crête. Il fait frais ; pourtant, arrivé là-haut, je suis trempé de sueur.

Drana et son complice sortent la grosse artillerie : un portable et un talkie-walkie chacun. Ils commencent à appeler d'autres talibans puis tentent de joindre les Français. Apparemment, rien ne passe. Pendant plus d'une heure, interminable, ils essaient chacun leur tour, en vain. Je me suis réfugié derrière un rocher pour me protéger du vent glacial. Nous sommes à plus de 2 000 mètres d'altitude et je suis gelé. Après la diarrhée, je vais choper la mort, il ne manquerait plus que ça.

L'Afghan est patient et quand il renonce c'est qu'il n'y a plus rien à faire. Les deux talibans cherchent de toute évidence un endroit pour dormir. Nous nous installons au pied d'une petite falaise, mais il y a des épineux partout. Impossible de trouver un espace plat suffisamment grand pour se coucher. Je vais sur une pierre et décide que je dormirai assis faute de mieux. Je suis frigorifié. J'enlève le turban de ma tête et je l'enroule autour de mon torse dans l'espoir de gagner un ou deux degrés. Je claque des dents, je n'ai jamais eu aussi froid, même en plein hiver. Pourquoi n'ai-je pas pris ma veste polaire ? Dans ce pays improbable, personne ne prévoit jamais rien et je ne pouvais pas me douter qu'on allait passer la nuit à la belle étoile en pleine montagne.

Je n'arrive pas à dormir, à chaque heure j'entends la montre de Drana faire un petit « bip » et je compte. Une heure, deux heures, trois heures… La lune est pleine, je ne cesse de la fixer et j'essaie de deviner les contours des cratères, je me concentre pour oublier la froidure. Puis j'observe les étoiles filantes qui tombent en pluie, je n'en ai jamais vu autant.

Tout au fond, on dirait une ville. En réalité, c'est la base américaine de Bagram, elle semble très proche, même si elle se situe à une journée de marche au moins. Là-bas, c'est le monde libre, mais jamais je ne pourrai l'atteindre – un rêve inaccessible.

Le ciel doucement blanchit. Je grelotte et n'ai jamais attendu l'aube avec autant d'impatience. Le spectacle est grandiose : les sommets ocre, dénudés, prennent une teinte rosée alors que le fond de la vallée reste d'un vert sombre presque noir.

Les deux talibans ressortent leurs talkies-walkies et leurs téléphones, ils reprennent leurs essais. Nous montons encore pour avoir une meilleure réception, une autre vallée s'étend maintenant à nos pieds. Je regarde les deux combattants perchés sur un piton scruter le paysage, on dirait des aigles, des princes admirant leur fief. Je les observe et perçois une évidence : ce pays est indomptable et ne se soumettra jamais.

Soudain, je vois Drana s'agiter. Miracle ! La communication passe. Je m'approche et il me tend le téléphone. Au bout de la ligne, une voix me parle français, une langue que je n'ai pas entendue depuis trois mois. Mais je n'ai pas le temps de savourer, il faut être efficace.

« Allô, vous êtes Hervé ?

— Oui, Hervé Ghesquière, journaliste à France 3.

— Pouvez-vous me donner les nom et prénoms de votre père et de votre mère et leurs dates de naissance ? »

Je n'ai pas vraiment parlé depuis le mois d'avril et je suis obligé de répondre à des questions stupides et protocolaires. Mais au moins, je sais que j'ai bien affaire à la DGSE et à leur méthode pour authentifier leur interlocuteur. Après les présentations d'usage, je passe à l'essentiel.

« Comment se passent les négociations ? Progressent-elles ?

— Ça avance mais c'est compliqué, c'est un peu long ».

Dans ma tête, je traduis immédiatement ce langage codé et me dis que je suis au fond du trou pour encore un bon moment. Je tente d'insister :

« Concrètement, ça veut dire quoi ?

— On travaille sans cesse à votre libération mais ce n'est pas simple. »

Cette dernière phrase diplomatiquement correcte confirme mes craintes.

Réalisant que je n'aurai pas plus d'informations, je passe à la consultation à distance car je sais qu'il me reste peu de temps. Je vois Drana qui s'impatiente déjà. Décidément il ne me lâche jamais, celui-là.

Je décris le plus précisément possible mes problèmes de santé ; j'explique que je suis malade depuis trois semaines et donne le nom du médicament pakistanais qui n'a pas vraiment marché. Je demande à mon interlocuteur de trouver le bon traitement et de l'envoyer par l'intermédiaire des négociateurs. « J'ai bien compris, je fais le nécessaire », me précise froidement la voix.

Drana me fait signe que c'est fini, il faut que je raccroche. La parenthèse est terminée. Je ne sais pas quand je reparlerai français, je dirai même quand je reparlerai tout court. Retour au charabia et à mes trente mots de dari.

Le vieux semble soulagé, sa mission est accomplie. Une deuxième preuve de vie a été donnée. Il me demande d'ailleurs avec beaucoup d'impatience si les nouvelles sont bonnes.

« *Mosakrat chorou ?*

— Non, il ne m'a rien dit. »

Drana semble étonné et répète la même question : « *Mosakrat chorou ?* » Je fais la moue et il comprend que la conversation n'a pas été très positive. Il a l'air aussi déçu que moi.

Je n'ai plus d'énergie, j'ai l'impression d'être vidé. Pas une lueur d'espoir !

Le 29 janvier dernier, c'était l'optimisme à l'état pur et il ne s'est rien passé. Aujourd'hui, tout est noir, alors, paradoxalement, tout peut être possible. Je voudrais y croire.

Je suis en colère. J'ai le sentiment d'avoir eu au téléphone un fonctionnaire qui avait appris son texte par cœur, on aurait dit une machine. Aucune chaleur, pas un encouragement. De plus, il me paraissait à moitié endormi, il faut dire qu'il est à peine 5 heures et demie du matin. Il faudrait inventer un nouveau cours dans les « écoles d'agents secrets » : l'approche psychologique des otages. J'ai l'impression d'avoir été aussi bien considéré qu'au guichet de la Sécurité sociale un jour d'affluence. Le type qui m'a parlé ne semble pas du tout avoir conscience que je viens de passer plus de six mois en enfer. Un petit mot gentil, une bonne parole, eh bien non, rien. J'ai juste eu droit à des questions sans intérêt, sur un ton glacial.

Entre celui qui me promettait la lune en janvier et aujourd'hui, je n'ai décidément pas de chance. J'espère qu'ils font leur boulot mais pour l'instant je n'en ai pas la preuve. Je me trompe peut-être mais j'apprends au moins une chose dans cette terrible épreuve : l'otage doute de tout, surinterprète tout, devient hypersensible, passe du désespoir le plus profond à l'euphorie la plus délirante en quelques heures. Les négociateurs devraient le savoir et nous aborder en conséquence quand ils ont l'opportunité de nous avoir en direct au téléphone.

Je suis plongé dans ces pensées lorsque Drana me fait revenir à la réalité. Il faut maintenant redescendre au village. Il fait grand jour, nous apercevons au loin des bergers et des paysans emprunter le chemin que nous devons prendre. Je pressens que le vieux va être encore plus parano que d'habitude. Il part devant en éclaireur et m'oblige avec l'autre taliban à marcher à flanc de montagne loin de la piste. Dès que quelqu'un approche trop près, je dois me cacher. Nous avançons lentement et ce que nous avons fait en trois heures et demie la nuit dernière, nous le parcourons ce matin en cinq heures.

Enfin, nous abordons une belle clairière avant le village. Nous nous arrêtons et je devine que nous allons y passer le reste de la journée. L'endroit est vraiment charmant : de grands arbres centenaires procurent beaucoup d'ombre, le ciel est d'un bleu profond, un léger vent rafraîchit l'atmosphère, un vrai petit paradis. Malheureusement, je ne suis pas d'humeur à profiter de ce bonheur furtif. Je pense encore à cette conversation téléphonique désespérante.

Drana disparaît puis revient une demi-heure plus tard avec des fruits, du pain et de l'eau fraîche. C'est son jour de bonté. Affamé, je mange de bon appétit puis décide de faire une longue sieste pour compenser la nuit blanche que je viens de passer. Allongé, le visage baigné de soleil, je profite de la chaleur des rayons que je n'ai pas ressentie depuis si longtemps. C'est la première fois depuis des mois que je me détends un peu. Je ferme les yeux et m'imagine en vacances avec ma compagne Béatrice et le petit Eliott. Je me demande ce qu'ils font maintenant, si parfois ils pensent à moi, si je leur manque, s'ils sont à la plage… Ils figurent souvent dans mes rêveries solitaires, ils parcourent mes songes, je sens leur présence, la force de leur esprit. Je me laisse bercer par le chant des oiseaux et le bourdonnement d'une abeille, je respire la douceur de l'été, je m'endors paisiblement.

À mon réveil, je ne sais plus où je suis mais je réalise très vite que Béatrice et Eliott ne sont pas là !

Retour sur terre, j'aperçois le vieux en train de somnoler et je vois un peu de fumée monter derrière un rocher. Je trouve cela étrange et m'approche sans bruit. L'autre taliban fait un petit feu avec des branchages, je tente de comprendre ce qu'il trame. Il retire la longue tige d'acier qui permet de nettoyer le canon de sa kalachnikov, l'enduit d'une pâte molle marron et la fait chauffer sur les flammes. Puis il étale cette matière presque liquide sur un cône de tabac et fume. J'en suis sûr, ce type est en train de s'exploser la tête devant moi avec de l'opium.

Je m'approche de lui, il semble surpris et gêné de me voir. Je lui fais signe que j'en prendrais bien moi aussi. Méfiant, le taliban m'explique qu'il ne peut pas à cause de son chef Drana, mais de toute évidence le vieux dort profondément. Je l'entends même ronfler. Je convaincs le fumeur que c'est maintenant ou jamais. Il me prépare donc un nouveau cône, je le prends, je l'allume et j'aspire profondément. Le goût est d'une grande douceur, j'inhale sans relâche mais ça brûle vite, trop vite. Il y a du vent, les vapeurs se dispersent et rapidement il n'y a plus que des cendres. Le taliban m'ordonne de m'éloigner, il craint le réveil de Drana. Je repars la tête vaguement dans les étoiles mais terriblement frustré de ne pas pouvoir continuer. Pour une fois, j'avais l'occasion de m'évader sans risque…

L'après-midi s'écoule lentement. Je sais que j'ai le privilège d'être dehors pendant une journée entière mais je ne réussis pas à en profiter pleinement. Même dans la nature, je me sens prisonnier. Drana va me déprimer un peu plus encore en me faisant une promesse de Gascon ou… d'Afghan. Il me fait comprendre qu'il y a une cascade dans le coin et qu'il m'y conduira pour me doucher en fin d'après-midi. J'attends patiemment cette petite récréation. Les heures passent, le soleil décline et je ne vois rien venir. Je pose la question à deux ou trois reprises et je sens bien que le vieux est en train de biaiser. Il me la fait à l'orientale. Je suis obligé d'insister lourdement pour finalement essuyer un refus. Alors, pourquoi m'a-t-il proposé ce qu'il ne peut pas tenir ? Il a dû réfléchir et conclure qu'il prenait un risque inutile.

La journée me semble interminable. C'est un vrai paradoxe, je n'ai qu'une hâte, rentrer dans mon cachot, être tranquille, organiser ma petite vie comme d'habitude. Je suis finalement plus libre seul dedans qu'avec deux gardiens talibans dehors. J'ai à peine passé une journée avec eux que je ne les supporte déjà plus.

Enfin le soleil se couche et nous descendons vers le village. Nous traversons d'abord des vergers en terrasse, déserts. Mais lorsque nous approchons de la bourgade, nous entendons des paysans qui ont le plus grand mal à rassembler leurs bêtes et à les rentrer à la bergerie. Drana est très tendu. Une fois de plus, il a une trouille bleue que je sois vu par quelqu'un. On doit progresser à pas de loup, se cacher derrière des murets ou des arbres dès qu'on entend un bruit. Je suis toujours habillé à l'afghane avec une kalachnikov sur l'épaule, pourtant le vieux pétoche salement. Les talibans sont tous paranoïaques mais lui est un cas pathologique. Ce soir, je ne fais aucun effort. Si on me voit, qu'ai-je à perdre ? Si on ne me voit pas, qu'ai-je à gagner ? Jusqu'à présent, j'ai eu peur des mesures de rétorsion de mes geôliers, ce soir je m'en moque. Je joue la nonchalance pour l'exaspérer. Finalement, chacun son tour : il a refusé la cascade et la douche, je refuse de me planquer. De toute façon, les villageois ont autre chose à faire que de nous épier en pleine nuit.

Nous atteignons la maison sans encombre. Le vieux est blême et je rigole sous mon turban. Je retrouve mon petit « chez moi », j'engloutis un grand plat de riz et m'effondre sur la paillasse. De mes dix-huit mois de captivité, je vais passer la meilleure nuit. L'exercice physique et le grand air, ça a du bon !

21

Ce que j'ai appris des talibans

Certes je n'étais pas volontaire. Pourtant, je le reconnais volontiers, vivre avec des talibans pendant un an et demi est une expérience unique. J'ai découvert leur façon d'être et de penser. Il est vrai qu'au début je n'ai vu en eux que des criminels, des ravisseurs prêts à tout pour une poignée de dollars. Puis j'ai appréhendé des guerriers, des combattants, des résistants aussi, avec leur folie, leur cruauté, leur fanatisme, leur mesquinerie, leur paranoïa mais également leur courage, leur faiblesse, parfois leur humanité et… leur sens politique.

Au commencement et pendant de longues semaines, ce qui me frappe d'abord chez les talibans, c'est leur paranoïa, leur façon de se méfier de tout, tout le temps. Nous devons vivre constamment cachés de peur d'être aperçus par des villageois et des visiteurs inattendus. Dans les maisons, la plus petite fenêtre est obturée par une couverture ou une bâche plastique opaque. Pas question de sortir de jour pour se déplacer ou même aller aux toilettes. Lorsque nous bougeons, il faut être silencieux, éviter de parler et chuchoter pour communiquer. Cette vie secrète me rend fou d'autant que je n'y vois pas vraiment mon intérêt.

Au fil du temps, je réalise que nous vivons malgré nous en totale clandestinité. Nos geôliers sont sur leurs gardes nuit et jour. Ils craignent les voisins, les espions, les traîtres, les faux amis mais aussi la machine de guerre occidentale avec ses avions, ses drones et ses écoutes électroniques. Je comprends que nous nous trouvons au milieu d'un combat de tous les instants qui nous dépasse et que nous sommes un enjeu primordial. Lorsque nous changeons de mains, les talibans fonctionnent de manière cloisonnée, typique des mouvements de résistance. Le groupe qui vient de nous confier à un autre perd notre trace et ne sait plus où nous nous trouvons. En cas d'arrestation, il ne peut donc pas révéler notre situation à la police ou à l'armée afghane. Le système fonctionne en cellules indépendantes, ce qui évite au réseau d'être démantelé au moindre faux pas.

Les insurgés islamistes seraient, au dire de plusieurs bons spécialistes de l'Afghanistan, tout au plus 20 000 combattants à temps plein, qui tiennent tête à plus de 100 000 soldats de l'OTAN (dont 70 000 Américains) surarmés et suréquipés sans compter les 350 000 hommes des forces de sécurité afghanes. Ils pratiquent donc la guerre du faible au fort, le harcèlement avec un armement léger, des bombes artisanales meurtrières, des attaques et des attentats suicides. Les talibans jouent la surprise et la rapidité.

Je me souviens d'une discussion, un soir, avec un de mes geôliers, Zahed, et deux combattants âgés de 17 et 22 ans. Comme tous les talibans, ils possèdent une kalachnikov, mais pas n'importe laquelle : « Les russes sont les meilleures et de loin. On ne veut pas des chinoises, elles sont moins fiables », précise le plus jeune. Les gamins sont fiers de me montrer la date de fabrication de leurs armes : 1962 et 1967. Selon eux, elles tirent toujours à la perfection. Pendant dix-huit mois, je n'ai vu que ce genre de vieilles pétoires et quelques mitrailleuses lourdes datant aussi de l'époque soviétique. Quand on est mal équipés et peu nombreux, il faut donc être malins et bluffer.

Zahed se rappelle une matinée de combat contre les Français dans la fameuse vallée d'Alassaï. Ils étaient cinq talibans postés sur les sommets et en contrebas un groupe dix fois plus nombreux et cent fois mieux armé. Des véhicules blindés, des fusils d'assaut Famas dernier cri, des missiles et des mortiers. Les insurgés se sont séparés rapidement et postés le long des lignes de crêtes des deux côtés du vallon. Terrés dans des trous ou derrière de gros rochers, ils ont commencé à tirer simultanément. Les Français, pris par surprise, ont bien entendu riposté mais ils ignoraient s'ils étaient attaqués par cinq ou cinquante combattants. L'échange a duré de longues minutes et, comme d'habitude, les Occidentaux mitraillaient à l'aveugle sans réellement comprendre d'où provenaient les tirs. Quand on entend ces histoires « héroïques » racontées par des talibans, on peut évidemment douter de leur véracité et j'ai souvent pensé que les islamistes se vantaient de combats imaginaires.

Mais quand on écoute les récits des soldats français, américains ou britanniques narrant une guerre où l'ennemi est partout mais invisible, toujours prêt à tuer au moment où on s'y attend le moins, il devient évident que la geste des rebelles n'est finalement pas totalement inventée.

D'ailleurs Zahed poursuit avec une autre anecdote, moins glorieuse : « Un jour, nous avons attaqué les Français mais nous n'étions pas très bien préparés. Ils ont riposté très fort, pendant longtemps, sans interruption. Nous n'avions quasiment plus de munitions alors que les autres disposaient de réserves incroyables. J'ai donc prié Allah pour que ça cesse, je ne pouvais rien faire d'autre. Quand on n'a plus de balles, on attend la fin de la tempête. »

Mais les talibans ne font pas que combattre, ils utilisent d'autres moyens, parfois plus efficaces. Ils infiltrent et espionnent l'ennemi. Juste avant notre enlèvement, nous avons été contrôlés à un poste de la police et de l'armée afghanes. Quand nous racontons cet épisode à Zahed, il sourit et nous confirme ce que nous pressentions : « Vous avez été arrêtés au poste de Shinkey, nous avons quelqu'un là-bas qui nous informe de tous les passages et il vous a "vendus". » Notre gardien ajoute avec un air malicieux pour bien montrer que les rebelles sont maîtres du jeu : « Nous sommes aussi présents à l'autre poste qui boucle la vallée de Kapisa au nord, vers Nijrab. »

Sous-entendu, rien ne leur échappe. En fait, quand l'informateur nous a vus passer, il a téléphoné avec son portable à un petit chef taliban local en lui disant

« la poule aux œufs d'or » arrive. La poule, c'était nous. Le chef a appelé des combattants qui se trouvaient un peu plus loin à proximité de la route. Ils n'avaient plus qu'à préparer en quelques minutes une embuscade pour nous piéger comme des rats. Zahed reconnaît que ces informateurs sont payés. Quand ils rabattent une belle proie, ils reçoivent quelques centaines de dollars, l'équivalent de deux ou trois mois de salaire. En réalité, l'armée et la police afghanes sont mitées par les talibans, ce qui les rend peu efficaces, guère crédibles voire dangereuses pour les troupes alliées qui doivent travailler avec elles.

Pour autant, les talibans ne sont pas monocolores, loin s'en faut. Ils sont même très divers et peuvent parfois devenir caméléons. Dans une même famille, un frère est combattant, un autre paysan, un troisième commerçant à Kaboul et le dernier travailleur clandestin en Iran. C'est en tout cas la situation qui prévaut dans de nombreuses familles de Kapisa. De plus, les rôles ne sont pas figés, ils sont même interchangeables. Un rebelle peut poser une bombe le matin et garder les chèvres l'après-midi, un autre est maçon dans la banlieue de Téhéran pendant deux ou trois ans puis revient faire le coup de feu en Afghanistan.

Parmi nos geôliers, j'ai dressé une typologie des talibans. Il y a les combattants à temps plein, ce sont les plus durs, les plus motivés et les plus mobiles. Ensuite, je citerai les « mi-temps », ils sont sédentaires, restent au village, partagent leurs journées et leurs nuits entre des patrouilles, parfois quelques escarmouches et une activité de berger, voire de commerçant. Il y a enfin les sympathisants, ils sont plutôt une force logistique de soutien à l'arrière, ils fournissent le gîte et le couvert, cachent des prisonniers, des otages ou des armes. Restent les « malgré eux », ils ne sont pas proches des talibans mais se sentent obligés de leur rendre service parce qu'ils ont une dette envers les islamistes ou tout simplement ont peur et n'osent pas leur refuser une aide.

Il y a une différence majeure parmi les talibans entre les lettrés et les illettrés. Les chefs, les responsables de groupes ont presque tous fréquenté des écoles coraniques au Pakistan, des madrasas situées dans les zones tribales pachtounes proches de l'Afghanistan, des régions échappant au contrôle du gouvernement d'Islamabad. Certains ont étudié le livre sacré pendant seulement deux ans, ce sont les *qari*, les lecteurs, ils savent déchiffrer l'arabe classique mais ne le comprennent pas ou très peu. D'autres, moins nombreux, ont appris le Coran pendant sept ou huit ans, ils le connaissent pratiquement par cœur et en saisissent les grandes lignes. Ce sont les mollahs, les imams, très respectés dans le pays.

Mais lorsque je discute avec eux, je réalise qu'ils n'ont abordé que des textes religieux, ils lisent et écrivent en arabe et en pashto mais n'ont par ailleurs aucune notion de géographie, d'économie, d'histoire, de mathématiques et de sciences en général. Ils connaissent le Coran, seulement le Coran, rien que le Coran. Pourtant, grâce à la madrasa, ils ont un peu voyagé, rencontré d'autres jeunes musulmans venus de pays différents. Paradoxalement, les écoles coraniques présentées en Occident comme des lieux sectaires d'enfermement intellectuel se révèlent la seule ouverture au monde proposée à ces adolescents afghans.

Quant aux autres, les illettrés, ils sont ignorants, n'ont jamais quitté leur vallée, sont de simples combattants, exécutent les ordres et répètent mécaniquement quelques sourates vaguement apprises à la mosquée du village.

Les talibans ont, contrairement à ce qu'on croit, un vrai discours politique. Il est simple, voire simpliste, mais il a sa logique. Dès le début, nos ravisseurs nous posent la même question en boucle : « Pourquoi, vous les Français, vous vous battez au côté des Américains ? On n'a rien contre vous mais on ne comprend pas votre engagement et vos intérêts en Afghanistan. »

Je leur réponds sans relâche la même chose : « Nous appartenons à une organisation internationale qui s'appelle l'OTAN. Imaginez, c'est comme au football : si vous êtes dans une équipe, vous devez jouer les matchs. Nous avons déjà refusé d'aller en Irak, on est donc bien obligés d'être en Afghanistan ou alors il faut quitter le club. Au début, avec le président Chirac, la France a fait le minimum. Elle est restée cantonnée à Kaboul mais, avec Nicolas Sarkozy, les Américains ont demandé un plus grand engagement, c'est pour cela que notre armée est venue en Kapisa. »

À chaque fois, mes interlocuteurs sont dubitatifs, pas vraiment convaincus par ma démonstration. Pour eux, l'Amérique est le grand Satan et nous n'avons rien à faire avec elle.

Le discours des islamistes se résume à une chose : « Notre priorité est de chasser toutes les armées étrangères de notre pays et même tous les étrangers comme les organisations humanitaires. L'Afghanistan n'a besoin de personne. On se débrouillera très bien entre nous. » J'ai dû entendre cette justification cent fois en dix-huit mois comme une tirade apprise par cœur. L'idéologie talibane est de toute évidence xénophobe.

Je m'empresse alors de rappeler que la guerre civile a ensanglanté le pays après le départ des Soviétiques entre 1992 et 1996. « Aujourd'hui, c'est différent. Les Afghans sont épuisés, cela fait trente ans qu'on souffre. Mais si on doit se battre, c'est notre problème, pas le vôtre ! » résume un jour Zahed, un de mes geôliers.

Dans la discussion, je demande au taliban comment il peut justifier la violence aveugle frappant les civils lors d'attentats suicides par exemple. Sa réponse est sans appel :

« Nous visons toujours nos ennemis, jamais des innocents. Nous frappons les forces de l'OTAN, les soldats et les policiers afghans, du personnel politique ou des gouverneurs, et quand ils sont tués ou blessés, notre mission est réussie.

— Et pour les autres, les civils innocents qui tombent à cause de vous ?

— Ils deviennent *chahîd*, ce sont des martyrs de la cause. Ils sont heureux au paradis, il n'y a plus de problème pour eux. »

J'avoue que cette explication me laisse sans voix. En 2011, 3 000 civils afghans ont été tués, plus des trois quarts d'entre eux par des islamistes, le reste à cause de bavures des forces de l'OTAN, surtout les Américains.

À plusieurs reprises, pendant un an et demi, j'ai entendu Ben Laden à la radio exiger que la France quitte l'Afghanistan si un jour elle voulait revoir ses otages. Je sais que cette demande est inacceptable pour le gouvernement et plusieurs fois je pose la question aux talibans : « Est-ce que vous partagez l'avis de Ben Laden lorsqu'il dit ça ? » La réponse est à chaque fois identique : « Nous respectons Oussama, mais lui c'est lui et nous c'est nous. »

Je trouve le discours trop diplomatique pour être vrai et j'ai bien peur que les paroles du chef d'Al-Qaïda n'aient une portée négative. Lorsque, le 2 mai 2011, Ben Laden est exécuté par un commando américain au Pakistan, je crois vraiment que c'est une très mauvaise nouvelle pour nous. Nous entendons l'information très tôt, vers 8 heures du matin, et nous l'apprenons à Zahed, toujours lui, qui n'a pas encore écouté la radio. Dans un premier temps, il est incrédule, il accuse Washington de propagande. Mais en fin de journée, il doit se rendre à l'évidence, le grand chef islamiste est bien mort. Notre geôlier est assommé.

« Cela va-t-il avoir des conséquences pour nous ?

— Non, je vous promets que ça n'a rien à voir avec vous », répond-il sans hésitation.

Je doute encore un peu puis je commence à comprendre que les talibans d'Afghanistan et Al-Qaïda sont cousins mais pas frères. Après la mort de Ben Laden, aucun attentat ne sera perpétré en représailles sur le sol afghan par les islamistes, alors qu'il y aura plusieurs attaques meurtrières au Pakistan.

J'aurai aussi d'autres conversations à propos de l'État hébreu et de la situation entre Israéliens et Palestiniens. Mes interlocuteurs semblent à peine connaître le problème et il est évident que c'est le cadet de leur souci. Je n'ai entendu aucun propos antisémite pendant dix-huit mois, les Afghans ignorant absolument tout de ce conflit qui ne les concerne pas et semble être pour eux à l'autre bout du monde. Ici, les pays qui comptent sont les deux puissants voisins, le Pakistan et l'Iran.

Les talibans afghans pratiquent ce que j'appellerais le national-islamisme. Ce sont des ultranationalistes, obsédés par leur identité et corsetés dans un habit religieux. Ils n'ont pas de prétentions internationales contrairement à leurs frères du Pakistan et surtout à Al-Qaïda.

En revanche, les talibans ont toujours la volonté de peser sur la vie sociale et politique du pays. En écoutant l'histoire de Zahed, l'un de nos derniers geôliers avec qui nous avons vécu plus de quatre mois et demi début 2011, je comprends mieux la renaissance du mouvement islamiste qui a suivi la débandade de l'automne 2001. Après l'attentat du World Trade Center de New York, le 11 septembre 2001, revendiqué par Ben Laden, les Américains décident d'envahir l'Afghanistan et de renverser le régime intégriste de Mollah Omar, grand protecteur d'Al-Qaïda. Zahed est à cette époque un petit cadre taliban. Caissier depuis quatre ans, son travail consistait à distribuer la paye des combattants dans la province de Kunar. Puis c'est la déroute face au rouleau compresseur américain. Beaucoup d'hommes se réfugient au Pakistan voisin ; Zahed, quant à lui, rentre chez lui en Kapisa et se fait discret. Il abandonne les armes et quelques mois plus tard monte un petit commerce de fruits et légumes entre sa province natale et Kaboul. Une vie tranquille qui va durer deux bonnes années.

Mais un jour en revenant de la capitale avec sa camionnette pleine de victuailles, il est arrêté à un barrage américain, fouillé sans ménagement et molesté. L'ancien taliban, piqué au vif dans son orgueil, est révolté par l'arrogance des GI's et promet de se venger. De retour dans son village, il se rapproche de son cousin, celui qui deviendra le commandant Mounib. Ce dernier est accusé par les Américains de terrorisme car il aurait incendié une école. Voilà comment Zahed a repris du service avec les talibans. Selon lui, le comportement des Américains est inadmissible et impardonnable.

Notre geôlier nous raconte aussi comment les combattants islamistes se sont requinqués dans les zones tribales pakistanaises après la défaite de 2001 et comment, depuis quatre ou cinq ans, ils reviennent faire la guérilla en Afghanistan.

Dans son confortable bureau parisien avec vue sur l'Élysée, le conseiller diplomatique du président Sarkozy, Jean-David Levitte, corrobore totalement ces observations de terrain : « Le cœur noir qui absorbe toutes les énergies de la planète, c'est le Pakistan[1] », explique-t-il froidement.

En fait, les Américains ont sous-estimé les talibans et se sont eux-mêmes surestimés. Ils ont certes chassé le régime de Mollah Omar mais sans éliminer les islamistes. Ensuite, le président Bush s'est lancé dans l'aventure irakienne qui s'est vite transformée en bourbier. Il n'a donc pas pu s'engager à 100 % en Afghanistan. Les talibans ont profité de la situation et réussi à renaître de leurs cendres. Ils ont été des milliers comme Zahed à reprendre les armes et à contribuer au chaos que l'on connaît aujourd'hui. Les islamistes ne sont pas revenus en force seulement pour combattre. Ils ont l'intention de peser à nouveau sur la société afghane et entendent le prouver chaque jour un peu plus. Du fond de mon trou, j'ai pu m'en rendre compte à plusieurs reprises.

Un petit matin de mars 2010, j'étais otage depuis trois mois à peine. J'ai l'autorisation de sortir avant l'aube pour aller aux toilettes. Il fait encore nuit et, sur le flanc de la montagne opposé à notre village, je vois un serpentin lumineux descendre dans la vallée. Je trouve le spectacle étrange et inattendu. Mes yeux s'habituent à l'obscurité et je réalise que ce sont des hommes en marche, espacés les uns des autres d'une centaine de mètres. Je rentre dans la maison et m'interroge. Trois heures plus tard, il fait jour. Comme chaque matin j'enlève la couver-

1. Entretien du 10 mars 2012.

ture obturant la fenêtre et qui calfeutre notre prison. Tout le village en contrebas est réuni autour de la mosquée, les hommes dans les ruelles, les femmes sur les toits. Je ne comprends pas toute cette agitation, Reza et Stéphane non plus. Cela dure toute la matinée.

Vers 14 heures, un de nos gardiens nous apporte à manger. Notre interprète entame doucement la conversation. Les deux Afghans discutent une bonne dizaine de minutes. Je devine que Reza est en train de faire parler notre geôlier. Quand il quitte la pièce, je l'interroge :

« Alors que se passe-t-il ?

— C'est un groupe de talibans avec un chef important, un mollah. Ils viennent régler une vieille affaire qui perturbe le village, me répond Reza.

— Tu as des détails ?

— Oui, en fait, il y a trois ans, un homme a tué son cousin pour une histoire de terres. Puis le meurtrier, par peur des représailles de la famille adverse, s'est enfui en Iran et, depuis, il ne peut pas revenir. Personne n'a jamais pu régler ce conflit. Ici, le gouvernement n'a aucun pouvoir et la justice locale n'existe pas. Même les vieux sages du village n'ont pas trouvé de solution car ils étaient tous liés aux familles concernées. Ils ont donc décidé de faire appel aux talibans d'une vallée voisine. Ce sont eux qui sont arrivés ce matin avant l'aube et que tu as aperçus.

— Tout s'explique. Et ont-ils trouvé une solution ?

— Oui, en moins de trois heures.

— Trois ans de conflit réglé en trois heures, ils sont forts ces talibans !

— Ils ont fait ça à l'afghane. La famille du meurtrier devra offrir deux femmes à celle de la victime et elles seront mariées aux frères du mort.

— Je ne comprends pas bien l'intérêt.

— Tu vas voir, c'est simple. Chez nous, le fiancé doit offrir au père de sa future épouse une dot qui tourne autour de 8 000 dollars. C'est une petite fortune ici. Dans ce cas précis, les deux femmes sont données, cela fait 16 000 dollars d'économies pour la famille offensée.

— Oui, je vois, finalement c'est simple l'Afghanistan ! Mais pourquoi le village avait-il besoin d'eux pour prendre une telle décision ?

— Parce qu'il n'y a plus d'autorité morale dans cette zone, pas de justice, pas de gouvernement. Les talibans deviennent le seul recours et leur décision sera respectée car les gens ont peur d'eux.

— Donc, tout se finit bien ?

— Oui, d'autant que les talibans ont réglé un autre problème, ils ont donné leur accord pour que la route d'accès à la vallée soit asphaltée. Ils ne perturberont pas les travaux qui se feront sous leur protection.

— Mais qui va financer ?

— Le gouvernement de Kaboul, avec l'aide de la communauté internationale.

— Et tout ça ne peut pas se faire sans les talibans ?

— Si tu n'as pas leur autorisation, ils font tout sauter au bout de quelques jours. Dans ce genre de région, tu n'as pas le choix, tu dois composer avec les talibans, mais c'est Kaboul qui paie.

— Et les femmes, comment ça va se passer pour elles ?

— Ça dépend des familles. Mais souvent, elles sont maltraitées car ce sont les sœurs du meurtrier. Ce sera toujours difficile à vivre pour elles. »

Cette conversation me laisse perplexe. Je me rends compte que les talibans redeviennent incontournables dans certaines situations, qu'ils s'immiscent inexorablement dans la société afghane rurale, qu'ils prennent la place d'un État défaillant pour ne pas dire absent. Pendant ce temps, on entend toujours les même voix officielles et lénifiantes dans les médias, qu'elles viennent de Washington, Londres ou Paris. Elles répètent sans cesse une petite berceuse rassurante : « Tout est sous contrôle ! »

Toutefois, il arrive que les talibans ne soient pas toujours à leur avantage. Cet épisode s'est passé le jour de notre arrivée chez Zahed, fin janvier 2011. Nous sommes réveillés en fanfare. On entend tirer autour de la maison. La fusillade dure une vingtaine de minutes. Zahed, qui est un grand menteur, nous raconte d'abord que l'armée afghane s'est approchée trop près du village et que les islamistes ont dû repousser l'assaut. Mais plusieurs semaines plus tard, nous aurons le fin mot de cette escarmouche. La vérité nous est révélée par deux jeunes combattants qui nous gardent chaque nuit. Quand nous leur reparlons de cet épisode, ils relatent une étrange histoire.

Il y a trois ans, une milice favorable au pouvoir central de Kaboul se forme dans la bourgade, une petite dizaine d'hommes tout au plus. Rapidement, ils se confrontent aux rebelles locaux. Après plusieurs semaines de tension, une véritable bataille rangée éclate et la sœur du commandant taliban local, Mounib, est tuée d'une balle perdue. Les hommes du groupe pro-gouvernemental doivent quitter le village avec toute leur famille, soit plus de 70 personnes. Ce petit monde se réfugie dans la ville de Tagab. Mais la milice continue à faire le coup de feu et vient de temps en temps harceler les talibans du village comme l'autre matin. Si apparemment les islamistes ont, dans un premier temps, gagné la partie en chassant leurs ennemis, ils se retrouvent prisonniers dans leur vallée. En effet, la milice tient avec la police et l'armée afghanes le poste de contrôle qui cadenasse la zone. Désormais, les rebelles ne peuvent plus circuler librement sur la piste et doivent couper à travers la montagne pour sortir de leur région enclavée. Combien de fois n'ai-je pas entendu Zahed s'apitoyer sur son pauvre sort ?

« Je suis prisonnier dans mon propre village, pleurniche-t-il et d'ajouter : Vous êtes otages mais vous serez bientôt libérés. Moi, je suis coincé ici ; finalement je suis plus prisonnier que vous. J'en ai marre, je voudrais vraiment vivre normalement », avoue-t-il.

Je lui rétorque du tac au tac : « Tu l'as voulu, personne ne t'a obligé à être taliban. Moi, être otage, je n'ai pas choisi. »

Quelques jours plus tard, Zahed nous confie qu'il ne va pas bien. Je réalise qu'être détenu par un taliban dépressif est plutôt cocasse.

Cette situation porte en germe une nouvelle guerre civile en Afghanistan. Je prends conscience que ce pays n'est ni blanc ni noir, mais polychrome, multiforme, complexe et enchevêtré comme une pelote de laine que personne n'arrive à démêler.

Ici, les enfants naissent et grandissent dans le chaos. Un jour, le petit frère de Zahed vient nous servir à manger, il a un beau visage souriant. Reza parle un peu avec lui. J'en profite pour me mêler à la conversation et j'interroge le jeune garçon.

« Tu veux faire quoi quand tu seras grand ? »

Sans hésiter une seule seconde, il me répond :

« Je veux conduire une voiture remplie d'explosifs, foncer dans une base militaire et tout faire sauter. »

D'abord interloqué, je lui réplique :

« Mais tu vas mourir si tu fais ça ?

— Alors je serai *chahid*, inch' Allah. »

Chahid, martyr de l'islam. Voilà le projet de vie d'un gamin de 13 ans.

22

Les petits plaisirs

Parmi les inconvénients de la vie d'otage, il y a la nourriture, infâme ! Les talibans ne sont pas franchement les rois de la gastronomie. Quand on mange toujours la même chose durant de longs mois, on pète les plombs. Le régime pour chien riz et haricots rouges pendant un an et demi a de quoi rendre fou le plus paisible des hommes. La privation engendre l'obsession. Après quelques semaines de captivité, je commence à rêver de « grande bouffe » et de bons vins, pas des menus extravagants mais une nourriture raffinée qui n'est plus pour moi qu'un lointain souvenir. Je me damnerais pour un jambon cru espagnol ou italien, une côte de bœuf ou tout simplement des endives à la flamande, on ne peut pas renier ses origines. Je me dis que je commence à déraisonner, j'en rêve la nuit et j'en parle à Stéphane. Mon compagnon d'infortune a exactement les mêmes sensations, les mêmes envies, les mêmes manques qui tenaillent le ventre et la tête, surtout la tête. Cela me rassure mais n'éteint pas ma boulimie.

Il y a le vin aussi, pas pour l'ivresse mais pour le

plaisir. J'ai souvent la sensation de ressentir le goût d'un grand bourgogne, le parfum d'un chambolle-musigny, le dernier que j'ai bu juste avant de quitter la France ou la petite note salée d'un grand pauillac. Je raconte mon amour du vin à Stéphane, j'essaie, avec succès d'ailleurs, de partager ma passion. J'entreprends de lui rédiger un petit guide en deux parties. D'abord, le côté pratique avec l'achat et la conservation des flacons, le décryptage d'une étiquette, le millésime, la décantation, la température, le service, la forme des verres, les accords avec les plats, le délicat mariage avec les fromages… Ensuite, mes préférences régionales, mes penchants pour le Médoc et la côte de Nuits, mes trouvailles dans le Sud-Ouest, mes coups de cœur à Bandol et mon extase devant un grand alsace. J'aime parler du vin car je suis tombé dedans quand j'étais petit. Mon cher papa représentait une vingtaine de producteurs et de négociants de toute la France et était un fin connaisseur des nectars qu'il vendait. Par ailleurs, j'ai la chance et le privilège de compter parmi mes meilleurs amis un fabuleux vigneron et un excellent journaliste spécialisé qui me font régulièrement découvrir de petites et grandes merveilles.

Je vais consacrer plusieurs jours à écrire avec passion ce guide. Je le peaufine, le cisèle, le recopie et l'améliore encore. À la fin, une quinzaine de pages résument mon univers viticole, j'en suis assez fier et je l'offre à Stéphane qui me promet d'en faire son livre de chevet. Hélas, deux semaines avant notre libération, lors d'une fouille, mon « œuvre » sera confisquée par les talibans et je ne suis pas sûr qu'ils en feront un bon usage.

Sans être chauvin, je pense réellement qu'il est plus difficile de vivre une situation de privation de bonne nourriture lorsqu'on est français. Je n'ai pas l'impression que Reza souffre autant que nous. Évidemment, les maigres repas irréguliers ne le réjouissent pas, mais lorsque la quantité est exceptionnellement au rendez-vous, il ne se plaint plus. Pour Stéphane et moi, la lassitude est terrible. Souvent, alors que nous n'avons rien mangé de la journée, nous n'avons pas faim. Le riz collant et les haricots rouges pâteux nous écœurent.

Chez Zahed où nous sommes détenus entre fin janvier et mi-juin 2011, nous réussissons parfois à améliorer l'ordinaire. En effet, notre geôlier a plusieurs casquettes : taliban, gardien d'otages et… épicier. Il tient une boutique en bas de chez lui. Nous le savons car elle est juste sous nos fenêtres. Il n'avouera jamais que le magasin lui appartient de peur que nous ne lui demandions trop souvent un peu plus à manger.

Au fil du temps, une certaine confiance s'instaure entre nous. Nous tentons donc de négocier un modeste supplément. Il nous fait comprendre qu'il n'est pas riche mais qu'il va réclamer un peu d'argent à son chef et cousin, le commandant Mounib.

Un jour de début mars alors que Mounib vient nous rendre une visite, Reza remarque que le taliban glisse discrètement une enveloppe dans la main de Zahed. Dès le lendemain, notre régime s'améliore et nous voyons arriver un petit sac de ravitaillement, quelques pommes de terre, des œufs, des pâtes, quelques fruits, du poulet et des biscuits. Notre gardien nous explique qu'il va nous amener un réchaud et une bouteille de gaz pour que nous puissions cuisiner de temps en temps dans notre chambre-prison. Une première depuis plus d'un an ! Je découvre les talents culinaires de notre interprète qui, dans une autre vie, lorsqu'il était très jeune et réfugié au Pakistan, pratiquait le métier de cuisinier dans un restaurant fréquenté par des routiers. Reza va donc à plusieurs reprises s'affairer aux « fourneaux » pour nous préparer des spaghettis ou des pommes de terre sautées, une omelette et parfois des cuisses de poulet tout à fait réussies.

Le 21 mars, jour du printemps et du Nouvel An afghan, il concocte pour nous et toute la famille de Zahed du poulet aux épices et des pommes de terre, autant dire un festin, un vrai banquet. Cela mijote une bonne partie de l'après-midi, nous manquons mourir asphyxiés à cause des émanations de gaz, enfermés dans notre pièce hermétique, et nous attrapons un mal de crâne tenace. Mais au final quel régal ! nous n'aurons jamais aussi bien mangé en dix-huit mois. Hélas, une fois n'est pas coutume…

Quelques jours plus tard, Zahed discute discrètement avec notre interprète. Je sens que les deux Afghans trament quelque chose. Au départ du geôlier, je tombe sur Reza sans prévenir :

« Qu'étiez-vous en train de comploter tous les deux ?

— Zahed me propose de lui acheter de la nourriture pour améliorer notre ordinaire, m'explique Reza.

— Je veux bien mais avec quel argent, nous n'avons rien ?

— Il ne sait pas encore. Il réfléchit à une solution.

— Maintenant que nous avons goûté à de meilleurs plats, revenir au riz et aux haricots rouges habituels, ce n'est pas facile.

— On va voir ce qu'on peut faire, conclut Reza.

Pendant plus de cinq semaines, cette discussion autour de la bouffe va revenir sur le tapis presque chaque jour. Mais Zahed ne cesse de tergiverser. Tout le problème est l'envoi d'argent depuis Kaboul par l'intermédiaire de la famille de notre interprète. Plusieurs moyens sont envisagés mais notre geôlier n'est pas convaincu. Je comprends qu'il a peur. Je n'arrive pas à saisir l'intérêt de Zahed. Veut-il uniquement nous faire plaisir ou espère-t-il tirer un petit bénéfice ?

Le risque est que les autres talibans remarquent un jour ou l'autre notre manège. Certes, vouloir mieux manger n'est pas un crime, mais notre gardien craint des représailles. Finalement, d'hésitations en atermoiements, rien ne se produit. Parfois, comme pour se faire pardonner une promesse qu'il n'a pu tenir, Zahed améliore notre ordinaire mais il n'avouera jamais que cela provient de sa propre épicerie. Ici le mensonge devient un art, apparemment inutile et pourtant vital. Les charmes de l'Orient...

Au bout d'un an de captivité, je retrouve le goût des petits plaisirs. La vie reprend le dessus. Mieux manger, mieux s'occuper de soi est tout simplement vital. Avec Reza et Stéphane, nous ne voulons pas abandonner notre corps aux affres de la captivité. Il y a bien sûr toujours les exercices physiques quotidiens grâce auxquels nous tentons de garder la forme et aussi l'hygiène que nous essayons d'améliorer. Désormais, je me rase au minimum une fois par semaine grâce aux lames et au savon que nous avons négociés. C'est plus simple que de se tailler la barbe avec des ciseaux ! Chaque mois, nous nous coupons mutuellement les cheveux avec plus ou moins de bonheur, mais peu importe le style, nous désirons plus que tout nous respecter. La dignité commence par là, nos geôliers s'en rendent finalement compte et j'ai le sentiment qu'ils nous apprécient un peu plus pour cela.

Reza nous prodigue aussi des massages tonifiants, ce qui n'est pas un luxe quand on passe beaucoup de temps assis ou allongé. Il réveille nos muscles assoupis et ces séances nous procurent un véritable bien-être. Il n'est pas question de se laisser aller. Pendant nos séances de gymnastique, nous nous entraidons pour faire des abdominaux ou des assouplissements. Parfois, lorsque gagne l'ennui et que nous avons l'envie irrépressible d'évacuer un trop-plein d'énergie, nous chahutons comme des gosses et tout se termine par une folle bataille de polochons. Se faire du bien, c'est du boulot !

Nous pratiquons aussi des activités plus intellectuelles. Chaque soir, pendant des mois, je joue avec Stéphane au « petit baccalauréat ». On prend une lettre de l'alphabet, on choisit des rubriques comme par exemple « marques automobiles », « fleuves », « musiciens » ou encore « villes », et on doit trouver des noms commençant par cette lettre. Je n'avais pas fait ça depuis mon adolescence. Ce petit jeu peut sembler anodin mais il permet une vraie gymnastique cérébrale et quelques discussions animées entre deux types un peu tricheurs.

Nous organisons également avec Reza des parties de 8 américain et de dames. Notre interprète, très habile de ses mains, réussit avec génie à confectionner des cartes, des pions et un échiquier avec simplement du papier et un stylo.

La cerise sur le gâteau, c'est le *Top of the Pops* sur la BBC, le hit-parade emblématique de la radio anglaise, diffusé pendant une heure chaque samedi après-midi. Stéphane est tombé dessus par hasard dès les premières semaines de captivité et nous y découvrons toutes les nouveautés, les tubes britanniques et américains à la mode, et la perle du moment, la formidable Adele et sa très belle chanson *Someone Like You*. Je suis alors à mille lieues d'imaginer que des millions de gens à travers le monde comme moi ferment les yeux et se laissent bercer par cette douce mélodie. Quelle voix ! Un éclat de bonheur dans la noirceur de nos vies.

Nous découvrons aussi que les talibans sont avant tout des hommes. Lors de nos longues soirées, nous parlons de tout, même avec nos gardiens, surtout à la fin, chez Zahed. Les Afghans, perdus au fond de leur vallée, adorent les téléphones portables, si possible sophistiqués ! Ils passent des heures à en comprendre toutes les subtilités. Lorsqu'ils vont au marché – en général deux fois par semaine –, ils achètent des extraits de vidéos pour un ou deux dollars pièce et les chargent grâce au système Bluetooth. Il s'agit le plus souvent de clips de danses plus ou moins orientales dans lesquels des filles court vêtues bougent lascivement. Rien de pornographique certes mais un brin érotique. Les talibans ne se lassent pas de regarder ce genre de spectacle kitch sur leurs petits écrans. Je ne peux évidemment pas m'empêcher de leur faire remarquer que ce n'est pas une pratique très islamique. Alors, avec un grand sourire désarmant, ils me passent le portable. Les femmes sont parfois jolies et me rappellent de vieux souvenirs. Pourtant en cas de disette pour ne pas dire de famine, rien ne vaut l'imagination. Les meilleurs films sont au fond de ma tête.

Si les sens doivent rester en éveil, l'esprit aussi. J'ai rapidement réalisé le manque de culture générale de Reza. Parfois il me sidère quand il me dit qu'il n'a jamais entendu parler des Beatles mais qu'il adore Michael Jackson, qu'il ne sait pas qui est la reine Élisabeth II mais qu'il se souvient très bien de Lady Di. Le général de Gaulle et Staline sont également absents de son dictionnaire.

Comme je dois avoir l'âme d'un prof, je me suis mis à l'initier à la géographie européenne mais aussi planétaire, à l'astronomie et à l'histoire. La Première et la Seconde Guerre mondiale, le conflit palestinien, la naissance des États-Unis, la carte des pays d'Afrique et la position des planètes n'ont plus de secrets pour notre interprète. Je ne suis pas certain qu'il ait tout retenu, mais peu importe, il aura toujours appris quelque chose.

En contrepartie, il m'initie aux règles du cricket qu'il connaît bien pour l'avoir pratiqué au Pakistan où il était réfugié avec sa famille. Je lui pose sans cesse des questions sur l'Afghanistan, sa culture, ses soubresauts politiques et cette guerre qui dure depuis plus de trente ans. Nous discutons aussi chaque jour des derniers événements qui secouent le pays.

L'écoute quotidienne de la radio, RFI et BBC, nous permet également de continuer à suivre les pulsations du monde malgré notre isolement. Stéphane et moi ne cessons de commenter les nouvelles françaises et internationales.

Nous sommes évidemment toujours à l'affût d'une information nous concernant. Je me souviens en particulier d'une conversation surprenante et... prémonitoire. Alain Juppé vient d'être nommé ministre de la Défense, il rend visite, à la Noël 2010, aux soldats français présents en Afghanistan. Le ministre évoque ensuite notre situation d'otages avec le président Hamid Karzaï à Kaboul. Stéphane me dit qu'il a toujours apprécié Juppé, qu'il le trouve brillant.

« J'espère qu'au moins lui va nous sortir de là, me lance-t-il.

— Moi aussi, mais pourquoi tu l'aimes tant, ce Juppé ?

— Il est intelligent et efficace. Tiens, d'ailleurs j'en fais mon favori pour la prochaine présidentielle, et toi ?

— Si tu prends Juppé, je choisis Hollande, dis-je sur le ton de la plaisanterie.

— Chiche, alors on parie, propose Stéphane.

— Tu vas perdre, c'est sûr, tu mises sur un "vieux cheval" de retour alors que je suis sur un "jeune poulain" plein de fougue. On verra, mais je pense que je tiens le bon numéro. »

On éclate de rire, sans croire vraiment à ce qu'on raconte. Qui aurait parié un kopeck sur François Hollande ?

L'affaire Strauss-Kahn éclatera cinq mois plus tard et la bonne blague deviendra réalité à notre plus grande surprise. Ma boule de cristal était finalement bien réglée.

23

L'otage est un objet

Si nous sommes des humains soucieux de préserver notre dignité et si les talibans sont malgré tout des hommes, dès le début de notre enlèvement, dès les premières minutes, une évidence saute aux yeux : l'otage est un objet encombrant et dangereux. Où le mettre, comment ne pas se le faire dérober ? Comment le cacher et le garder secrètement au fond d'un tiroir ? Comment ne pas s'attirer les foudres de ceux qui le recherchent ?

Ravisseur, c'est un dur métier, il a entre les mains une bombe dont il ne sait que faire. Il faut donc bouger l'objet, brouiller les pistes, effacer les traces pour ensuite mieux enterrer le butin, le conserver au frais et attendre qu'il prenne de la valeur.

On est d'abord trimballé d'une vallée à l'autre, une maison différente par nuit puis une cache chaque semaine avant enfin d'être stabilisé. Mais lorsque l'otage devient sédentaire, il peut vite se révéler difficile à gérer. Je me souviens : un de nos geôliers, un petit commandant taliban, organise un jour une grande réception chez lui. Tout le village est attendu, nous ne pouvons pas rester. À l'aube, nous sommes transférés dans une bâtisse voisine, chez des cousins du chef islamiste, enfermés dans une toute petite pièce pour la journée. Deux mois plus tard, même scénario ou presque, cette fois lors d'un mariage. Nous sommes parqués pendant près de vingt-quatre heures dans un réduit qui sert d'habitude à entreposer les récoltes de blé et de maïs. Pas de fenêtre et plafond bas : interdit aux claustrophobes.

Bien plus tard, je croupis chez l'abominable Drana depuis quatre mois et demi quand celui-ci décide de me changer de cachot. Contiguë, la pièce est encore plus sombre, plus petite que la précédente et, cette fois, j'ai vue sur un mur. Évidemment, personne ne m'a demandé mon avis. J'ai juste été considéré comme un vulgaire paquet. Je dois laisser la place à une partie de la famille qui pour l'hiver s'installe là où j'ai passé l'été. Cela n'a l'air de rien mais un simple grain de sable dérègle la mécanique de précision qui s'établit durant une captivité. Je vais mettre deux semaines à retrouver mes repères. Tous les prisonniers le constatent : le changement incessant de lieux est très déstabilisant pour le psychisme du détenu.

L'otage doit aussi vivre totalement caché sans être vu du monde extérieur mais comme il est devenu objet et a perdu toutes ses qualités de sujet, cela n'a aucune importance… aux yeux des gardiens. Chez Drana, dans le premier cachot, j'ai la possibilité d'entrevoir un coin du village à travers une meurtrière, minuscule ouverture sur la vraie vie. Mais ce

« privilège » m'est rapidement retiré, un rideau opaque est fixé et me voilà emmuré vivant pendant quelques mois.

L'otage n'est plus un être humain mais il faut quand même le sortir pour aller aux toilettes. Toutefois, l'heure est fixée par le gardien et elle peut varier chaque jour. Elle dépend de la disponibilité du geôlier et pas des besoins naturels du détenu.

Je me souviens aussi d'un soir chez Thénardier : je suis malade et très faible. Je sors en titubant, je ne me sens pas bien. Après m'être soulagé dehors, je rentre dans la maison et un lacet mal noué se prend au crochet de ma chaussure. Je tombe lourdement et m'étale de tout mon long dans l'affreux couloir boueux. Un cri s'échappe de ma bouche, je viens de me faire très mal et je reste par terre immobile, paralysé par la douleur. Mon gardien ne fait pas un geste pour m'aider. Lorsque je me relève enfin, il exige le silence car sa femme et ses enfants dorment et je ne dois pas les réveiller. Je repars en boitant, la porte du cachot claque dans mon dos. Je ne suis qu'une chose sans intérêt et sans âme.

L'autre question est de savoir si un objet doit être souvent lavé. Au commencement de la détention, j'avais droit à une douche par semaine puis le délai est rapidement passé à dix jours. Avec Thénardier, j'arrive à douze. Mais Drana est l'homme de tous les records : deux semaines puis trois avant d'atteindre vingt-quatre jours. Ce régime dure plus de quatre mois. Entre fin juillet et mi-décembre 2010, mon rythme de vie est réglé comme du papier à musique : vingt-quatre jours dans le cachot, dix minutes de douche dans un cloaque, puis de nouveau vingt-quatre jours dans le cachot suivis de dix minutes dans le cloaque… L'otage consomme peu d'eau et peu d'espace, il a un bilan carbone excellent, il est écologiquement parfait.

Une des seules concessions des talibans est de m'accorder le droit d'écrire. J'en tire bien entendu un avantage évident, mais eux aussi. Le but de mes ravisseurs est de calmer la « bête ». Mais finalement, il n'y aura pas de cadeau. Nous sommes début octobre 2010, Drana et son jeune fils âgé d'une dizaine d'années fouillent méticuleusement mes maigres affaires. Ils trouvent inévitablement mon journal quotidien, à peu près 250 feuillets, et me le confisquent. Pourtant, malgré ce terrible coup porté au moral, je n'arrête pas d'écrire. J'ai l'impression de faire acte de résistance. *Cogito, ergo sum*, « Je pense donc je suis », disait Descartes qui ne manquait pas de bon sens.

24
Enfin réunis

Cela fait cinq mois et demi que je moisis chez le vieux Drana. Vais-je passer l'hiver ici ? Je n'arrête pas de lui réclamer une couverture supplémentaire car la température baisse chaque jour. Nous sommes le 11 décembre. Je n'ai pas mangé de la journée. Mon gardien m'a encore oublié. Je sens que je vais devoir patienter jusqu'au soir malgré mes crampes d'estomac. Il est 17 heures, je viens de fermer le petit volet, la nuit tombe. J'entends le cliquetis du cadenas, Drana entre dans le cachot, il est pour une fois tout sourire. Sans attendre ni tergiverser comme il le fait d'habitude, il me parle directement avec quelques mots simples en dari : « *Mosakrat chorou, sei ross francia.* » Je me demande si j'ai bien entendu ou si je rêve. « Les négociations avancent, dans trois jours en France », voilà ce que vient de me dire Drana mot à mot. Je n'ose pas y croire. J'insiste et je veux qu'il me le répète pour être sûr. « *Mosakrat chorou, sei ross Francia.* »

Puis il me montre trois doigts en disant, Stéphane, Reza, Hervé. Je comprends que nous allons être libérés ensemble. Mon cœur bouillonne mais je veux garder la tête froide, il y a déjà eu tant d'espoirs déçus…

Cette nouvelle me fait oublier que je crève de faim. Ce soir c'est fête, Drana apporte du pain frais, des champignons et bien entendu… du riz. Le vieux sent venir la quille, il va enfin pouvoir se débarrasser de moi. Ces derniers temps, je le voyais abattu, lui non plus n'apercevait pas le bout du tunnel, il était plus que las de cette situation.

Puis mon gardien me laisse seul. Est-ce réellement fini ou s'agit-il encore d'une fausse alerte ? Je ne sais pas. Mais la priorité est de regrouper mes affaires et de me préparer au départ qui, comme toujours, va se passer au début de la nuit. Effectivement, à 21 heures, Drana vient me chercher. Surprise, je monte d'abord au « salon » des invités et découvre deux talibans que je n'ai encore jamais vus. Cheveux longs, barbus, les yeux d'un noir profond, une petite trentaine d'années, ils ont l'aspect typique des combattants islamistes, de ceux qu'on redoute de rencontrer au tournant d'une piste en Afghanistan. J'en ai pourtant vu beaucoup mais ils m'impressionnent toujours un peu. Un thé vert nous est servi ; finalement ces hommes sont plutôt souriants. Mon geôlier, trop heureux de me voir partir, a mis les petits plats dans les grands. Un petit quart d'heure de « mondanités » pendant lequel le vieux me répète que dans trois jours je serai en France et nous voilà partis. Je sors de cette maison avec un énorme soulagement. Parfois je me suis senti tellement englué qu'il m'arrivait de penser que je finirais mes jours ici. La libération, tout à coup, me semble proche.

Nous marchons en file indienne, Drana devant et les jeunes talibans derrière moi. La terre craque sous mes pieds, il gèle. Nous avançons en équilibre sur des petites digues d'irrigation très étroites ; je me concentre pour ne pas glisser dans les rigoles pleines d'eau : malgré mes grosses chaussures de montagne, j'ai une peur bleue de me tordre une cheville. Au bout d'un quart d'heure, j'ai déjà les jambes tétanisées par la fatigue. Je n'ai pas marché depuis début juillet : cent cinquante jours passés dans douze mètres carrés sans sortir, sauf pour la douche. Le moins que l'on puisse dire est que je manque d'entraînement, mes cuisses et mes mollets ont fondu comme si j'avais été plâtré. Je connais les talibans, je crains de devoir marcher plusieurs heures à un rythme soutenu et je ne suis pas sûr cette fois de tenir le coup.

Nous quittons le fond de la vallée et nous abordons les premières pentes. Je sais que le chemin vers le col est long, mes muscles brûlent, j'ai le souffle court, je ralentis pour m'économiser, autrement je n'y arriverai jamais. Je regarde vers le haut et ne vois pas la crête. Je me mets en condition mentale, je me vide la tête, je ne pense à rien et je marche. Quand je relève les yeux, je vois une voiture un peu plus haut. Elle apparaît comme par miracle. Je crois rêver mais non, elle est bien là. Arrivé à son niveau, je la caresse du bout des doigts. Ce soir, cette vieille Toyota est ma meilleure amie. Soulagé de partir, je me retourne même vers Drana et lui lance : « *Taliban Zindabat !* », « Les talibans sont super ! »

Je n'ai même pas le sentiment d'en faire trop, je suis juste heureux de quitter définitivement, enfin j'espère, le vieux Drana que j'ai failli tuer quelques mois plus tôt.

Nous roulons une petite heure. Cela nous aurait pris au bas mot cinq fois plus de temps à pied. Nous arrivons au cœur d'un village. Par une échelle de meunier, j'entre dans une maison, traverse un petit couloir et pénètre dans une vaste pièce. Elle est glaciale mais a au moins l'avantage de compter deux grandes fenêtres, comme d'habitude obturées par des bâches plastiques. On me sert un généreux plat de riz. Deux repas dans la même soirée, je n'en reviens pas ! Je demande des couvertures supplémentaires car il fait vraiment très froid. Je mets mes gants et me glisse dans ma couche tout habillé. J'éteins la lampe de poche qu'ont bien voulu me prêter mes nouveaux gardiens et me retrouve plongé dans le noir. Je pense à mes compagnons Stéphane et Reza. Quand va-t-on se retrouver et où ? Vais-je rester longtemps dans cette maison ? Serons-nous enfin libérés ? Mes paupières se font lourdes et je m'endors profondément.

Le matin, je suis réveillé par des cris d'enfants. Je ne sais plus où je suis. Pourquoi tout ce vacarme ? Dans un demi-sommeil, je mets du temps à réaliser que je ne vis plus chez Drana. En cinq mois et demi, on se crée des habitudes. Les gamins sont juste en contrebas de la maison, sur la place centrale de la bourgade. Depuis notre enlèvement, je n'ai jamais vécu en plein cœur d'un village. Je trouve que les talibans prennent de plus en plus de risques mais peut-être n'ont-ils pas le choix, leur marge de manœuvre se réduit. Tant mieux, cela va, j'espère, accélérer les négociations.

Au petit déjeuner, on me sert une omelette baignant dans une huile rougeâtre, comme d'habitude. Les geôliers changent, les menus restent… Pendant quarante-huit heures, je suis seul dans cette grande pièce. Deux séances de sport par jour, un peu d'écriture et la radio, toujours le même rituel. Sauf qu'ici il fait encore plus froid qu'ailleurs, une vraie glacière. Combien de temps vais-je devoir encore tenir ?

Le soir, il doit être 20 heures, j'entends un bruit de moteur au loin, une voiture semble se rapprocher. Le ronronnement est désormais beaucoup plus distinct, le véhicule s'arrête, des portes claquent, j'entends des pas puis des craquements dans l'escalier. La porte s'ouvre et, dans l'étroit faisceau de ma lampe, je vois apparaître la longue silhouette de Stéphane suivie par celle, plus massive, de Reza. Pendant quelques secondes, ils ne me voient pas, terré dans mon coin, quand tout à coup notre interprète m'aperçoit. Il lâche toutes ses affaires et se jette dans mes bras. « Hervé, Hervé, Hervé, mon ami, mon ami très cher ! »

Reza s'étrangle, éclate en sanglots, ne trouve plus ses mots et répète sans cesse mon nom. Je suis aussi extrêmement ému et ne dis rien, immobile. Reza me couvre de baisers. Je me dégage doucement pour étreindre Stéphane, calme comme d'habitude, mais je vois bien qu'il a les yeux embués de larmes. Il me serre très fort. Que c'est bon de les retrouver !

« Comment allez-vous ? D'où venez-vous ? Êtes-vous en forme ? »

Ils me répondent en chœur, l'un en français, l'autre en anglais, que ça va mais qu'ils ne s'attendaient vraiment pas à me voir.

« Je pensais te retrouver à la fin, pas avant, m'explique Stéphane.

— Mais c'est peut-être la fin, le savez-vous ?

— Pourquoi la fin ? » interroge Stéphane.

Je leur fais part de ce que m'a raconté Drana. Nous serons libérés très bientôt. Je sens mes amis dubitatifs et moins enthousiastes que moi. « Tu sais, depuis qu'on s'est quittés, me précise Stéphane, on nous a fait croire ça régulièrement et puis rien, alors, on ne s'emballe plus. »

Petite douche froide. « Bon, on verra, on en discutera plus tard. On ne va pas gâcher nos retrouvailles. »

Je calcule rapidement le temps que j'ai vécu seul, exactement huit mois jour pour jour, heure pour heure, du 13 avril à 20 heures au 13 décembre à 20 heures. Quel étrange hasard.

Dans l'excitation des retrouvailles, nous mélangeons tous les sujets, nous passons du français à l'anglais et même au dari avec nos deux gardiens, ceux qui sont venus me chercher chez Drana. Les angoisses, la chaleur, le froid, la mauvaise nourriture mais aussi la radio, les exercices physiques, les maigres informations à propos des négociations, tout y passe dans le désordre. Nous rions, Reza pleure à nouveau puis me prend la main. Je regarde Stéphane tendrement. Je ne retrouve pas des compagnons, pas des amis mais des frères, des frères de souffrance. Nous restons deux heures ensemble, deux petites heures seulement, quand les talibans nous disent qu'on va être séparés à nouveau. Cette fois, Reza va rester seul dans la glacière, tandis que Stéphane et moi, nous allons nous installer à l'autre bout du village, à dix minutes à pied. Soudain, le visage de l'interprète s'assombrit, la tristesse l'envahit. J'essaie de le rassurer : « Ne t'en fais pas, dans quelques jours, nous serons libres. » Il n'a pas l'air convaincu.

Notre nouvelle maison n'est pas loin. Un drôle de type nous accueille. La pièce où nous allons être enfermés n'est pas trop petite, fraîchement repeinte, autant dire une rareté dans la région mais, comme d'habitude, il n'y a pas de toilettes. Avec l'expérience, nous prenons désormais les devants. Comme toujours, on nous refait le coup des sorties matin et soir. Mais cette fois, on ne se laisse pas abuser, nous réclamons un peu plus de confort. Il faut dire qu'au bout d'un an les chiottes sont devenues une priorité et une obsession. Un peu surpris, les talibans ne se démontent pas.

Le propriétaire des lieux sort et revient avec une pioche et un grand poignard. Il se dirige vers un coin au fond de la pièce et commence à entamer la dalle de béton apparemment toute neuve. À toute vitesse, il creuse un trou, son complice saisit la lame et égalise les bords. Les sanitaires sont prêts en moins de cinq minutes. Stéphane et moi, on se regarde, partagés entre effarement et admiration. On s'approche et on se penche pour mieux comprendre. Juste en dessous il y a une étable. On aperçoit même le pelage blanc et noir d'une vache. Je m'adresse à tous en français mais évidemment seul Stéphane me comprend : « Là, chapeau ! Ils sont forts ces Afghans, j'avoue qu'ils m'étonneront toujours. »

La seule question qui me taraude : pourquoi doit-on réclamer à chaque fois ? Ils n'y pensent pas ou ils ne sont pas faits comme nous ?

Notre petite vie s'organise. Pendant près d'une semaine, on ne cesse de parler, de tout et de rien, on discute à perdre haleine. Après avoir causé aux murs pendant huit mois, j'ai du temps à rattraper. Même Stéphane, d'habitude grand taiseux, bavarde comme une concierge. Nous jacassons tellement que notre gardien vient régulièrement nous sermonner en disant qu'on fait trop de bruit : « *Kam kam* », insiste-t-il trois fois par jour (*Kam kam* signifie « doucement, doucement »).

Celui-là s'est trouvé un surnom tout seul.

Nous évoquons bien sûr le fol espoir de retrouver la liberté avant Noël ou au Nouvel An au plus tard. Un geste symbolique de nos ravisseurs, un effort du gouvernement français pour offrir à nos familles et à nos proches le plus beau cadeau du monde. Mais l'échéance approche et rien ne bouge. L'ennui s'installe, l'optimisme s'estompe, la routine reprend ses droits. Nous allons de toute évidence passer le cap d'un an de captivité. Le bout du tunnel n'est toujours pas visible.

25

Les tensions

Dès notre enlèvement, je me suis dit que nous devions être solidaires à tout prix. Je pense que nos ravisseurs vont tenter de nous diviser. Mais l'ennemi n'est pas toujours prévisible, il peut surgir où on ne l'attend pas quand on ne l'attend plus.

Le temps, la promiscuité, l'ennui, l'angoisse, la peur et le désespoir sont en réalité les pires maux que subit l'otage. Les tensions naissent et grandissent doucement, sournoisement, dans les replis de l'âme. Puis, lorsque nous sommes gonflés de stress, de colère et d'amertume comme des ballons de baudruche, la plus petite des étincelles peut tout faire exploser.

En mars 2010, j'ai une première envie d'évasion. Je sais qu'il y a une vraie opportunité de se faire la belle. Nous sommes au premier étage, il n'y a pas de barreaux ni de grille à la fenêtre et pendant la journée nous sommes souvent seuls. Certes, dehors, ce serait l'inconnu, mais qui ne tente rien n'a rien. J'essaie de lancer la conversation sur le sujet mais je sens que Stéphane et Reza ne veulent pas me répondre franchement. Ils louvoient et passent rapidement à autre chose. Régulièrement, tous les deux ou trois jours, je reviens à l'attaque et suis gentiment renvoyé dans les cordes. Cette situation m'énerve de plus en plus. Il y a une fenêtre de tir, j'ai l'impression qu'on est en train de la louper et je trouve que mes compagnons sont passifs, qu'ils attendent un miracle.

Un morne après-midi, alors que je m'ennuie à mourir, je repars à l'abordage. Excédé, Stéphane démarre cette fois au quart de tour. Il ne veut pas prendre le risque, un point c'est tout. Fin de la discussion. Je me retourne alors vers Reza, très silencieux jusque-là. Il veut biaiser à l'orientale, mais je ne lui en laisse pas le temps : « C'est oui ou non ? » Notre interprète se perd en détails pour finalement lâcher qu'il a peur pour sa vie, qu'il est afghan et qu'il ne vaut rien aux yeux des talibans.

Je n'ai plus qu'à ressasser ma déception mais aussi ma colère. J'en conclus que Reza n'a aucun courage, que j'ai vraiment choisi le plus mauvais fixeur d'Afghanistan et qu'il est très décevant. Je ne suis pas plus tendre envers Stéphane. Il a droit à de joyeux qualificatifs tels que buté, obtus et pas très téméraire. Je suis sûr que les autres m'abominent également. Pourtant, cette fois, tout se passe dans le huis clos de nos crânes. La tension est palpable mais il n'y a pas d'esclandres. Chacun reste silencieusement sur ses positions et cela crée une vraie rancœur.

Une fois seul, les tensions s'estompent ou plutôt se transforment. Elles font place à l'angoisse de la solitude et du vide ou parfois à la rage contre le geôlier. Les retrouvailles avec mes compagnons otages sont merveilleuses puis, imperceptiblement, la pression revient et le quotidien perfide reprend ses marques.

Stéphane et moi sommes de nouveau réunis depuis un mois, Reza se trouve dans une autre maison. Nous sommes en janvier 2011 et venons de passer le cap symbolique d'une année de captivité. La détention est lourde à porter, terriblement monotone. Stéphane pratique désormais trois à quatre heures de gymnastique par jour pour tuer l'ennui. Je l'observe attentivement et je vois qu'il se transforme en une machine à faire des mouvements, toujours les mêmes, par séries de dix ou de quinze. Il enchaîne les exercices puis, une bonne demi-heure après, reproduit la « chorégraphie » à l'identique, plusieurs fois, jusqu'à épuisement.

Sur ma paillasse, je le regarde du coin de l'œil et j'ai l'impression qu'il ne voit plus rien, déconnecté, comme en lévitation pour échapper à sa pitoyable condition. Son enfermement mental me pèse, je dirais même plus, me révolte. Il me laisse à ma solitude alors qu'il réussit à s'échapper dans un autre monde. J'ai la sensation d'avoir devant moi un autiste évoluant dans un univers parallèle. La tension monte et me tétanise.

Plusieurs jours s'écoulent lentement. Je sombre dans la déprime. Stéphane et moi, nous survivons côte à côte mais plus ensemble. Un matin, désœuvré comme d'habitude, je décide de couper les franges du rideau qui sépare le coin toilette du reste de la pièce. Je prends des ciseaux et je m'applique à ce travail inutile. Au bout d'une dizaine de minutes, je reviens sur ma paillasse, certain que je n'aurai plus rien d'autre à faire de la journée.

Sans prévenir, Stéphane m'interpelle : « Tu coupes les fils du rideau, mais tu deviens complètement dingue ! Tu sais que tu es un grand malade ! »

D'abord pris au dépourvu par cette attaque inattendue, mon sang ne fait qu'un tour et ma colère explose tel un orage trop longtemps contenu :

« Qui te permet de me dire que je suis un grand malade ? Je fais ce que je veux ! Je n'ai aucun ordre à recevoir de qui que ce soit et surtout pas de toi. Je deviens taré ici. Il n'y a rien à faire sauf à te regarder toute la journée pratiquer tes exercices comme un forcené. Je ne suis rien pour toi, tu m'ignores totalement pendant des jours et des jours puis, tout à coup, tu te permets de me juger. Le grand malade, c'est toi.

— Je te redis juste que tu es malade, complètement maniaque », ajoute-t-il comme pour enfoncer le clou.

Il n'en faut pas plus pour que je devienne vraiment méchant :

« Si je suis maniaque, tu es autiste, coincé dans ta bulle à ne rien dire pendant des heures. Ça me rend fou, j'ai besoin de parler, tu comprends, PARLER !!! »

Je hurle. Dans ce flot de paroles, je déverse toute ma tension nerveuse :

« Je suis peut-être un grand malade, mais tu t'es vu faire toujours les mêmes exercices toute la journée ? Tu es bon pour l'asile psychiatrique. C'est toi le grand malade. »

Soudain, le calme revient, la folle rivière des mots dévastateurs s'est tarie. Je suis épuisé, cet accès de rage me laisse sans énergie. Stéphane a la mine encore plus fermée que d'habitude.

Vient désormais le temps des regrets. Nous sommes les victimes de cette situation, il ne sert donc à rien de nous déchirer. Le repas de midi se passe sans un mot, mais je sens l'air plus respirable. Parfois, les tempêtes sont salvatrices pour peu qu'on sache les affronter puis les… oublier.

En fin d'après-midi, je brise le silence trop lourd à supporter :

« Bon, Stéphane, il faut qu'on se parle. Je suis désolé pour ce qui s'est passé ce matin. Je te présente mes excuses. Ce n'est vraiment pas le moment de se disputer.

— J'accepte tes excuses et te présente aussi les miennes. Je n'aurais pas dû te dire tout ça. »

Nous parlons ensuite librement ; nous constatons que la pression est parfois trop forte et que chacun se protège comme il peut. Rien ne sert de s'agresser, le plus important est de tenir quoi qu'il arrive. Nous nous promettons de ne plus recommencer même si chacun sait pertinemment que ce sera difficile.

Quatre mois plus tard, nous vivons chez Zahed depuis déjà plusieurs semaines. Cette fois, nous sommes de nouveau à trois. C'est le printemps, il fait chaud et cela va bientôt faire un an et demi qu'on est prisonniers. Le temps s'étire et on ne voit toujours pas le bout du tunnel. Je m'accroche régulièrement avec notre geôlier car je ne supporte plus ses mensonges permanents. D'ailleurs, je l'ai baptisé « Zahed le menteur ». Pour lui, mentir est un art de vivre. J'analyse tout, pèse le pour et le contre et ne sais jamais où est la vérité avec ce type. Le problème est que

Reza joue le jeu et je me demande parfois si les deux Afghans ne font pas un concours du plus gros mensonge. On m'avait beaucoup parlé du charme de l'Orient et de ses interprétations de la réalité. Noir peut être gris, gris est parfois blanc et blanc presque noir. Les yeux d'un Occidental ne voient pas les mêmes choses que ceux d'un Afghan. Le comprendre est une chose, l'accepter en est une autre.

Le comportement de Reza m'exaspère de plus en plus, quand un jour j'éclate :

« Le mensonge en Afghanistan, c'est culturel. Chacun s'arrange avec la vérité dans ce pays. On ne peut faire confiance à personne. Zahed ment, tu mens, vous vous mentez tous, chacun fait semblant de croire l'autre mais personne n'est dupe. C'est l'enfer. Comment voulez-vous avancer ? »

Je pense que si je m'étais adressé à Reza en chinois, il ne m'aurait pas moins bien compris. Il me regarde incrédule et ne saisit absolument pas mes propos. C'est le choc des civilisations. Puis il se ressaisit et me lâche : « Nous sommes comme ça, différents de vous, les Européens. Mais nous ne mentons pas plus que vous. Nous voyons et nous raisonnons autrement, c'est tout. » Il dit certainement vrai, mais avec l'enfermement ces différences sont difficiles à vivre et créent d'énormes tensions.

Je reproche aussi à Reza son manque de fermeté vis-à-vis des talibans. J'estime qu'il est trop diplomate, qu'il ne se fait pas assez respecter. Notre interprète me rappelle qu'il est afghan et que, pour les islamistes, il n'a aucune valeur. « Toi et Stéphane, vous avez moins à craindre car vous êtes français.

Mais moi, ils peuvent me tuer quand ils veulent. Ils ont déjà fait bien pire dans mon pays. » Je dois reconnaître qu'il n'a pas tort mais je ne supporte pas qu'il soit parfois humilié et surtout qu'il l'accepte.

Stéphane ne se passionne pas pour nos débats, c'est le moins que l'on puisse dire. J'ai souvent l'impression qu'il mène sa petite vie dans une bulle, près de nous mais pas avec nous. Il se mure dans un silence qui peut durer plusieurs jours. Il ne s'en rend peut-être pas compte mais cela fait monter la pression dans notre prison. Il alterne les périodes où il communique un peu et celles où il est fermé comme une huître. Il peut rester sans bouger pendant des heures. Cela m'exaspère et je ne suis pas le seul, Reza partage mon sentiment et même les talibans ont remarqué son comportement bizarre. Je sais au fond de moi qu'il se protège mais je n'arrive toujours pas à l'accepter au quotidien.

Un matin, une nouvelle petite étincelle jaillit et tout explose à nouveau. Le prétexte est un cahier appartenant à Stéphane que j'ai utilisé sans lui demander la permission.

« Comme d'habitude, tu es égoïste, tu utilises les affaires des autres. Tu te crois tout permis, tout t'est dû et tu as toujours raison, me lance-t-il.

— Et toi, tu te crois seul, réfugié dans ta carapace. Il ne faut surtout jamais te déranger. Tu es buté et asocial. Tu es un vrai autiste. »

Les mots sont durs de part et d'autre, pas d'insultes mais des vérités crues. Je suis blessé, il l'est aussi. À cet instant, je le hais et il me déteste. Pendant cinq jours, nous serons comme deux murs face à face.

Pas une parole, pas un geste, pas un regard, mais une douleur indicible. Entre nous, il y a ce pauvre Reza, le plus malheureux de tous. Avec son cœur tendre d'enfant, il ne sait plus où se mettre, comment se comporter, sa position est difficile voire intenable. Au matin du sixième jour d'enfer, on se regarde tous les trois et on se jette dans les bras les uns des autres. Reza éclate en sanglots, on se promet de ne plus jamais recommencer et de faire chacun des efforts. C'est l'heure des bonnes résolutions, celles-là sont vitales.

Dans les situations extrêmes, les défauts sont démultipliés, les qualités aussi d'ailleurs. Il y a bien eu quelques disputes sporadiques, des moments de vive tension, mais pouvait-il en être autrement ? Je ne le pense pas. Nous avons évité le pire, les déchirures irréparables. Parce que, sur le fond, nous étions d'accord : il fallait tenir courageusement, ne pas craquer et finalement être solidaires. Nous avons tous péché par orgueil ou par faiblesse mais avons réussi à ne jamais perdre notre âme, à garder le cap, à rester dignes jusqu'au bout, jusqu'à la fin.

26

Convaincre le président afghan

Une négociation est toujours un exercice long, périlleux, parfois fastidieux, jalonné de nombreux rebondissements, d'espoirs et de coups de blues. La nôtre ne fait pas exception, c'est même plutôt un modèle du genre !

Au début, les revendications des talibans étaient délirantes. D'abord le préalable : tous les soldats français doivent quitter l'Afghanistan immédiatement ! Ensuite, les rebelles islamistes exigent la libération d'une centaine de prisonniers détenus dans les prisons afghanes et sur la base américaine de Bagram, rien de moins. Enfin, l'argent – la somme de dix millions est souvent citée, sans savoir d'ailleurs si c'est en dollars ou en euros, il y a pourtant une différence notable.

Dès le début, Washington refuse catégoriquement de relâcher ne serait-ce qu'un seul taliban. Même pour leurs propres prisonniers (ils en ont au moins deux), les Américains n'acceptent aucune transaction. Quant aux autorités afghanes, elles sont plus que réticentes pour négocier. La seule marge de manœuvre des Français est donc de faire baisser les prix – une tradition dans ce genre de situation.

Au fil des semaines, les prétentions de nos ravisseurs diminuent. On passe de cent à cinquante prisonniers puis, quatre mois après notre enlèvement, les discussions tournent autour de vingt-cinq. Je me souviens encore de notre interprète m'expliquant la tactique locale somme toute classique : « Les Afghans commencent toujours très fort. Ils tentent leur chance pour voir si ça marche et ensuite ils deviennent plus raisonnables. » Pour la rançon, c'est moins clair. Les talibans alternent entre refus de l'argent et dix millions d'euros ou de dollars. Ils oscillent entre honneur et fric. J'ai toujours soupçonné qu'ils avaient un petit faible pour la deuxième solution. Quant au départ des Français de l'Afghanistan, l'idée est tombée aux oubliettes. Finalement, les otages sont une marchandise égarée qu'il faut récupérer au meilleur prix. Mais qui discute les tarifs ?

En fait, l'essentiel de la négociation passe par la DGSE, la direction générale de la sécurité extérieure, en clair, les services secrets, avec des agents sur le terrain, à Kaboul et à Paris. Mais le pouvoir politique a évidemment son mot à dire, c'est lui qui est décisionnaire et qui parfois intervient pour débloquer la situation. Alain Juppé, ancien ministre des Affaires étrangères, le résume très bien : « La DGSE négocie et il y a une interaction permanente avec le politique[1]. »

Dans notre histoire, les choses avancent lentement. Il faut faire baisser les prix ; de plus, les talibans sont

1. Entretien du 30 mai 2012.

versatiles, composés de plusieurs groupes pas toujours sur la même longueur d'onde, et le gouvernement afghan n'est pas vraiment pressé de lâcher des prisonniers. Il y a donc une difficile équation à résoudre pour les négociateurs. Plusieurs espoirs ont été déçus, en février 2010 puis juste après le ramadan, à la fin de l'été.

Nicolas Sarkozy comprend que la clé est entre les mains du président afghan Hamid Karzaï. Désormais, les talibans acceptent bon gré mal gré de ne récupérer que deux prisonniers. On est très loin des cent exigés au début.

Jean-David Levitte, le conseiller diplomatique de l'Élysée, assure que le président de la République contacte son homologue afghan et lui dit : « Libérez ces deux talibans. Je vous le demande comme un service personnel. » Réponse de Karzaï : « Je vais le faire mais ça me coûte beaucoup. Je suis très critiqué de toutes parts, par les Afghans, les Américains et les Britanniques[1]. »

En effet, les Anglo-Saxons sont hostiles à toute négociation avec les preneurs d'otages. Ils privilégient les opérations de récupération hélas toujours risquées. Le problème est que les deux talibans en question sont des terroristes, condamnés à mort pour des attentats commis il y a quelques années dans le centre de Kaboul. Les libérer, même en y mettant les formes, n'est pas si évident.

Nicolas Sarkozy décide d'envoyer en Afghanistan son ministre des Affaires étrangères, Bernard

1. Entretien du 10 mars 2012.

Kouchner, car, pour l'instant, les paroles de Karzaï ne sont que promesse. Nous sommes mi-novembre 2010. Le « French doctor » connaît le président afghan depuis plus de vingt ans et espère pouvoir le convaincre. Il a aussi traîné ses guêtres en Afghanistan dans les années 70 et 80. La culture de terrain, ça peut toujours servir… Dès son arrivée, le ministre rencontre Karzaï et lui parle rapidement de notre cas. Kouchner évoque les deux prisonniers talibans sur le ton de l'amitié :

« Maintenant, il faut que tu sortes ces mecs. Quand est-ce que tu vas les gracier ?

— Dimanche, je vais te faire une surprise[1] », répond-il.

Le 14 novembre, un grand déjeuner est organisé avec les chefs de tribus de la province de Kandahar d'où est originaire Karzaï. Le président afghan présente Kouchner à toute l'assemblée comme un vieil ami du pays et des moudjahidines. Karzaï, très subtil, la joue à l'orientale. Il a invité un procureur à cette réception. Tout est prêt désormais pour actionner le plan.

« Le procureur est à ma gauche et, à la fin du repas, Karzaï nous rejoint et s'adresse à lui, explique Kouchner, des étoiles dans les yeux.

« "Je veux libérer deux talibans, je l'ai promis à Bernard. On va faire ça en deux temps. La condamnation à mort doit être transformée, et ensuite il faut les faire sortir", demande fermement Karzaï.

« Le procureur, certainement au courant de la manœuvre, n'a plus qu'à s'exécuter.

1. Entretien du 20 mars 2012 avec Bernard Kouchner.

« J'ai appelé Sarkozy pendant le vol de retour pour lui dire : “Ça va se régler[1].” »

Le ministre des Affaires étrangères est satisfait. Il prouve au président de la République, avec qui il a des rapports difficiles depuis de nombreux mois, qu'il peut être très efficace dans ce genre de mission. Ce sera pourtant son baroud d'honneur et son dernier jour au gouvernement.

Mais l'histoire ne s'arrête pas là. Le temps passe et nous ne sommes toujours pas libérés. La grâce du président Karzaï se fait attendre, les deux talibans sont toujours détenus dans une prison de Kaboul.

À Paris, un revenant entre au gouvernement : Alain Juppé devient ministre de la Défense : « Moi, quand j'arrive, je n'ai pas l'impression que l'affaire est réglée[2]. »

À Noël 2010, il fait une visite traditionnelle aux troupes françaises en Kapisa puis rencontre à son tour Karzaï. « C'était mon premier contact avec lui. Il m'a reçu avec courtoisie. Il s'est borné à me rassurer. Karzaï sait être chaleureux mais il est assez indéchiffrable, impénétrable. Il est difficile d'évaluer sa connaissance des dossiers et sa détermination ». Apparemment l'Afghan est aussi un grand acteur. « Karzaï a une colère feinte contre son ministre de la Justice. Il joue le type faussement outré. C'est un comédien de première grandeur[3]. » Tout cela pour

1. *Ibid.*
2. Entretien du 30 mai 2012.
3. *Ibid.*

justifier un décret de grâce présidentielle pas encore signé. En réalité, le président afghan traîne les pieds pour libérer les deux talibans. Nicolas Sarkozy doit donc de nouveau insister.

« Karzaï avait une bonne relation avec Sarkozy qui lui a mis une pression très forte. Une relation personnelle existe entre les deux, mais je pense qu'il y a eu des résistances internes parmi les autorités à Kaboul. Gracier des terroristes, ça peut créer un précédent[1]. »

Finalement, ce décret est signé au cours du mois de janvier 2011. Désormais, tous les obstacles semblent être levés, notre libération paraît inéluctable. À ce moment-là, les autorités françaises sont très optimistes. Pour Jean-David Levitte, le conseiller diplomatique de l'Élysée, les négociateurs sont tout près de réussir : « L'intermédiaire du président Karzaï, un certain Bilal Ahmadzaï, avait conclu un accord avec les plus hautes instances de la *choura* de Quetta. On en était aux modalités pratiques puis les talibans ont mis de nouvelles conditions difficilement acceptables[2]. »

En clair, les ravisseurs surenchérissent. Ils exigent la libération d'un troisième islamiste, un commandant blessé dans une opération militaire en Kapisa. Peut-être veulent-ils aussi un peu plus d'argent.

Tout est à refaire.

1. *Ibid.*
2. Entretien du 10 mars 2012.

27

Dans le brouillard

Noël est passé depuis plus d'un mois. Nous avons appris par la radio que le nouveau ministre français de la Défense, Alain Juppé, a rencontré à Kaboul le président afghan Hamid Karzaï. Mais dans notre cachot, nous ne savons rien des négociations.

Que font-ils, pourquoi est-ce si long, ils nous bradent ou quoi ? Sans cesse, je ressasse ces sombres pensées. On dirait une vis sans fin, on tourne, on tourne, et ça ne se termine jamais.

Fin janvier 2011, nous entamons une nouvelle étape du cauchemar. Nous quittons « Kam kam », retrouvons enfin Reza et sommes conduits dans une autre vallée pour revoir une vieille connaissance, le commandant Mounib. Le voyage se fait de nuit comme d'habitude mais en voiture, un luxe inhabituel.

Le commandant a une qualité, il adore manger, son gros ventre en est d'ailleurs témoin. C'est le seul taliban gras qu'on ait croisé dans toute cette aventure. Le dîner est prêt, du riz de premier choix, de la viande, quelques légumes et du thé. Pour une fois, côté repas, rien à dire. Mounib est de plus assez bavard et j'espère qu'il aura des informations fiables à nous fournir. Nous entamons rapidement la discussion à propos des négociations, la seule chose qui nous intéresse vraiment depuis des mois. On aborde d'abord le problème des prisonniers. Le commandant nous explique que les talibans voudraient récupérer une dizaine des leurs mais que le gouvernement afghan n'accepte d'en libérer que deux.

« Ça fait une sacrée différence ! » dis-je.

Mounib en convient et ne cache pas qu'il y a, pour l'instant, une impasse.

« Et pour la rançon ? »

Le commandant évoque quatre millions de dollars, puis dix millions, s'emmêle dans les chiffres et au bout du compte je n'y comprends plus rien, Stéphane et Reza non plus d'ailleurs.

De plus, il parle d'intermédiaires entre les Français, le gouvernement afghan et les talibans. Selon Mounib, ces négociateurs ne seraient pas fiables. Ils exigent une commission et ajoutent de la confusion à la confusion. Pour conclure, le commandant reproche aux Français de ne pas s'engager suffisamment, il ne les trouve pas assez réactifs et motivés. Il a l'impression qu'ils jouent avec le temps.

Mes sentiments sont embrouillés. Les informations se mélangent dans mon cerveau. Je suis d'une nature plutôt cartésienne et pourtant je me perds dans ce labyrinthe afghan. J'ai la sensation d'être dans un marécage, de marcher dans des sables mouvants. Plus je veux m'extirper de la matière gluante, plus elle m'absorbe tout entier. Il n'y a aucune logique, je ne comprends plus rien. Avec Stéphane et Reza, nous entrons dans un épais brouillard.

Le repas était bon et les nouvelles mauvaises, cela fait une moyenne. On comprend aussi rapidement qu'on va bouger. Nous allons nous installer un peu plus loin dans le village, chez un cousin du commandant Mounib, un certain Zahed. Nous marchons une dizaine de minutes et pénétrons dans une cour. La maison semble grande, elle doit abriter une famille nombreuse comme souvent en Afghanistan. Les grands-parents, les parents, les enfants, plusieurs générations cohabitent sous le même toit. En revanche, notre pièce est petite mais elle possède une fenêtre, un critère de « confort » non négligeable. Nous nous installons et nous endormons la tête pleine de questions, une fois de plus.

Zahed, notre geôlier, est aussi prolixe que menteur. Je m'en méfie, je ne le trouve pas vraiment fiable, surtout à propos des négociations. Le plus sérieux me semble quand même être le commandant Mounib, c'est dire…

Les semaines s'écoulent lentement. Je passe mon deuxième anniversaire en captivité : 48 ans… J'espère que pour le demi-siècle je serai libre.

Nous voilà déjà le 21 mars, jour du printemps et du Nouvel An afghan. Pour l'occasion, Mounib vient nous rendre une petite visite et partager un repas de fête. Viande, riz et salade, n'en jetez plus, on frise l'indigestion ! Bien évidemment, nous profitons de l'occasion pour aborder le sujet crucial et obsessionnel, les négociations.

« Commandant Mounib, y a-t-il du nouveau depuis notre dernière conversation ? »

Le taliban réfléchit et commence une longue tirade qui me semble très détaillée. Je demande à Reza de me traduire.

« Au niveau de la rançon, on est désormais entre quatre et dix millions, et pour les prisonniers je ne comprends pas si c'est trois, quatre ou dix. »

Une fois de plus, c'est le « gouffre culturel ». Tout est flou. La réponse de Mounib est très longue, et pourtant Reza me la résume en quelques mots. En revanche, ma courte question de cinq secondes à peine dure très longtemps lorsqu'elle est traduite. Je reprends donc sèchement Reza :

« Soyons clair, quand je pose une question courte, la traduction doit être courte, et quand la réponse est longue, j'exige une traduction longue. C'est déjà assez difficile d'y comprendre quelque chose, si tu es approximatif, on ne va pas s'en sortir. »

Comme prévu, Reza se vexe et son visage s'assombrit :

« Tu ne comprends pas, Hervé, nous, les Afghans, on ne s'exprime pas comme vous. C'est différent. »

Je sens que je commence à m'énerver : « On ne va pas refaire le monde ce soir. À question courte, traduction courte. À réponse longue, traduction longue. Je veux du mot à mot, un point c'est tout ! »

Reza pique un fard mais j'espère surtout qu'il va s'exécuter. J'ai déjà beaucoup de mal à suivre la logique des talibans, alors il ne faut pas en rajouter. Nous reprenons tout depuis le début et j'obtiens enfin des explications un peu plus claires. J'avoue que je peux être très cassant mais je désire des informations fiables, autant dire mission presque impossible dans ce pays.

Après bien des efforts, je parviens enfin à comprendre quelque chose. Pour la rançon, les talibans demandent désormais quatre millions d'euros. Mais il y a un problème : un intermédiaire véreux, nommé par le gouvernement afghan, prendrait une commission conséquente, d'où les dix millions évoqués. La différence entre les deux sommes me semble quand même énorme : six millions dans la poche d'un négociateur, ça fait beaucoup ! Quant au nombre de prisonniers, nos ravisseurs exigent la libération de trois talibans, deux détenus dans une prison de Kaboul et un petit commandant de Kapisa récemment blessé et capturé pendant une opération militaire.

Notre geôlier Zahed nous montre même une photo de ce combattant sur son téléphone portable. Il s'agit d'un type d'une quarantaine d'années avec une longue barbe rousse teinte au henné, que je vais tout de suite surnommer « Roukmout », « rouquin » en argot. Le problème est que les autorités afghanes ne veulent pas libérer cet islamiste, alors que le chef des talibans de Kapisa semble beaucoup y tenir, ce « Roukmout » étant l'un de ses proches amis.

Un intermédiaire trop gourmand et un nouveau prisonnier exigé, les affaires ne s'arrangent guère.

Le commandant Mounib prend congé, le Nouvel An afghan commence mal.

Les jours s'égrènent, la routine de la captivité nous pèse de plus en plus, le printemps est chaud et précoce, nous étouffons dans la moiteur de notre chambre-prison. Un après-midi, Zahed nous raconte qu'un émissaire à moto est venu chez lui pour annoncer qu'un dénouement est peut-être imminent. On n'attendrait plus que la signature de Mollah Omar, le chef suprême des talibans, qui se cacherait quelque part au Pakistan.

« Je ne comprends pas ce message. Pourquoi un émissaire ? S'ils doivent nous libérer, ils ne vont pas nous prévenir à l'avance. Toutes ces conneries ne tiennent pas debout. » Je suis en colère et j'ai le sentiment qu'on nous raconte n'importe quoi pour nous tranquilliser.

« Moi, je n'écoute plus personne depuis longtemps. Ils parlent tous mais ils ne savent rien », lâche froidement Stéphane.

Je n'ai pas envie de le croire, je voudrais me raccrocher à quelque chose mais je crains qu'il n'ait raison. Il est le plus lucide d'entre nous.

Le commandant Mounib ne revient plus nous voir. Je trouve cela bizarre. Peut-être n'a-t-il aucune information et préfère-t-il éviter le feu de nos questions ?

En discutant de nouveau avec Zahed, je comprends qu'il y a de l'eau dans le gaz entre les talibans de Kapisa et les grands chefs basés à Quetta au Pakistan. Mais quel est leur désaccord ? Le nombre de prisonniers, le montant de la rançon ?

Une autre fois, notre geôlier évoque les problèmes de santé du commandant islamiste local. Il serait hospitalisé au Pakistan ou en Afghanistan, ça change tous les jours selon son humeur. Je tente de poser une question basique :

« Mais quelle importance qu'il soit malade ou pas ?

— S'il n'est pas en Kapisa, il ne peut pas négocier et donc tout est bloqué », résume doctement Zahed.

Je n'imagine pas que notre sort dépende de l'état de santé d'un chef taliban, mais allez savoir dans ce pays de dingues… Je pense surtout que Zahed improvise chaque jour, que son imagination est sans limites et qu'il croit à ce qu'il dit comme tous les menteurs pathologiques.

D'ailleurs, il reste très évasif quand nous demandons des nouvelles de son cousin Mounib. Un soir, c'est finalement par un jeune taliban venant nous garder la nuit que nous avons des nouvelles du commandant. Lors d'une escarmouche avec les Français, il a été gravement blessé à la jambe. Il aurait eu la vie sauve grâce à l'intervention d'un gradé de l'armée nationale afghane qui a réussi à l'exfiltrer vers le Pakistan où il a pu se faire soigner. Mounib a dû être amputé et nous avons perdu notre seule source d'information. Cet épisode montre aussi la complexité de la situation en Afghanistan avec un taliban sauvé par un officier des forces régulières censé le combattre.

Quelque temps plus tard, le 13 mai 2011, Radio France Internationale parle beaucoup de nous car cela fait cinq cents jours que nous sommes otages. La mobilisation est très forte à Paris et dans toute la France : cela réchauffe le cœur. Les choses ont bien changé entre le début de notre captivité, lorsque nous ne percevions aucun écho médiatique, et aujourd'hui où chaque Français semble être au courant de notre situation. Vendredi 13, un bon signe peut-être… Pour autant, les journalistes ne nous apprennent rien. Leurs informations sont aussi parcellaires et incomplètes que les nôtres. Que faut-il en conclure ? Ces questions m'angoissent.

De plus, et ce n'est pas un détail, je suis toujours malade malgré les médicaments, des antibactériens inefficaces. J'ai une diarrhée chronique depuis près d'un an et je perds régulièrement du sang. Cette situation m'inquiète au point que je vais monter un stratagème.

Zahed sait que le jeudi soir, toutes les semaines, nous recevons des messages personnels sur les ondes de RFI. Hélas, je n'ai jamais entendu les voix de ma mère et de ma compagne Béatrice. Je lui demande donc une faveur, j'en appelle à ses qualités humaines afin de pouvoir leur envoyer un texto et demander à ce qu'elles me parlent à la radio. Mais pour cela, il faut que le taliban me prête son téléphone portable. Après quelques jours de réflexion et à ma grande surprise, il accepte.

Toutefois le texte que je rédige n'a rien à voir avec les messages radio. Je lance en fait un S.O.S. dramatique sur mon état de santé : « Je suis très malade depuis un an. Chaque jour, je perds beaucoup de sang et je m'affaiblis. Faites vite, je ne vais plus tenir longtemps. »

J'écris ces phrases en français pour que Reza, qui ne parle qu'anglais, ne comprenne pas. Je ne veux pas qu'il soit complice, je désire le protéger. En revanche, je demande l'avis de Stéphane qui me répond :

« Je ne mettrai pas mon veto même si je ne suis pas vraiment en accord avec toi. Je pense que ça peut affoler ta famille.

— Mais justement, je n'en peux plus d'attendre, passif, sans avoir de prise sur mon destin et sur ma vie. J'ai l'intention de provoquer un électrochoc en France. J'espère que ça va débloquer la situation. Je joue mon va-tout. »

Stéphane n'est pas convaincu mais me laisse faire.

Finalement, je tape moi-même ce texto sur le portable de Zahed mais c'est lui et Reza qui l'envoient depuis le balcon de la maison. Notre interprète m'affirme avoir parfaitement réalisé l'opération. Par précaution, il aurait même envoyé le message deux fois.

Mais, bizarrement, celui-ci n'arrivera jamais en France. Est-ce que Zahed et Reza se seraient ravisés à la dernière minute et ne m'auraient rien dit ? Tout est possible en Afghanistan, même l'histoire de l'arroseur arrosé, du trompeur trompé. Finalement, c'est peut-être mieux ainsi…

28

L'incroyable rencontre

Parfois, la réalité dépasse la fiction. Si nous sommes dans le brouillard, nos ravisseurs semblent aussi un peu perdus. Ils demandent alors une aide surprenante, celle d'un journaliste français, grand reporter à *Paris Match*, Michel Peyrard. L'homme connaît bien l'Afghanistan, il a même été prisonnier des talibans en octobre 2001, juste avant la chute du régime islamiste. Il a été condamné à mort pour espionnage, accusation classique dans ce type de pays, enfermé un mois dans une prison de Jalalabad avant d'être gracié par Mollah Omar, le chef suprême des talibans.

Le 9 juin 2011, Michel Peyrard reçoit un texto du Pakistan, signé d'un certain commandant Z. Ce taliban n'est pas un inconnu pour le journaliste, il lui a même sauvé la vie à deux reprises lors de sa mésaventure en 2001 et depuis ils sont restés en contact. Le commandant demande au grand reporter de le rencontrer au plus vite à Peshawar au Pakistan. Il ajoute que c'est très important car il s'agit des otages français. Peyrard fait immédiatement une demande de visa, mais l'ambassade lui fait comprendre qu'il faudra du temps pour l'obtenir.

Deux autres messages vont arriver. En fait, le commandant Z voudrait que le journaliste joue les intermédiaires entre les talibans de Kapisa, c'est-à-dire nos geôliers, et les négociateurs français. Peyrard répond qu'il n'a pas vocation à négocier mais qu'il peut jouer les petits télégraphistes.

Dans un premier temps, le taliban veut rapidement le voir. Malgré les risques – il est recherché par les forces de l'OTAN –, le commandant Z fixe un rendez-vous à Kaboul car le visa de Peyrard pour le Pakistan se fait attendre. Les deux hommes doivent se retrouver le 20 juin. Le taliban aura finalement une journée de retard à cause d'un gros check-point américain sur la route. Il préfère attendre dans un endroit sûr avant de rejoindre la capitale afghane.

Enfin, la rencontre a lieu dans les jardins d'un hôtel du centre de Kaboul. Le commandant Z, tout de blanc vêtu, le port altier et l'œil perçant, ressemble à une gravure de mode pour magazine occidental branché. Toutefois l'islamiste ne vient pas parler « chiffons » mais « otages et négociations ». Il précise qu'il est mandaté par Qari Baryal, le chef des talibans de la province de Kapisa qui nous détient depuis près d'un an et demi. Il explique que les négociations sont essentiellement menées par la *choura* de Quetta (ville de l'ouest du Pakistan), une assemblée sous l'autorité de Mollah Omar. Il évoque des dissensions entre les combattants locaux et les « notables » : « La *choura* de Quetta lambine, elle avance trop lentement. Nous, on veut accélérer les négociations. On leur a envoyé un ultimatum fin mai. On veut régler le problème rapidement. On désire trouver une autre voie de négociation. On n'est pas satisfaits de la *choura* de Quetta. » Michel Peyrard découvre donc que les talibans ne sont pas unis et que la base veut désormais en finir rapidement.

Z réitère son argumentation car il ne s'agit pas d'un caprice : « Le commandant sur le terrain qui a la charge des otages veut maintenant s'en débarrasser au plus vite. Nous voulons trouver une autre voie de négociation, répète-t-il. Il y a des intermédiaires et nous pensons qu'ils trompent les Français. Ils veulent toucher de l'argent au passage. Ils ont dit aux Français dix millions, mais avec à peine la moitié les otages seraient déjà libres. »

Le taliban se fait même plus précis : « À quatre millions, ils seraient dehors. Les intermédiaires ne marchandent pas les dix millions. C'est bien la preuve de leur malhonnêteté car ils veulent empocher la différence. »

Nos ravisseurs paraissent à bout de souffle. Eux aussi trouvent le temps long, ils doivent avoir des difficultés logistiques mais surtout ils affirment subir des pertes dues à des opérations militaires. En effet, il y aurait eu des bombardements après des prises de contact sur le terrain. Le commandant Z se fait maintenant le porte-parole de Qari Baryal, le chef des talibans de Kapisa : « Je ne peux pas garder les otages plus longtemps car on peut perdre encore davantage d'hommes. La *choura* de Quetta n'a pas un comportement professionnel. À chaque fois qu'elle organise un contact, on est bombardés. On nous trompe, il y a eu beaucoup de morts et de blessés. Les fuites proviennent des intermédiaires afghans cooptés par les Français. Ils donnent les lieux de rendez-vous pour les négociations. »

Le commandant précise qu'il s'agit de bombardements aériens par avion ou par drone, mais ne sait pas si les tirs sont français ou américains. Peut-on prendre à la lettre ce qu'il raconte ?

Nous sommes en Afghanistan et j'ai appris à me méfier de tout. Comme d'habitude, il doit y avoir une part de vérité et une part de mensonge. Sa mission est claire : tenter de convaincre Michel Peyrard d'être messager auprès des autorités françaises. Mais le but de Z est-il de trouver un nouveau canal de négociations entre la France et les talibans de Kapisa en court-circuitant les chefs de la *choura* de Quetta, ou tout simplement de faire pression sur les « notables » islamistes pour en finir ?

Une certitude : des tiraillements existent bel et bien entre les groupes talibans. Le conseiller diplomatique de l'Élysée, Jean-David Levitte, les a parfaitement perçus : « Des responsables talibans ont été agacés par Quetta. Ils ont même menacé de négocier directement avec les Français[1]. » Bernard Kouchner, ancien ministre des Affaires étrangères, confirme : « La compétition s'est tout le temps jouée entre Quetta et les locaux. Au début, Quetta avait plus de poids[2]. » Son successeur, Alain Juppé, ajoute : « Ça a coincé entre ceux de Kapisa et ceux de Quetta sur le

1. Entretien du 10 mars 2012.
2. Entretien du 20 mars 2012.

nombre de prisonniers et vraisemblablement sur l'argent. Il y avait d'ailleurs un intermédiaire entre les talibans du terrain et les talibans de la *choura*[1]. »

La rencontre entre Peyrard, le reporter, et Z, le commandant, se termine : elle a duré deux heures. Le taliban ne veut pas s'attarder, il va se réfugier dans un lieu sûr de la capitale avant de regagner, dès le lendemain, Peshawar, à l'ouest du Pakistan, sanctuaire où les islamistes se sentent beaucoup plus en sécurité qu'en Afghanistan. Mais avant de partir, le taliban insiste à nouveau : « Si on n'avance pas cette semaine, Qari Baryal reprendra la négociation à son compte car il est bien décidé à clore ce chapitre. »

Trois jours plus tard, Z recontacte Peyrard et lui écrit, toujours par texto, que les choses s'accélèrent. Le message de Baryal a été entendu par la *choura* de Quetta. Les talibans auraient réduit la rançon de moitié et se contenteraient de la libération de deux prisonniers. Le 25 juin, le commandant Z explique cette fois que les discussions achoppent encore à propos du lieu de remise de l'argent. Les talibans veulent le Pakistan, les Français préfèrent l'Afghanistan.

Le lendemain enfin, dernier message de Z : « On avance. La libération n'est plus qu'une question de jours, peut-être même d'heures. »

Les événements se précipitent et finalement Michel Peyrard ne devra pas jouer les facteurs entre talibans et négociateurs français. Le grand reporter, avec l'accord de *Paris Match*, décide de verrouiller

1. Entretien du 30 mai 2012.

l'information et de ne rien publier, de crainte que la moindre interférence ne fasse capoter les négociations. Sage décision car, dans ces moments cruciaux, le plus petit grain de sable peut bloquer la machine et ruiner bien des espoirs.

29

Le bout du tunnel

Pendant ce temps, au fond de notre trou, nous ne savons pas que nos ravisseurs veulent en finir dans les plus brefs délais. Toutefois, nous sentons un frémissement.

Le 15 juin, en fin d'après-midi, notre geôlier nous informe que nous allons déménager. Nous rassemblons nos affaires, sachant que, comme d'habitude, nous allons bouger à la tombée de la nuit. Juste avant de partir, nous avons droit à une fouille en règle. Je m'y suis préparé, je vais tenter de sauver mon « journal », mais il n'est pas simple de cacher 250 feuillets, cela fait un paquet assez volumineux. Ils sont trois, Zahed et les deux jeunes talibans, qui nous gardent la nuit. J'ai deux sacs en plastique, le premier est inspecté sans problème. Je me retourne discrètement et, tel un prestidigitateur, dissimule les précieuses feuilles dans le sac déjà fouillé. Personne ne voit la manipulation, pour l'instant tout va bien. Mais Zahed, suspicieux, reprend les sacs et les ouvre à nouveau. Le pot aux roses est découvert. Il appelle Reza pour traduire et me demande :

« C'est quoi ces feuilles et ce cahier ?

— Ce sont des notes, j'écris tout ce qui me passe par la tête. J'ai même rédigé un guide du vin pour Stéphane. Rien d'important. De toute façon, tu le sais bien, c'est toi qui m'as fourni le papier et les stylos. »

Zahed bougonne entre ses dents, brandit les feuilles, me regarde fixement et menace : « Rien ne doit sortir d'ici, rien ! »

Je n'ai pas le choix, je suis vaincu, je dois dire adieu à mon « journal ».

En fait, je ne suis pas très étonné. Drana m'a volé la première partie en octobre dernier, Zahed termine le travail aujourd'hui, c'est rageant mais logique. Les talibans m'ont laissé écrire pour me calmer et maintenant il me confisque le manuscrit car aucune information ne doit fuiter de leurs vallées interdites. Mais ils ne pourront pas effacer ma mémoire, tout y est gravé, à jamais.

Nous passons trois jours chez « Short Guy », un combattant croisé au début de notre enlèvement, l'homme de confiance des chefs talibans de Kapisa. Si nous restons avec lui, cela signifie peut-être que les choses sont en train de bouger ? Mais nous ne voulons pas nous bercer d'illusions, il y a déjà eu tant de faux espoirs.

Notre geôlier du jour ne peut pas nous garder plus longtemps pour des raisons de sécurité. Il va donc nous confier à une famille dans un village voisin pour nous avoir sous la main, à une demi-heure de marche. Sommes-nous repartis pour un tour ou est-ce le dernier épisode du cauchemar ?

Le hameau où nous arrivons est étrange et beau à la fois. Il est cerné de hauts murs, clos par un grand portail et bâti sur une butte comme si ses habitants voulaient se défendre d'un dangereux envahisseur. On dirait une forteresse médiévale. La maison est juchée au sommet : il faut grimper un long escalier en pierre pour l'atteindre. Nous entrons enfin dans une pièce à l'atmosphère lourde. Combien de temps va-t-il falloir tenir dans cet étouffoir ? Pendant plusieurs jours, nous sommes rongés par le doute.

Après une semaine, « Short Guy » revient. Dès son arrivée, nous l'assaillons de questions comme des gamins impatients.

« Cette fois, ça progresse vraiment. Notre chef désire que cette affaire se termine au plus vite », assure-t-il. Cette phrase, je l'attends depuis si longtemps, je me mets à rêver d'un épilogue dans les prochains jours, voire dans quelques heures. Stéphane, toujours très prudent, refrène un peu mes espoirs mais je vois que lui aussi change d'état d'esprit. Nous quittons le village et retournons chez « Short Guy ».

Nous attendons quarante-huit heures, rien ne bouge. Le troisième jour, en milieu d'après-midi, notre gardien apparaît, un portable à la main : « Nous allons téléphoner à l'ambassade de France », dit-il sans prévenir. Il joint le geste à la parole, compose un numéro et me passe le téléphone. Deux sonneries puis, miraculeusement, j'entends une voix parler français.

« Allô, vous êtes monsieur Ghesquière ?

— Oui, c'est moi.

— Est-ce que ça va ? Êtes-vous en bonne santé ?

— Oui, ça va à peu près.

— Ne vous inquiétez pas, vous allez être libérés très bientôt.

— Quand ? dans quelques heures, dans quelques jours ?

— Très bientôt, je vous le promets, ne vous inquiétez pas. »

Je passe l'appareil à Stéphane. Il répond aux mêmes questions que moi et raccroche rapidement.

« Au fait, qui était au téléphone ?

— Je pense que c'était l'ambassadeur, mais je n'en suis pas sûr », me répond Stéphane.

Ce coup de fil m'a pris au dépourvu et déstabilisé. Je me souviens que la dernière fois qu'un négociateur français m'a dit « très bientôt », c'était il y a presque un an et demi !

Le taliban, lui, est souriant : « Nous partons ce soir. Nous allons marcher toute la nuit. Il faut bien manger et vous reposer un peu pour être en forme. Quant à vos affaires, vous prenez le strict minimum pour ne pas être trop chargés. »

Quand un Afghan ne dit rien, le chemin est déjà éprouvant, alors quand il annonce la couleur, je n'ose pas imaginer.

Il est 21 heures, nos accompagnateurs, ceux qui nous suivent depuis le début, sont là. « Short Guy », bien sûr, le grand Kaka, Drana et son fils d'une vingtaine d'années, celui que j'appelle le « bel éphèbe ». Cette fois il se passe quelque chose.

Nous montons d'abord dans une voiture, toujours la même Toyota blanche et son habituel chauffeur à qui nous avons trouvé un petit nom car c'est son sosie : Michel Serrault. Une heure de piste défoncée, nous remontons le col que nous connaissons désormais par cœur avec, au sommet, la statue qui a la forme de la Corse. Elle prouve bien que nous sommes toujours restés dans la même zone. La marche commence ici. « Short Guy » nous dévoile le plan pour la nuit : « Il faudra progresser dans le noir sans lampe de poche et avancer vite. Nous sommes attendus à 3 h 30 du matin, juste avant l'aube. Nous ne pouvons pas être en retard. »

La colonne se met en route. Est-ce vraiment la fin du cauchemar ? Sans lune en tout cas, on n'y voit rien, ça promet… Comme il n'y a pas de chemin, nous devons progresser lentement entre les buissons d'épineux. Si nous n'allumons pas les torches, nous ne serons jamais à l'heure. En fait, les talibans, comme d'habitude, ont peur qu'on ne se fasse repérer par des drones américains. Finalement, nous avons l'autorisation d'utiliser nos lampes mais en les dirigeant vers le sol, en masquant le faisceau lumineux avec un doigt, par mesure de précaution.

Deux bonnes heures plus tard, mes muscles fatiguent déjà et j'ai mal au ventre. Nous entrons dans une zone boisée, j'entends le bruit d'une source. Nos gardiens décident de faire une pause. J'en profite pour m'isoler et je me vide littéralement. Cela fait plus d'un an que je suis malade, une diarrhée chronique qui m'affaiblit chaque jour un peu plus. Stéphane est saisi du même mal depuis quelque temps et en profite aussi pour se soulager. J'espère qu'on va tenir jusqu'au bout de la nuit. Nous repartons. Pendant quelques kilomètres, nous suivons un chemin de berger qui s'arrête net au pied d'une pente très raide. Les talibans grimpent tout droit comme des chèvres.

Afin de me ménager un peu, je fais des lacets, mais hélas mes mollets commencent à se tétaniser, j'ai le souffle court, je m'aide de mes mains et quasiment à quatre pattes, hors d'haleine, finis par atteindre la crête.

La descente va être longue, terrible pour nos organismes fatigués et amaigris. J'ai dû perdre quinze kilos. Mes jambes tremblent et je n'arrive plus vraiment à les contrôler. Je me dis que ce n'est certainement pas le moment de craquer. Reza semble à peu près en forme mais je vois que Stéphane faiblit. Il marche de plus en plus lentement ; il n'en peut plus. Nous abordons un village. « Short Guy » nous demande si nous voulons nous arrêter car il peut se débrouiller pour trouver une maison dans la bourgade. Je lui pose alors la question essentielle :

« Si nous dormons ici alors que notre libération est prévue demain, cela remet tout en cause ou pas ?

— Il vaudrait mieux être à l'heure au rendez-vous car, si on n'y est pas, je ne sais pas ce qui peut se passer ensuite », répond-il honnêtement.

Sans prononcer un mot, nous savons qu'il faut poursuivre coûte que coûte, nous n'avons pas le choix. Il n'est pas question de prendre un tel risque si près du but.

Nous repartons. J'ai soudain l'impression que mon corps est gavé d'adrénaline, je ne ressens plus ni la fatigue ni la douleur, j'ai presque l'illusion de voler au-dessus des cailloux. Je suis en état de grâce pendant près d'une heure mais je vais le payer cher. Soudain, je suis victime d'un terrible coup de pompe.

Mes jambes sont en coton, sans énergie, et j'ai un mal fou à poser un pied devant l'autre. Ils se dérobent sous mon poids, la tête me tourne, je marche comme un robot désarticulé. Je lève les yeux, je réalise que je suis le dernier, tous les autres sont largement devant et j'entrevois une lueur blanche derrière la montagne. L'aube déjà se glisse sournoisement, une véritable course contre la montre s'engage. Je dois me ressaisir, aller au bout de moi-même, au bout de mes forces. Le sursaut, c'est maintenant ou jamais. Je crie pour avancer, ne pas ralentir et même tenter d'accélérer. Je dois progresser plus vite et à la moindre faiblesse je m'insulte pour tenir le rythme.

J'aborde enfin un terrain plat hérissé de gros rochers tout ronds. Les talibans ont parlé d'une voiture. Comme un mirage, à chaque tournant, je crois la deviner mais ce n'est qu'un effet d'optique, une hallucination, une conséquence perverse de la fatigue. Je suis au bord de l'épuisement et le jour se lève.

Est-il trop tard ? Avons-nous raté le rendez-vous ? Peu importe, il faut continuer.

Je repense à toutes les marches forcées depuis notre enlèvement, celle-ci est la plus éprouvante et j'espère la dernière. Le bout du tunnel est en vue.

Une rivière se déroule sous mes yeux. Nous approchons de la civilisation. Quelques hommes au loin sont accroupis sur les berges, ils font leur prière matinale. Machinalement, je remonte le foulard sur mon visage pour que personne ne me remarque, je suis devenu aussi paranoïaque que mes geôliers. Voici les premières maisons et miracle ! J'aperçois une voiture.

Elle est là, patiente comme une amie qui comprend toutes les épreuves que je viens de vivre. Elle m'attend malgré mon retard, notre retard. Il est 4 heures du matin et nous avons réussi. La liberté, pour la première fois, est à notre portée.

30

Libres !

La voiture cahote dans les ruelles d'une petite ville que je ne reconnais pas, puis nous nous arrêtons et nous marchons encore un peu. Les maisons sont presque toutes en pisé, ocre, assez belles, avec de grands murs, sentinelles de l'intimité familiale. Nous entrons par une petite porte de bois sculpté dans une vaste cour ou plutôt un jardin intérieur. Nous suivons un gamin qui nous précède dans un « salon » digne des beaux quartiers parisiens. De riches tapis au sol, du tissu de bon goût sur les murs, des coussins un peu partout. Pour la première fois, je découvre en Afghanistan un lieu confortable presque luxueux. Nous devons être chez un notable.

Nous sommes accueillis par deux jeunes hommes avec des têtes de tueurs, œil noir, balafre pour l'un et peau grêlée pour l'autre, apparemment méfiants.

Je suis épuisé après cette marche titanesque mais j'ai les nerfs à vif, incapable de dormir ne serait-ce que quelques instants. L'endroit est certes confortable mais plein de mouches, il fait très chaud.

Un petit déjeuner nous est servi vers 8 heures, puis nous tentons de somnoler, sans succès. L'attente se prolonge, « Short Guy » est tendu, il parle régulièrement au téléphone. Nous mangeons à nouveau vers 13 heures : ça aide à tuer le temps.

Le portable sonne une nouvelle fois. Le taliban discute un peu plus longtemps que d'habitude puis il raccroche et se tourne vers nous : « Vous allez vous laver chacun votre tour puis vous mettrez ces habits blancs tout neufs que nous avons achetés pour vous. »

Ces quelques mots apparemment banals sonnent la fin du cauchemar. Nos ravisseurs nous ont toujours promis que le jour de la libération nous revêtirions le *shalwar kameez*, la tunique traditionnelle blanche, couleur des talibans.

Après une bonne douche, nous nous habillons rapidement. Dans cette tenue immaculée, Stéphane, Reza et moi ressemblons à des communiants un peu ridicules sortant de la messe. Nos gardiens nous convient désormais à une séance vidéo surréaliste à destination de leurs chefs. Face à la caméra, il faut donner notre sentiment sur la captivité que nous venons de vivre. Décidément, nos ravisseurs sont imprévisibles. Est-ce du cynisme, de l'humour afghan, de la bêtise ou un sens de l'hospitalité très particulier ?

Même le dernier jour, les talibans se révèlent encore étonnants. Mais l'exercice n'est pas une farce et nous devons nous y conformer sérieusement. Nous enregistrons donc un discours convenu très langue de bois : il ne faudrait pas tout gâcher à la dernière minute par un excès de franchise !

Après cette interview sur la qualité de l'accueil et de l'hébergement local, nous partons enfin. Nous allons rejoindre une voiture à la sortie de la bourgade. Nous parcourons des rues brûlantes et désertes avant de nous engouffrer dans une Toyota blanche et poussiéreuse.

Nous roulons pendant une bonne demi-heure et j'ai l'impression que nous faisons une boucle pour brouiller les pistes. Les talibans sont toujours aussi méfiants, c'est d'ailleurs certainement le secret de leur efficacité. À mes côtés, Drana, toujours aussi paranoïaque, fixe une grenade sur sa kalachnikov. Après quelques détours, nous nous arrêtons enfin.

Je suis dans un état psychologique étrange, j'ai bien sûr le fol espoir que ce chemin de croix va enfin se terminer, je n'ai pas peur mais je suis tendu.

Nous descendons de voiture et entrons dans un champ clos comme il y en a tant en Afghanistan. Des talibans arrivent par grappes – des très jeunes, des vieux et surtout des combattants d'une trentaine d'années dans la force de l'âge.

Un peu isolé, un petit groupe attend puis se dirige vers nous. Un gros bonhomme, les yeux rougis, nous serre chaleureusement la main. Il se présente comme un négociateur et je comprends tout de suite qu'il est un intermédiaire afghan entre nos ravisseurs et les Français. Il me remet un papier, en fait un autocollant de l'émission *Pièces à conviction* que je déplie instantanément. Je lis ces quelques mots réconfortants : « Hervé, Stéphane, ayez confiance, suivez-les, on vous attend ! Lionel, ton boss de la pièce N226. »

Lionel De Coninck est le patron de l'émission pour laquelle nous travaillons à France 3, et la pièce N226 le bureau de notre petite rédaction dans le grand paquebot de France Télévisions. J'imagine qu'il a fait passer ce message pour authentifier les gens qui viennent nous chercher et tenter de nous rassurer un peu.

Chez les talibans, il y a une certaine effervescence, un chef vient d'arriver et j'ai bien l'impression qu'il veut nous faire un discours. Il demande effectivement à Reza de traduire. Après avoir longuement remercié Allah, comme il se doit dans ces contrées, le commandant en vient au fait : « Nous ne sommes pas des terroristes mais des résistants, dites-le en France et au monde entier. Nous sommes des Afghans qui nous battons pour la liberté et celle de l'Afghanistan. Nous vous demandons de transmettre ce message dès votre retour. »

Honnêtement, je me vois mal refuser ce petit service, je ne suis pas en position de faire le malin. Je promets donc au commandant de relayer sa parole. Je reste sobre, je n'en rajoute pas et n'ai qu'une hâte : partir d'ici. Mais hélas, les mondanités ne sont pas finies !

Avant de prendre congé, il va falloir saluer à la mode afghane, c'est-à-dire serrer dans ses bras chaque taliban présent. Je m'attendais à un échange tendu entre des rebelles le doigt sur la détente et des barbouzes armés jusqu'aux dents, et finalement tout se termine en embrassade. Décidément, ce pays me surprendra toujours.

Après les adieux, nous repartons enfin pour un ultime périple en voiture, du moins je l'espère. Stéphane et moi montons dans un véhicule et Reza dans un autre. Nous sommes séparés, je ne comprends pas pourquoi et ça m'inquiète un peu. Nous roulons pendant dix minutes puis nous arrivons devant la base militaire française de Tagab. Je la reconnais tout de suite, nous y avons séjourné en décembre 2009 pour notre reportage.

Nous stoppons et attendons deux ou trois minutes, mais rien ne bouge. Celui que je surnomme « Yeux rouges » saisit nerveusement son portable et appelle les Français. Je le sens stressé, il parle à son interlocuteur dans un anglais de contrebande : « *Please, be quick. This place is not safe. You must come now. Please, do it quickly.* »

Pour des raisons de sécurité et par crainte des attentats, la base française se situe en retrait de la route. L'Afghan demande donc qu'on vienne nous chercher rapidement car l'endroit n'est pas sûr. Mais je ne comprends pas cette attente. Trois ou quatre minutes passent encore et on ne voit rien venir.

« Yeux rouges » est dans un état d'anxiété terrible, il bondit sur son siège comme un ressort. Il reprend le téléphone et cette fois éructe : « *Please come now. This place is not safe. This is very dangerous, talibans are everywhere.* »

Je commence à réaliser que la situation est délicate. Pourquoi les Français ne sortent-ils pas de cette fichue base et pourquoi tout cela est-il si mal organisé ? Je sens l'intermédiaire afghan au bord de l'apoplexie et suis inquiet pour Reza. Je sais qu'aux yeux des talibans il ne vaut rien et je ne voudrais pas qu'il lui arrive malheur maintenant. Les idées les plus noires m'assaillent et j'imagine déjà l'opération capoter au dernier moment. Stéphane est aussi tendu que moi. Mais qu'attendent-ils, ils veulent tout faire échouer ou quoi ?

Soudain, je vois les portes de la base s'ouvrir et deux énormes 4 × 4 foncer vers nous. Il était temps. Les gros véhicules freinent brutalement, des colosses en arme et gilet pare-balles débarquent, nous sautons de nos petites Toyota pour nous engouffrer dans les voitures blindées. De toute évidence, ce sont des agents de la DGSE, les services secrets. Les 4 × 4 repartent en trombe dans un nuage de poussière et nous pénétrons enfin dans la base militaire. Un officier ouvre la portière, c'est le général Emmanuel Maurin, commandant les forces françaises en Afghanistan. Je pose les deux pieds par terre, je me jette dans les bras de Stéphane et de Reza : notre interprète s'effondre en larmes. Je ne rêve pas, nous sommes libres et vivants !

31

Nous n'avons pas affronté l'Everest en tongs

Encore en Afghanistan et déjà en France, sans aucun doute : il n'y a pas cinq minutes que nous sommes libres et nous avons une coupe de champagne à la main ! « À la liberté ! », nous trinquons avec le général Maurin et quelques officiers français. Cela fait dix-huit mois que je n'ai pas bu une goutte d'alcool et la première gorgée me semble amère. Après toute la tension des derniers jours, j'avoue ne pas l'apprécier à sa juste valeur.

Je viens aussi de comprendre pourquoi nous avons attendu devant la base et vécu ces horribles moments de stress. Le soldat qui gardait le portail n'avait pas reçu l'ordre formel de l'ouvrir. Les mesures de sécurité sont extrêmement strictes. Je réalise que la peur des attaques suicides est encore plus forte qu'il y a un an et demi lorsque nous étions en reportage ici.

J'apprendrai plus tard qu'au moment de nous récupérer les négociateurs français avaient déjà versé la rançon et « rendu » les deux prisonniers talibans. Cela faisait partie, paraît-il, de l'accord avec nos ravisseurs et je saisis mieux désormais pourquoi l'intermédiaire que j'appelle « Yeux rouges » était dans un état de nervosité incroyable. Quant à Reza, jusqu'au bout, son sort a été incertain, j'ai le sentiment qu'il est un miraculé.

Il faut déjà repartir. Nous devons nous changer, enfiler un uniforme militaire et sauter dans l'hélicoptère qui nous mène à Kaboul puis nous enchaînons dans de gros 4 × 4 blindés jusqu'à l'ambassade de France. Dès notre descente de voiture, nous sommes chaleureusement accueillis par le maître des lieux, Bernard Bajolet, un diplomate d'expérience qui connaît bien les points chauds de la planète comme Kaboul, Bagdad ou Sarajevo, et a déjà travaillé sur plusieurs prises d'otages, celles de Florence Aubenas, Christian Chesnot et Georges Malbrunot.

Après une brève conversation, nous avons droit à une belle chambre et à une vraie salle de bains. Je savoure cet instant unique de retrouver le confort, je me glisse sous la douche et… rien ne vient, pas la moindre goutte d'eau. Je suis condamné à m'asseoir sous le robinet qui, lui, fonctionne. Je laisse couler de longues minutes le flot tiède, je me détends enfin et je ferme les yeux. Les derniers épisodes de notre aventure défilent dans ma tête, je n'ose pas encore croire que le cauchemar est terminé…

Le premier vrai repas est étrange. Je ne connais personne excepté mon confrère et vieux compagnon de reportage Jean-François Gringoire, et Paul Nahon, directeur des magazines à France Télévisions, venus à Kaboul pour nous ramener à Paris. Je cherche des yeux Reza : nos regards complices et enfin joyeux se croisent. Je ne l'ai finalement connu que dans l'épreuve et le malheur. Maintenant nous sommes libres et nous allons nous quitter dans quelques minutes. Je ne sais pas quand nous nous reverrons, le destin des hommes est parfois douloureux. J'espère que Reza connaîtra de nouveau le bonheur, mais peut-on être heureux en Afghanistan ?

Je laisse derrière moi un an et demi d'une expérience terrible. Mais que vais-je trouver en France, mon pays, qui ne m'a pas quitté un instant, auquel j'ai rêvé chaque jour ? Ma mère, Béatrice, mes amis, ma famille, mes proches, tout sera-t-il comme avant, comme s'il ne s'était rien passé, ou tout aura-t-il changé ? Vais-je commencer une nouvelle vie ou simplement continuer l'ancienne et la reprendre là où je l'avais laissée ? Je saute dans le vide de l'inconnu et n'ai aucune réponse à toutes ces questions.

Pendant le vol de nuit qui nous emmène vers Paris, je ne cesse de parler à Jean-François, à Paul et à Christophe, un médecin du Quai d'Orsay. Je veux savoir ce qui s'est passé en France pendant notre détention. J'apprends la polémique sordide au début de notre prise d'otages puis la mobilisation extraordinaire à la télévision et dans tout le pays. C'est ma troisième nuit blanche consécutive, je ne ressens absolument pas la fatigue, j'ai la sensation d'être branché sur une pile atomique inépuisable. J'ai soif de tout savoir, de combler des mois de vide et de suppositions, de comprendre… enfin.

J'essaie aussi d'imaginer l'arrivée à la base militaire de Villacoublay, l'aéroport des otages comme je l'appelle. J'ai déjà vécu la situation à l'envers, dans la meute des journalistes.

Mais aujourd'hui, je suis celui qui va descendre de l'avion sous le feu des projecteurs bien malgré moi. Comment vais-je le vivre et réagir ? Je veux être digne et à la hauteur de tous ceux qui nous ont soutenus sans faille et si longtemps.

La passerelle est posée contre l'avion, la porte s'ouvre et je découvre le ciel de France. Il fait beau, c'est bon signe. Stéphane se lance le premier, je le suis comme mon ombre et je tombe dans les bras de Béatrice. J'ai l'impression de flotter, de vivre ce moment unique sans vraiment le réaliser. Je serre la main du président de la République, à ses côtés son épouse, plusieurs ministres, deux patrons de France Télévisions, l'ancien et l'actuel : la scène me semble irréelle. Dans le pavillon d'honneur, je regarde chaque visage, je bredouille quelques mots sans intérêt et j'entends Nicolas Sarkozy sans l'écouter. Les voix, les sons s'entrechoquent dans ma tête, je suis incapable de retenir une seule phrase dans ce brouhaha. Le corps a devancé l'esprit, je suis déjà ici et encore là-bas. Je dois me ressaisir, une foule de journalistes nous attend dehors, il va falloir faire bonne figure. Face aux caméras, je descends doucement sur terre. Avec la complicité de Stéphane, je tente de résumer en dix minutes dix-huit mois passés sur une autre planète. Je ne sais pas pourquoi, mais je n'arrête pas de penser aux autres otages, les morts et les vivants. J'ai le sentiment d'être un rescapé, avec la mauvaise conscience de celui qui s'en sort bien.

La visite obligatoire à l'hôpital Bichat permet de nous échapper. Nous traversons tout Paris escortés par des motards de la police. Après le silence des montagnes afghanes, le choc est violent.

Entre une série de prises de sang que je déteste et un court entretien avec une psychologue, j'allume la télévision de la chambre en attendant les résultats d'un premier bilan de santé. Je tombe sur la chaîne d'information continue BFM TV, je ne suis pas surpris que nous fassions la une jusqu'au moment où je me prends en pleine tête le commentaire d'un journaliste. En ce jour de libération que je pensais être un moment de grâce et de réjouissance, il évoque à nouveau notre prétendue imprudence lors de l'enlèvement. Mon sang se glace, je suis stupéfait que cette controverse nauséabonde revienne encore aujourd'hui ! En quelques secondes, ma décision est prise, je vais dynamiter cette rumeur le plus vite possible car je ne veux pas qu'elle nous souille plus longtemps.

Je dois remettre les pendules à l'heure. Après l'hôpital, nous fonçons sirène hurlante à France Télévisions. Je suis en colère, une rage intérieure me brûle. Pourtant, pendant un court moment, je vais tout oublier. Lorsque nous pénétrons dans le hall de notre « grande maison », je suis sidéré. Des centaines de collègues et de confrères nous acclament debout sur six étages, des milliers de mains claquent, des hourras fusent. Je suis impressionné, littéralement écrasé par la puissance de cet incroyable accueil. J'embrasse des dizaines d'hommes et de femmes, l'émotion est partout, dans les yeux, les bras et les bouches de ceux qui m'étreignent, me serrent, me touchent. Quelle chaleur, quel bonheur après une éternité passée dans le néant !

Nous montons sur une estrade et je vois que Stéphane est comme moi abasourdi. Je sais que je dois retrouver mon sang-froid et ne pas me laisser submerger par cette exceptionnelle ferveur. Notre honneur a été sali et je veux maintenant faire connaître ma vérité au plus grand nombre :

« Que cela soit clair, nous ne sommes pas allés affronter la face nord de l'Everest en tongs, loin de là. On savait pertinemment où on allait, on n'a pas été interviewer des talibans parce que cela exige des mois et des mois de préparation. On a juste voulu voir une route qui s'appelle "l'axe Vermont" et si cette route est contrôlée par l'armée française, l'armée afghane, la police afghane, les talibans ou personne. A priori, par personne, ni à l'époque ni encore aujourd'hui. Je pense que c'est important de mettre les points sur les i. »

Le ton est solennel, le regard noir, je veux que tous ceux qui ont raconté n'importe quoi sans l'ombre d'une preuve sachent que je n'accepte pas la calomnie. Je l'ai dit et répété, je ne suis pas là pour allumer la polémique mais pour l'éteindre avec des arguments basés sur des faits, rien que des faits.

Mais je sais aussi que le poison de la suspicion est terriblement toxique et qu'hélas il n'existe pas d'antidote miracle contre le fiel du mensonge.

32

Face au président

Nous sommes rentrés en France depuis près d'un mois. J'ai demandé audience au président de la République et, en ce 27 juillet 2011, Stéphane et moi avons rendez-vous à l'Élysée à midi pile. C'est le dernier conseil des ministres avant les vacances, la cour du palais est pleine de journalistes, nous passons par une porte discrète. Il n'est pas question d'être assailli par les micros et les caméras et nous n'avons absolument pas envie de médiatiser ce tête-à-tête.

Être à l'heure est dit-on la politesse des rois, cette règle s'applique aussi au président. Nous avons dix minutes d'avance et nous sommes d'abord accueillis par Franck Louvrier, l'attaché de presse historique de Nicolas Sarkozy, un fidèle depuis la mairie de Neuilly. Le président de la République est ponctuel et nous avons l'honneur d'être reçus dans son bureau, lieu symbolique chargé d'histoire et centre de tous les pouvoirs depuis le général de Gaulle. Je sens Nicolas Sarkozy très tendu.

« Pourquoi voulez-vous me voir précisément ? interroge-t-il un peu inquiet.

— Vous imaginez bien que nous avons quelques questions à vous poser sur nos dix-huit mois de captivité et nous voulons aussi vous remercier pour tout ce que vous avez entrepris afin de nous libérer. »

En quelques secondes, le président retrouve le sourire et répond sans hésiter : « Toutes les questions que vous voulez, il n'y a pas de problème. »

Nicolas Sarkozy est celui qui a déclenché et laissé se développer la polémique après notre enlèvement. Peut-être craint-il un règlement de compte ? Mais ce n'est pas le but de notre visite. Nous désirons juste connaître le point de vue du président et comprendre comment il a travaillé à notre libération. Pour le rassurer, j'ajoute que notre première entrevue à l'aéroport de Villacoublay nous avait touchés mais que nous étions frustrés par cette rencontre un peu trop protocolaire à notre goût.

Sans tarder, car je sais que les minutes sont comptées, je lance la première salve, celle qui pourrait fâcher. Autant aborder rapidement le cœur du sujet : « Il y a eu dès le début de vives critiques à notre encontre émanant de Claude Guéant, à l'époque votre secrétaire général, et du général Georgelin, le chef d'état-major des armées. Que pensez-vous de ces déclarations très dures faites dans les médias ? »

En fin tacticien, le président démine immédiatement la question : « Je comprends votre colère mais voyez, il y a quelques jours, j'ai assisté dans la cour des Invalides aux obsèques de soldats tués en Afghanistan, plusieurs familles ont refusé de me parler car à leurs yeux j'étais responsable de la mort de leur fils. Je partage leur douleur et j'ai attendu. Finalement, j'ai pu ensuite m'entretenir avec elles au téléphone. Alors je comprends aussi votre réaction. »

Je ne vois pas le rapport avec notre histoire mais de toute évidence Nicolas Sarkozy n'a pas envie de répondre à cette question et je ne suis pas là pour croiser le fer avec lui. En rugby, on appelle ça botter en touche… et le président est, quand il le veut, un maître en la matière. J'espère que le reste de l'entretien sera plus fructueux.

À propos de la lenteur des négociations, Nicolas Sarkozy se borne à dire que les talibans ont beaucoup tergiversé et ont fait de la surenchère à plusieurs reprises.

« Quelles étaient leurs revendications ?

— La grande difficulté, c'était la libération des prisonniers », avoue le président.

Je rebondis et pose la question taboue sur la rançon.

« Pour moi, ça n'a jamais été un problème, reprend-il. L'argent, on sait faire. La difficulté, c'était vraiment les prisonniers. » Malgré les dénégations officielles et les démentis du ministre des Affaires étrangères Alain Juppé, le président de la République reconnaît donc l'existence d'une rançon. « L'argent, on sait faire », voilà une affirmation qui n'a pas besoin de commentaire même si aucun montant n'est révélé. Toutefois, pour moi, cette problématique est somme toute un secret de polichinelle.

J'ai plutôt envie de savoir si nos ravisseurs seront un jour traqués, arrêtés et traduits devant un tribunal car, en matière de prises d'otages, on est dans l'impunité la plus totale. Le président ne me rassure pas vraiment :

« Nous n'avons pas vocation à faire la police en Afghanistan qui est un pays souverain », répond sans hésiter Nicolas Sarkozy.

Je demande donc naïvement :

« Et donc, que va-t-il se passer ?

— C'est le travail des autorités afghanes », m'explique-t-il. Il me fait comprendre que si par malheur il y avait un jour d'autres prisonniers en Kapisa, la DGSE connaît bien désormais les rebelles locaux et pourrait négocier plus facilement avec eux.

Je sais effectivement que les services savent assez précisément dans quels villages nous avons été enfermés et qui étaient nos geôliers. Aux yeux de Nicolas Sarkozy, des arrestations seraient donc contre-productives. C'est ce qu'on appelle du réalisme politique. J'en conclus que les talibans peuvent dormir sur leurs deux oreilles et qu'ils ne risquent pas de se retrouver un jour en prison.

Nous évoquons aussi les autres otages retenus au Sahel et la tragique opération qui a conduit à la mort de deux jeunes gens au Niger. Nicolas Sarkozy nous confirme qu'il n'a jamais envisagé pour nous une intervention militaire qui lui semblait trop risquée.

Il est finalement étonnant de voir un président aussi perméable aux émotions, stressé au début de notre rencontre et finalement rassuré parce qu'il réalise que nous n'avons pas d'intentions belliqueuses.

Pour conclure l'entretien sur une note de bonne humeur, nous en venons même à parler du Tour de

France, car ce grand amateur de cyclisme, toujours bien informé, sait que je viens de passer une journée sur la grande boucle. Une tentative aussi de clore définitivement la polémique.

33

Leçon de vie

C'est dans l'épreuve qu'on reconnaît les vrais sentiments et les faux-semblants, les vrais et les faux amis, ses forces et ses faiblesses.

Dès l'enlèvement, j'ai tout de suite pensé à ma mère, ma chère maman. Je suis son fils unique, elle est mon talon d'Achille. Comment va-t-elle apprendre la nouvelle, tiendra-t-elle le choc ? Puis cette attente insupportable, sera-t-elle capable de tenir la distance, de ne pas craquer ? Elle a 83 ans quand je suis kidnappé et je sais sa santé fragile. Une obsession sournoise me hante pendant dix-huit mois : vais-je la retrouver vivante et dans quel état ?

Quotidiennement, plusieurs fois par jour, je suis avec elle, je me demande ce qu'elle fait, ce qu'elle pense. La mauvaise conscience de l'avoir laissée seule me ravage. J'ai le sentiment d'avoir agi en égoïste, privilégiant ma passion de journaliste à ses dépens. Je l'imagine perdue dans sa maison à déprimer toute la journée, à ne plus vouloir vivre. Je n'ai jamais envisagé pour elle la maison de retraite. Je me suis toujours dit, peut-être à tort, que c'est l'antichambre de la mort sans penser une seconde que cela pouvait être aussi une bouée de sauvetage.

J'avais un espoir, un seul : que Béatrice s'occupe de ma mère de toutes ses forces. En réalité, je n'en ai jamais douté et j'ai eu raison d'être confiant. Ma compagne l'a soutenue à bout de bras et n'a pas baissé la garde, affrontant les semaines, les mois, debout, en mission, comme une fille de substitution pour une femme qui avait perdu son enfant.

Je savais que Béatrice était forte, qu'elle saurait faire face quoi qu'il arrive. Elle a été confrontée à la pression médiatique, a fait le choix de ne pas s'exposer et de protéger ma mère à tout prix. Elle a misé sur l'action des négociateurs sur le terrain plutôt que sur les opérations de communication. Elle a suivi ce que préconisaient le Quai d'Orsay et de nombreux cadres de France Télévisions : la discrétion.

France Télévisions qui a d'abord, médiatiquement, fait profil bas mais qui a dépêché dès les premiers jours en Afghanistan Paul Nahon, directeur des magazines, puis Lionel De Coninck et Jean-François Gringoire, rédacteurs en chef de l'émission *Pièces à conviction*. Ces hommes ont été en liaison constante avec la DGSE pendant les dix-huit mois de notre enlèvement, fait rare en cas de prise d'otages.

D'autres au contraire ont opté pour le battage tous azimuts, persuadés que c'était la meilleure solution.

Aujourd'hui j'ai la certitude que tous ont agi dans un seul but, que nous sortions le plus vite possible et vivants. Le débat sur la médiatisation n'est pas tranché : faut-il se taire pour ne pas faire monter les enchères ou parler afin de mettre la pression sur les négociateurs et montrer l'importance des otages ? Il n'y a pas d'unanimité sur le sujet ni parmi les citoyens, ni chez les politiques, ni même chez les journalistes.

Par expérience, je pense que, dans les premières semaines, le silence peut faciliter les tractations avec les ravisseurs car, au début, un dénouement rapide est toujours possible. Mais lorsque l'affaire s'embourbe, il faut, je crois, commencer à faire du bruit pour stimuler le pouvoir. Je pense qu'un otage passé sous silence est un otage presque mort et que sa valeur est un gage de survie.

Pour notre affaire, le comité de soutien, fruit d'une mûre réflexion, a été créé trois mois après l'enlèvement. La première manifestation a eu lieu au festival Art Rock de Saint-Brieuc, le 21 mai 2010. Nous étions détenus depuis plus de cent quarante jours. Ensuite, la machine médiatique s'est emballée. La télévision, le Tour de France, la Route du rhum, la mobilisation à l'Assemblée nationale et au Sénat, un formidable concert au Zénith de la Villette, une intervention aux Nations unies à New York, et même nos portraits projetés sur l'Arc de Triomphe.

De Paris à Clermont-Ferrand, de Valenciennes à Marseille, de Cogolin à Cysoing, de l'île de Ré à Chambéry, de Strasbourg à Perpignan, la France entière s'est mobilisée sous l'impulsion de nos proches, nos amis, nos confrères, les miens et ceux de Stéphane. Il y eut aussi les messages personnels envoyés en Afghanistan par Radio France Internationale, des bouteilles à la mer mais de vrais ballons d'oxygène que nous avons finalement reçus.

Évidemment, si nous n'étions pas journalistes, cet incroyable mouvement aurait été certainement moins fort. On a parlé de corporatisme. Peut-être est-ce vrai. Mais après l'enfer, savoir que nous n'avions pas été oubliés aide tout simplement à revivre.

Je suis conscient que tout le monde n'a pas cette chance. Les soldats de retour chez eux n'ont pas droit aux honneurs de la nation sauf hélas quand ils sont morts. Les vivants, blessés à l'âme et au corps, reviennent dans l'indifférence générale et s'entendent même souvent dire : « Vous ne faites que votre métier. » C'est vrai pour toutes les guerres, d'Afghanistan et d'ailleurs.

J'ai beaucoup pensé à mon père qui a donné dix ans de sa vie à la France, vingt-quatre mois de service militaire obligatoire, puis la construction de la ligne Maginot, l'offensive éclair allemande, l'humiliation de la défaite et cinq années prisonnier en Autriche. Cela se passait il y a une éternité, entre 1935 et 1945.

Chaque jour, il venait d'outre-tombe me parler dans mon cachot, au creux de l'oreille. Il me disait de tenir comme il avait tenu, de ne pas me laisser humilier, de garder la tête haute devant les talibans comme il l'avait fait face aux nazis, d'être digne et courageux, en un mot de résister.

Mon père m'a donné dès le plus jeune âge ce goût de la résistance, celle à laquelle il aurait certainement appartenu s'il n'avait pas été pris dans la nasse de la Wehrmacht. Ses meilleurs amis, son plus proche cousin et un réseau tout entier sont tombés aux mains de l'occupant. Ils ont été torturés puis fusillés au fort de

Bondues près de Lille, en décembre 1943. Cette histoire tragique a bercé ma jeunesse. Résister était pour moi une expression mythique mais à ranger dans les livres d'histoire, un but hors d'âge, passé de mode et trop souvent galvaudé. Par mon aventure afghane, ce beau mot a repris tout son sens.

Épilogue

Dans ce genre d'histoire, il y a souvent la question inavouable, celle qu'on a un peu honte de poser mais qui brûle les lèvres : « Désormais vous êtes libre, très bonne nouvelle. Mais combien a coûté cette affaire ? » S'ajoute à cette interrogation le dogme d'État : plus une prise d'otages est médiatisée, plus c'est cher.

Pour notre cas, on peut donc s'attendre au pire, vu l'incroyable battage qu'il y a eu pendant plus d'un an.

Pourtant il n'y a pas de règles en la matière. Nous étions trois otages et avons été échangés contre deux prisonniers talibans. Quant à la rançon, nos geôliers nous ont parlé de quatre millions d'euros. Mais selon des sources françaises dignes de foi, les chiffres sont bien inférieurs, on évoque quelques centaines de milliers d'euros seulement. En réalité, tout dépend des exigences et de la « gourmandise » des ravisseurs.

Mais cette bataille de chiffres est un peu vaine. Notre histoire est avant tout révélatrice du fait que l'Afghanistan est un piège. Pensez ! Le fait que deux journalistes aient été enlevés sur la route principale d'une minuscule province en pleine journée a montré que ce pays est incontrôlable. Aujourd'hui, cela semble une évidence – d'ailleurs, en juillet dernier, l'armée française a transmis la responsabilité de la région, la fameuse province de Kapisa, aux autorités afghanes –, mais fin 2009, le discours officiel se voulait rassurant : « Tout est sous contrôle. » On a vu la suite.

Les talibans ne lâcheront rien, ils ont le temps avec eux, les recrues sont inépuisables et ils n'ont pas le souci de l'opinion publique. Surtout ils s'adaptent… toujours.

Deux semaines avant notre libération, nous avons une fois de plus changé de cache. Quand nous sommes arrivés dans « notre nouvelle maison », il y avait deux visiteurs absolument pas prévus. Mais ici, par tradition, on ne chasse pas les invités. Les villageois sont restés, nous avons mangé avec eux, même si les talibans ne voulaient surtout pas révéler notre identité d'otages occidentaux. Ils ont donc raconté que nous étions des combattants tchétchènes, des kamikazes caucasiens venus commettre des attentats suicides contre les forces de l'OTAN en Kapisa. Les paysans n'ont pas bronché, certainement pas dupes de l'incroyable mensonge, mais ils ne parleront pas. Le pacte est tacite avec leurs hôtes. Voilà comment fonctionne ce pays. La vérité, il faut le dire, c'est que gagner une guerre en Afghanistan, c'est impossible.

REMERCIEMENTS

Je veux remercier Patricia Philibert et Michel Anglade pour leur amitié indéfectible, Raphaëlle Bacqué et Denis Saverot pour leurs précieux conseils, Florence Aubenas et tout le comité de soutien pour leur pugnacité et Béatrice Coulon pour son amour sans faille.

Table

PAPIER À BASE DE FIBRES CERTIFIÉES

Le Livre de Poche s'engage pour l'environnement en réduisant l'empreinte carbone de ses livres. Celle de cet exemplaire est de :
350 g éq. CO_2
Rendez-vous sur www.livredepoche-durable.fr

Composition réalisée par NORD COMPO

Achevé d'imprimer en août 2013 en France par
CPI BRODARD ET TAUPIN
La Flèche (Sarthe)
N° d'impression : 3001653
Dépôt légal 1re publication : septembre 2013
LIBRAIRIE GÉNÉRALE FRANÇAISE
31, rue de Fleurus – 75278 Paris Cedex 06

31/7566/8